EL BESO DE LA NOCHE

El Beso de la Noche

Amanda Ashley

*Para Frank Langella,
cuyo retrato del notorio conde
de la película Drácula
ha inspirado todos mis héroes vampiros.
¡Gracias!*

Oscura Existencia

Hombre o bestia, sin ser su conjunción
Aunque de ambos soy consecuencia.
La bestia siempre habitará en mi esencia
El Hombre, en las ruinas de mi corazón.

La bestia, criatura de lo horrendo
El hombre, una cáscara vacía
Aguarda la salvación que no llega
Vive en los fuegos del infierno eterno.

Mi anhelo, ver el sol una vez más
Al igual que un amoroso abrazo ansío
Pero, el amor nunca será mío
Y el sol jamás calentará mi faz…

Destinado a deambular la oscuridad
Solitaria en mi oscura existencia
Busca saciar mi oscura apetencia
Aunque es hambre de amor y claridad

Elizabeth Camp

ÍNDICE

Capítulo 1

Ahogado en un océano de soledad y amarga desesperación, Roshan DeLongpre permanecía sentado frente a la enorme chimenea, con la vista fija en el fuego. Las llamas voraces crepitaban vívidamente en brillantes tonos de rojo y amarillo, con deslumbrantes matices azules y verdes. Distinguía claramente cada llama danzante, cada sutil sombra y matiz. El fuego, su mayor enemigo, junto con la dorada luz del día.

Luz del fuego, luz del sol, ambas tenían el poder de destruirlo.

Un suave suspiro le brotó de los labios. Cada vez más cansado de su existencia, tan, tan harto. Cada noche era igual a la anterior. La vida, tal cual la conocía, había perdido el brillo, ya no quedaban sorpresas, tan sólo un viejo instinto de supervivencia.

Mientras miraba cómo se contorsionaban las llamas, se preguntaba por qué habría de preocuparse. No tenía ninguna razón suficiente para seguir adelante. Podía inspirar pasión pero no amor, exigir obediencia pero no afecto. Era capaz de cambiar de forma a voluntad, moverse con increíble velocidad, desafiar la ley de gravedad, disolverse en tenue bruma o desaparecer totalmente. Aun así, en esa fría noche de octubre, sus poderes sobrenaturales no significaban nada.

La noche. Miró a través de la ventana cubierta de plomo, más allá de la oscuridad. Había visto la luna salir por más de trescientos años, pero había sido privado de la belleza majestuosa de la luz del amanecer.

Quizás había llegado el momento de observar el nacimiento de un nuevo día por última vez.

Se levantó, caminó a través de los pasillos angostos y oscuros de la casa donde había residido durante la mayor parte de los últimos cincuenta años. Era una casa amplia ubicada en una tranquila calle de una zona residencial de la ciudad. La había remodelado en dos ocasiones; la primera, por estar cansado de los alrededores y simplemente desear un cambio; la segunda, con la intención de venderla y mudarse.

Recorrió cada habitación, despidiéndose de los tesoros que había acumulado durante el curso de su existencia preternatural.

Se detuvo y deslizó las manos sobre aquellas cosas que había atesorado por una razón u otra: una talla de marfil de Venus, un oso pardo cincelado en una sola pieza de secuoya, un unicornio de ónix…Se detuvo frente a su pintura favorita, la que representaba un amanecer sobre un cristalino lago de montaña rodeado de un bosque de pinos. La observó durante varios minutos intentando recordar la sensación de tibieza del sol en el rostro. Se trasladó hacia la biblioteca, permaneció de pie frente a los estantes que cubrían las paredes del suelo al techo. Apenas aprendió a leer, amó los libros y pasó años recorriendo el mundo para coleccionar los que ahora atestaban los estantes. Muchos eran ediciones raras, algunos de ellos primeras ediciones autografiadas por los autores. Otros eran tan antiguos que corrían el peligro de desintegrarse. Algunos eran antiquísimos, como el de los Salmos medievales del siglo XIV, una hermosa pieza de arte cuidadosamente escrita e ilustrada a mano. Su colección incluía también una Biblia manuscrita por monjes de la cual cada página era una obra de arte. Poseía libros y manuscritos que eran realmente incunables. Algunos de ellos estaban escritos en corteza de árbol o de bambú, en lienzo o seda. Uno en particular había sido tallado en placas de metal. Otro, un «*parabaik*», era un libro plegable que, mediante escritura e ilustraciones, relataba la vida de Buda.

Tantos libros. Ningún simple mortal podría vivir lo suficiente para coleccionarlos y, menos aún, leerlos. Pero él los había leído todos por lo menos una vez, y en algunos casos, varias veces. Y ésta era una de las muchas estanterías de libros que había en la casa. De uno de los estantes inferiores, extrajo un grueso volumen titulado *Historia Antigua, mitos, realidad o ficción*. Se desplomó en una de las sillas, hojeó rápidamente las páginas y miró las imágenes hasta que se detuvo en una que captó su atención. Era un pequeño dibujo hecho a pluma y tinta de una mujer en una hoguera rodeada por una furiosa turba que agitaba antorchas sobre las cabezas.

La reseña debajo del dibujo decía: «*Brenna Flanagan, acusada de brujería ardiendo en la hoguera*».

Miró fijamente la imagen que lo cautivaba porque la mujer tenía un extraño parecido con Atiyana, su amada Atiyana. Cerró los ojos durante algunos instantes y recordó a la única mujer que había amado. Atiyana, quien había muerto a los veintidós años, al dar a luz a su pequeño hijo. No había vuelto a conocer el amor desde su muerte, y no esperaba hacerlo, no ahora, que sufría la maldición del Oscuro Truco.

Apartó los recuerdos y prestó nuevamente atención al libro que reposaba en su regazo. La historia trataba sobre

Brenna Flanagan, quien habría sido vista en repetidas ocasiones danzando y cantando desnuda a la luz de la luna. Según lo declarado por los vecinos, en una ocasión habían caído docenas de sapos del cielo. En otra, según contaban, los rayos habían surcado el cielo e incendiado varias viviendas y, dos días más tarde, había aparecido muerto un vecino a quien ella le había reclamado por el cerdo que hurgaba en su jardín. Se sabía que les vendía a los lugareños pócimas mágicas y hechizos de variado tipo, desde pociones para el amor hasta las que prometían la cura del esparaván. Algunas mujeres aseguraban haberla visto volar en el cielo.

Finalmente, la gente de la villa llegó al límite de la tolerancia. Ante el temor de que la brujería se apoderara de la pequeña comunidad, como había sucedido en los pueblos vecinos de Andover y Salem. Brenna Flanagan fue arrestada y sentenciada, todo en la misma noche. Durante el acelerado juicio, se le exigió que identificara al espíritu maligno con el que estaba vinculada, y que confesara si había establecido contacto con el Diablo. Negó rotundamente cualquier nexo con el Maligno pero sus súplicas fueron desoídas. Fue declarada culpable de brujería. Si bien las brujas de Salem fueron ahorcadas, en este caso, los lugareños no querían dejar rastros de la bruja local, por lo que Brenna Flanagan fue quemada en la hoguera y sus cenizas diseminadas en un lago de montaña.

Con el ceño fruncido, observó detenidamente el cuadro una vez más. Por supuesto, no era una fotografía, tan sólo una ilustración de lo ocurrido, un simple bosquejo en blanco y negro en el que, de alguna manera, se la percibía viva. Podía sentir su terror como un trozo de hielo en el estómago al igual que el calor de las voraces llamas lamiéndole los tobillos.

Se puso de pie, buscó su nombre en los libros cuyos títulos figuraban en las referencias. No aparecía dato disponible, aunque encontró abundante información respecto de la caza de brujas de Salem: de junio a septiembre del mismo año, diecinueve hombres y mujeres habían sido sentenciados por brujería, trasladados en carretas hasta Gallows Hill, y colgados. Un hombre de más de ochenta años que había rehusado someterse a juicio fue aplastado con piedras hasta morir sofocado después de dos días de agonía, en los que llegó a suplicar por «más peso» para acelerar el final. Además de las diecinueve personas, dos perros sospechosos de ser «familiares» de los acusados fueron también ejecutados.

Sin acobardarse, Roshan encendió el ordenador. Sabía que muchos de los viejos vampiros se negaban a adoptar la tecnología moderna, no alcanzaban a comprender los beneficios de las nuevas herramientas y rehusaban aceptar algo que había sido inventado después de que recibieran el Oscuro Don. Roshan no era uno de ellos. Pasaba incontables horas navegando en la Web.

Entró en Internet, escribió «Brenna Flanagan» en un buscador y en un instante apareció información del caso que no agregaba nada nuevo, salvo la reproducción de un retrato de la mujer, considerado genuino y cuyo autor, John Alfred Linder, según información adicional, se había arrojado de un acantilado al enterarse de la muerte de la mujer.

Roshan observó hipnotizado el retrato a color en el que el parecido con Atiyana era aún más evidente.

La imagen de Brenna Flanagan poseía una belleza singular: cabello cobrizo de un rojo refulgente como las llamas que le habían arrebatado la vida, hermosos ojos verdes con máculas doradas, ojos que escondían una profunda tristeza del alma, mentón pequeño pero desafiante, nariz de finas proporciones, cejas perfectamente arqueadas y labios que suplicaban ser besados. Vestida con una vaporosa túnica blanca estaba sentada en una silla con la espalda erguida. Un gran gato negro con ojos amarillos estaba acurrucado en su regazo.

Indudablemente, típico de una bruja, pensó burlonamente mientras imprimía la imagen. Un gato aparecía invariablemente en todas las películas de hechiceras e historias de brujería. Aunque en ese momento, el único recuerdo que surgía nítidamente en su memoria era la película *Campana, Libro y Vela,* probablemente porque siempre había sido un gran admirador de los encantos de Kim Novak.

Según ciertas creencias, el gato como encarnación del demonio permitiría a las brujas cumplir su cometido. Roshan recordó la escena en la cual Kim Novak sostenía en los brazos al gato siamés, cuyo nombre no podía recordar, algo como Py…, mientras entonaba hechizadores cánticos para lograr el amor de James Stewart. Según esa película, las brujas perdían sus poderes al enamorarse, se preguntó distraídamente si podría ser verdad.

Al continuar con la lectura, pudo saber que se le adjudicaba a una bruja el poder de adoptar nueve veces la forma de un gato.

Le resultaron interesantes los pasajes referentes a los animales generalmente más relacionados con las brujas: gatos, hurones, perros y pájaros. En una sección profundizaba la información al respecto y contaba que si un perro gruñía a la nada era considerado como una advertencia de la presencia de un fantasma. En Persia, por ejemplo, cualquiera que poseyese un perro podía ser acusado de brujería ya que se los asociaba a la magia negra y se los consideraba responsables de enfermedades. En el Antiguo Egipto, se creía que los gatos poseían alma. Así también, enterrar un gallo en la intersección de tres afluentes o de tres rutas serviría para contrarrestar el poder del demonio.

Sintió un extraño escalofrío recorrerle la espalda al descubrir la fecha en que Brenna Flanagan había muerto, la misma de su propio nacimiento: noche de Halloween de 1692, cuando supuestamente, el velo entre el bien y el mal, el pasado y el presente, resultaría más permeable.

Permaneció largo tiempo observando la imagen hasta que una tenue brisa, señal de la llegada del nuevo día, le provocó esa especie de hormigueo en cada una de las fibras del cuerpo que le advertía la inminencia del amanecer. Sensación que había experimentado cada noche durante los últimos trescientos años, como exhortación que lo conminaba a buscar un lugar para descansar.

Miró a través de la ventana que se estaba iluminando.

Hoy sería su último día.

Hoy pondría fin a su maldita existencia.

Abandonaría la protección de su casa para observar la salida del sol en el valle lejano. Caminaría a la luz del nuevo día por última vez, sentiría su dorado calor en la carne fría hasta que el olvidado placer se tornase en la agonía que lo destruiría. Al igual que Brenna, encontraría el final en las llamas. Sería, pensó, una apropiada introducción al fuego implacable del infierno que seguramente lo aguardaba.

Se puso de pie, dejó el libro y se encaminó hacia la puerta principal. Bajó los escalones, y dispensó una última mirada a la casa donde había vivido por casi medio siglo. Era una casa grande, con amplias habitaciones y cielos abovedados. Había sido el lugar favorito de todos los que ocupó durante su larga existencia.

Girando hacia el este, elevó la mirada hacia el horizonte, sobrecogido al ver como el sol naciente pintaba los lienzos de azul intenso con brillantes pinceladas en tonos rosa, lavanda y ocre.

Parecía apropiado que su último amanecer resultara el más bello que había visto.

Capítulo 2

La belleza del amanecer fue rápidamente opacada por la luz del sol que lo cegó, le abrasó los ojos y le ampolló la piel. El dolor fue mucho peor de lo que había imaginado, y gritó agonizante mientras su ropa comenzó a humear y se le empezó a quemar la piel.

Cerró los ojos y recordó la imagen de Brenna Flanagan. Emitió un grave gemido, consciente de que ella debió haber sentido lo mismo cuando las llamas comenzaron a lamerle la carne tierna.

— ¡Brenna! —Su nombre era un grito de agonía en los labios, una súplica, una oración.

Cerró los puños. ¿Qué locura era esa? No podía destruirse a sí mismo, no ahora. No le importaba qué pudiera suceder con la casa o los muebles, pero no había previsto nada respecto de su colección de libros. No quería que fuese rematada o quizás algo peor, vendida por unos miserables dólares en una venta de garaje. Le había llevado décadas reunirla. Merecía ser enviada a un museo donde fuese debidamente apreciada y compartida con otros que reconociesen su valor.

¿Y qué pasaría con Brenna Flanagan? ¿Cómo podría descansar en paz cuando todavía no sabía lo suficiente sobre ella? Apenas había escarbado la superficie. Quería descubrir algo más, quería saber todo lo que fuese posible.

Regresó rápidamente a su casa, cerró la puerta dando un portazo contra la deslumbrante luminosidad del nuevo día.

Permaneció de pie en la entrada por un momento y luego, con un grito estrangulado, se derrumbó en el suelo sosteniéndose con las manos y las rodillas. Con la cabeza colgando, jadeando fatigosamente, se arrastró por el pasillo hacia la angosta puerta que conducía a su refugio. Construida de la misma madera y diseño que la pared, la puerta no alcanzaba los tres pies de alto. Por su tamaño y diseño era imposible hallarla a menos que alguien supiese dónde buscarla. Conducía a una habitación rectangular subterránea que él mismo había construido. Una pared del escondite era lindante con la del sótano y otra tenía una puerta que abría a un muro de tierra. Era el refugio de Roshan que, de ser necesario, le permitiría acceder a la superficie a través de la tierra.

Debilitado por el sol naciente y el acuciante dolor que lo dominaba, golpeó la pequeña palanca que abría la puerta secreta y luego, se dejó caer cojeando y rodó hasta que se detuvo bruscamente, sin aliento, en el final de la escalera caracol.

Quedó allí, demasiado débil para moverse. Con el último resto de sus poderes preternaturales, cerró la puerta al final de la escalera, entornó los ojos con un grave gruñido, y se rindió a la oscuridad que lo arrastró a la bendita inconsciencia.

Se levantó con el crepúsculo, curadas las quemaduras del día anterior gracias al poder de recuperación del Sueño Oscuro.

Durante las dos semanas siguientes, Roshan dedicó cada momento de vigilia a la búsqueda de mayor información sobre la mujer de la fotografía: Brenna Flanagan.

Escudriñó cuanta biblioteca y museo se encontraba en un radio de mil millas, rastreó cada buscador de la Web, guardando cada fragmento de información que encontró, aunque la verdad sea dicha, lo que estaba disponible era lastimosamente exiguo.

Nadie sabía con seguridad dónde había nacido, aunque se suponía que había sido en Irlanda. No se había casado. Supuestamente, ni siquiera había conocido el amor, había vivido una vida solitaria y muerto virgen, jamás tocada por hombre alguno.

— ¿Quién fuiste en realidad, Brenna Flanagan? — Preguntó en voz alta — ¿Por qué tu vida fue tan solitaria?

Sentado ahora frente al hogar en su silla favorita de alto respaldo, lo invadió la pena por la muchacha que, a pesar de ser tan joven y encantadora, había sufrido un destino tan horrible. Miró fijamente las llamas crepitando en el hogar que le recordaban como el calor del sol le había quemado la piel. La agonía que la llevó a la muerte debió haber sido mucho más larga e infinitamente más dolorosa.

Se inclinó hacia adelante, apoyó los codos en las rodillas y entrelazó los dedos. Le gustara o no, fuese o no posible, la necesidad de encontrarla, de conocerla, lo estaba obsesionando. Era una criatura sobrenatural, capaz de proezas más allá de los poderes y capacidades meramente humanos. Podía cambiar de forma. Era capaz de moverse con una rapidez imposible de detectar por el ojo humano. Poseía la fuerza de veinte mortales. Con tan sólo cerrar los ojos lograba transportarse a voluntad de un lugar a otro, sin importar la distancia.

—Si puedo transportarme a través del mundo, ¿por qué no al pasado? —meditó en voz alta. —El pasado de ella, por supuesto. Y si fuese posible, ¿el traslado al pasado cambiaría el futuro de alguna manera?

La idea de trasladarse al pasado le resultó fascinante y compró cuanto libro pudo encontrar sobre el tema, tanto de ficción como no, y en el transcurso de la semana y media siguiente, los había leído a todos.

De acuerdo con Einstein, el espacio era curvo, el tiempo relativo, y el viaje a través del tiempo, posible.

Stephen Hawking conjeturó que las leyes de física desestimaban la posibilidad de una máquina del tiempo. Uno de sus argumentos para inferir la imposibilidad de viajar en el tiempo se basaba en la inexistencia en el presente de miles de viajeros provenientes del futuro.

Carl Sagan había esbozado teorías interesantes en la materia. La primera relacionada con la posibilidad de construir una máquina del tiempo que permitiese viajar hacia el futuro, no así, hacia el pasado. Su segunda teoría señalaba que aun siendo posible viajar al pasado, cuanto más lejano resultaría más costoso, razón por la cual los seres del futuro no se aventurarían más allá del siglo XXI. La tercera teoría de Sagan, si bien infería la posibilidad de trasladarse del futuro al pasado, sólo sería posible retroceder hasta cuando la máquina del tiempo existiese, razón por la cual sería imposible que los viajeros accedieran a nuestra época ya que, hasta el momento, no había sido inventada.

Sagan avanzó en sus especulaciones en cuanto a viajeros en el tiempo que ya podrían estar aquí, sólo que no podríamos verlos porque tendrían coberturas de invisibilidad; y, si fuesen vistos, serían considerados como algo distinto, tal vez fantasmas, duendes o alienígenas.

Consideró perfectamente posible viajar en el tiempo, lo cual requeriría un portentoso avance de nuestra tecnología, pero vaticinó que la civilización se auto destruiría antes de inventar la máquina del tiempo.

Había menciones respecto de la existencia en el espacio de agujeros negros, agujeros blancos y agujeros «gusano», éstos últimos, según teorías hipotéticas, serían la conexión entre los primeros, si había logrado comprender lo leído.

Otro libro proponía la teoría de que el pasado estaba totalmente definido, es decir, todo lo que ya había pasado, o se suponía sucedería, estaba marcado a fuego y no podía ser cambiado o deshecho. Por lo cual el autor infería que si un hombre viajase al pasado y tratase de matar a su abuelo, una sucesión de obstáculos se lo impediría, manteniéndose así el futuro intacto.

Una segunda teoría sostenía que si un hombre regresase al pasado y asesinara a su abuelo, crearía inmediatamente un nuevo universo cuántico que en esencia sería un universo paralelo dónde el abuelo nunca había existido y el hijo jamás había nacido. El universo original permanecería igual.

Otra teoría presumía que el hombre no podía retornar a un tiempo en el pasado en el que no había existido.

Aunque Roshan no planeaba utilizar una máquina del tiempo, cuanto más leía sobre el tema, más fascinante le parecía. Vio varias películas sobre viajes en el tiempo: *Kate y Leopold*, *La máquina del tiempo*, *Contacto*, escrita por Carl Sagan, y *En algún lugar del tiempo*. Esta última definitivamente su favorita, quizás porque el héroe de la película se enamoraba de una mujer de una fotografía. No era porque estuviese enamorado de Brenna Flanagan. Los vampiros no se enamoran de mortales. Sería el colmo de la estupidez. Ningún vampiro en su sano juicio se revelaría como tal, si valorase en algo su existencia.

No, no estaba enamorado de Brenna Flanagan. Nunca se enamoraría nuevamente, pero le había otorgado un nuevo interés a su vida, un objetivo aunque fuese imposible de lograr; algo que no había tenido desde hacía mucho tiempo. Tan sólo por eso, le salvaría la vida, si pudiese.

Pero antes de intentar lo que sería imposible para los mortales, necesitaba estar en la plenitud de su capacidad preternatural, es decir, necesitaba alimentarse.

Abandonó la casa, deambuló como un fantasma a través de la oscuridad, un movimiento imperceptible para los que pasaban junto a él, hasta que llegó a su lugar favorito de caza en la ciudad. Cuando era un joven vampiro, solía cazar entre los pobres y excluidos. Escondido en los umbrales, había acechado a la escoria de la humanidad. Pero siendo más viejo y más sabio, abandonó los barrios pobres y optó por la caza entre los ricos: la elite. Los que cenaban en costosos restaurantes y frecuentaban clubes exclusivos; conducían lujosos automóviles o paseaban en imponentes limusinas; vivían en mansiones millonarias tras cercos y muros electrificados y se consideraban protegidos del resto del mundo.

Era tan fácil violar sus débiles defensas mortales, penetrar sus mentes mientras dormían, lograr que respondieran a su llamada. Sometidos a su hechizo, abandonaban sus lujosas alcobas. Impelidos por su voz eran incapaces de resistir su poder, iban hacia él, se le ofrecían voluntariamente para que pudiese satisfacer su insaciable sed. La sangre del rico era mucho más dulce que la del pobre. La piel de los adinerados olía a jabón, no a vómito; su cabello estaba limpio, no pegoteado con mugre; su aliento era dulce y fresco, no agrio por el vino barato.

La casa que eligió esa noche era similar a las del resto de la calle, grande y cuidada, protegida tras una pared de piedra. Saltó por encima del muro sin esfuerzo y se dirigió a la parte trasera de la casa. Una mujer de mediana edad dormía sola en una habitación de la planta baja. Una sirvienta quizás. Suavemente, se introdujo en su mente para averiguar su nombre, luego la exhortó a que fuese hacia él.

Instantes más tarde, una mujer alta, esbelta, con los pies descalzos que asomaban debajo del camisón de algodón. Caminaba hacia él con los ojos abiertos pero sin ver.

El olor a sangre lo excitó, le crecieron los colmillos mientras ella se acercaba. No ofreció resistencia cuando la envolvió en sus brazos. Su cuerpo era tibio y dócil cuando le reclinó la espalda sobre el brazo.

—No tengas miedo, Monica —susurró— No te lastimaré.

Le apartó la cabellera hacia un costado, le deslizó la punta de los dedos suavemente por la garganta, luego descendió la cabeza hasta su cuello. Su dulzura le llenó la boca mientras le clavaba los colmillos en la carne tierna. Al principio, cuando recién supo en lo que se había convertido, pensaba que era repugnante alimentarse así y temía que preferiría fallecer a sucumbir a la voracidad que lo obligaba a tal repulsiva conducta. ¡Cuán equivocado había estado!

Bebió hasta sentirse satisfecho, borró todo recuerdo de la memoria de la mujer, y le ordenó volver a la cama.

Después de abandonar la propiedad, deambuló las horas siguientes en las profundas sombras de la noche, escuchando sonidos que los mortales jamás habían oído, el susurro de una araña al hilar su red, el suspiro de la tierra al girar, el quejido somnoliento de un árbol al extender sus ramas hacia el cielo.

Era algo hermoso, la noche con vida y alma propias.

En su errar por el mundo bajo la luz de la luna, se había asombrado de tantas maravillas como la gran pirámide de Giza, la Esfinge, antiguos castillos, catedrales y puentes construidos por el hombre y que, con el paso del tiempo, se habían convertido en polvo. Había presenciado los inventos modernos más notables: coches y aeroplanos, ordenadores y satélites, bombas capaces de exterminar todo rastro de civilización.

Tantas cosas que en su época habían sido imposibles, ni siquiera soñadas o imaginadas. Cuando recorrió el planeta como un simple mortal, no había tenido tiempo ni capacidad para pensar en ninguna otra cosa, salvo trabajar por el sustento diario. Había ovejas y ganado que cuidar, semillas que sembrar, malezas que limpiar, cultivos que regar y cosechar. En aquellos días, había trabajado arduamente desde el amanecer hasta el anochecer, junto a su padre y sus dos hermanos, para proveer de comida a su madre y a sus cinco hermanas. Había tenido poco tiempo para otras cosas, hasta que encontró a Atiyana.

Abandonó sus cavilaciones, con un hormigueo que le recorrió todo el cuerpo advirtiéndole la proximidad del amanecer.

Era hora de regresar a su refugio.

La imagen de Brenna Flanagan permanecía en su mente mientras se preparaba para descansar. No era demasiado extraño, ya que la había tenido constantemente presente en sus pensamientos, aunque le desconcertaba que le perdurase su imagen, incluso atrapado en el letargo de muerte en el que se sumergía.

No había vuelto a soñar desde la noche en que había recibido el Oscuro Don. Pasaba de estar despierto a una oscura inconsciencia de muerte inmediatamente, donde permanecía sumergido hasta que se ponía el sol; y cuando despertaba, tenía cabal conocimiento de lo que lo rodeaba de manera instantánea.

Pero esa noche, por primera vez desde que recibiera el Oscuro Don, soñó. Pudo darse cuenta de ese milagro aun cuando las imágenes se iban desvelando en su mente. Se veía de pie, fuera de un círculo formado por árboles siempre verdes. En el medio del bosque divisó una esbelta joven de cabello rabiosamente rojizo y profundos ojos verdes salpicados con motas doradas. Al observarla, ella inició una lenta danza sensual, cubierta tan sólo por la cabellera que le caía por la espalda y los hombros hasta la cintura brillando como velos de seda carmesí bajo la luz plateada de la luna llena. Un collar de ámbar y azabache le rodeaba la esbelta garganta. Elevó el rostro hacia el cielo, los ojos brillaban como invaluables gemas. La risa brotó de su garganta, con tal regocijo y exuberancia que, aun atrapado en el Sueño Oscuro, le arrancó una sonrisa de los labios.

Se movió hacia ella, oscuridad a la luz.

Ella detuvo la danza mientras él se aproximaba. Silenciosamente, apareció un gran gato negro que se le refregó contra las piernas.

Roshan se detuvo a un brazo de distancia. La mirada de la mujer encontró la suya, osada y sin temor, con los labios curvados en una sonrisa.

—Eres tú —suspiró.

Sorprendido ante sus palabras, se acercó con el brazo extendido.

— ¿Me conoces? ¿Cómo es posible?

Pero la respuesta se perdió al ser arrastrado a las profundidades del Sueño Oscuro, sumergiéndolo cada vez más y más en el olvido.

❧ ❧ ❧

Al despertarse, su cuadro fue la primera cosa que buscó. Miró fijamente sus ojos. Ojos verdes. Rasgados, como de gata.

«Eres tú».

Le repiqueteaba el sonido de su voz en la cabeza, suave y grave, con un matiz enronquecido, increíblemente sexy.

Se dirigió a la biblioteca, buscó en los estantes hasta que encontró un libro sobre brujería que versaba sobre hechizos y «Magick». Magia paranormal herbácea, magia de los cirios, magia animal y magia de los elementos. Algunos tipos de magia paranormal resultaban más efectivos durante alguna fase particular de la luna. Hacía referencia a rituales y cánticos; y a altares adornados con flores secas o frescas, caracoles, cristales, fotos e incienso. Algunos encantamientos podían ser conjurados con palabras, otros con música. Siguió leyendo, en particular sobre el cántico cuyo propósito era ayudar a la bruja a concentrarse en lo que deseaba. También servía para provocar la energía necesaria para conjurar el hechizo. La danza era otra manera de incrementar la energía. Recordó las declaraciones de aquellos que la habían visto bailar desnuda bajo la luz de la luna.

Otra sección estaba dedicada a las herramientas utilizadas por las brujas. El *«athame»* era un cuchillo de hierro o acero, con mango negro, utilizado para marcar un círculo o invocar ciertos hechizos. Ya que las hierbas no debían ser cortadas con hierro o acero, las brujas también poseían un cuchillo hecho de cobre o plata. Por supuesto, ninguna bruja podía llevar a cabo su obra sin un caldero el cual era utilizado para mezclar ingredientes crudos y crear algo nuevo. La mayoría de las brujas poseían una taza especial para ciertos rituales, hecha de plata, madera o arcilla.

El libro también mencionaba pentáculos, collares y varas. Y escobas. No se había imaginado nunca a las brujas volando realmente en palos de escoba. De acuerdo con el libro, las escobas eran utilizadas para barrer la energía negativa antes de conjurar un hechizo.

Cuando llegó al capítulo sobre los signos de la luna, su curiosidad naturalmente se agudizó, después de todo, la luna jugaba un rol importante en su vida. De acuerdo con el autor, la luna creaba diferentes tipos de energía que afectaban la vida diaria. En Aries significaba un buen momento para emprender cosas nuevas. Así también se creía que lo iniciado en Tauro perduraría, en cambio, lo emprendido en Géminis sería fácilmente cambiado por influencias externas; Cáncer era tiempo de crecimiento y nutrición, favorable para atender necesidades domésticas. El énfasis en Leo era sobre uno mismo. Virgo se enfocaba en la salud. En Libra era favorable para la amistad y los vínculos. En Escorpio, la consciencia del poder físico; en Sagitario favorecía los vuelos de la fantasía y de la imaginación; en Capricornio preservaba las tradiciones; en Acuario era propicio para modificar los hábitos y en Piscis se centraba en impresiones ensoñadoras y psíquicas.

Cada día de la semana estaba influenciado no sólo por un planeta sino también por los colores. La luna predominaba en lunes, conllevando paz y salud; los colores asociados eran el gris y plata; lavanda y blanco. Marte dominaba en martes en lo relacionado con la pasión y el coraje, y sus colores eran los asociados con la guerra, como el rojo, blanco negro y gris. Mercurio influenciaba los miércoles, potenciando lo relacionado con el estudio y los viajes; sus colores eran pálidos, durazno y amarillo, blanco y marrón. Júpiter regía en jueves, propiciando la expansión y la prosperidad; los colores eran exuberantes: turquesa y blanco, verde y violeta.

El viernes pertenecía a Venus e implicaba amor, belleza y amistad; los colores asociados eran tenues: rosa, durazno y blanco. Resopló suavemente. Si mal no recordaba, había nacido un viernes justo antes de medianoche. ¿Cómo se podría relacionar al amor y la belleza y los colores de las rosas con un hombre que deambulaba en las sombras de la noche acechando las vidas de otros? Con seguridad ningún otro color podría asociarse más con la vida de un vampiro que el rojo oscuro de la sangre.

Con un movimiento de cabeza, Roshan continuó la lectura. El sábado estaba regido por Saturno, fomentando la longevidad, el hogar y los desenlaces; los colores eran índigo oscuro, marrón, azul y gris. Por supuesto, el domingo estaba regido por el sol, proveyendo salud y espiritualidad, fuerza y protección; los colores eran suaves: dorado y anaranjado, durazno y amarillo.

Hojeó el resto del libro, donde aparecían los nombres de brujas famosas tanto en la historia como en las leyendas. Hécate, la diosa verde de las brujas, adorada en la oscuridad de la luna en lugares donde confluyen tres caminos. Sus tres cabezas —de caballo, serpiente y perro— le permitían ver en tres direcciones al mismo tiempo.

Morgan Le Fey, considerada discípula de Merlín, el mago. Nimue, conocida como la Dama del Lago. Circe, en una isla mágica en el medio del mar. Medea, la diosa de las serpientes. También aparecían datos sobre una bruja del siglo XV conocida como Madre Shipton, quien supuestamente poseía el poder de curar y hechizar. Le pareció interesante el que fuese considerada una vidente quien predijo algunos inventos de la vida moderna como los aviones y automóviles. Ana Bolena, segunda esposa de Enrique VIII, sospechosa de bruja por tener un sexto dedo en una mano. Atrapado por el tema, siguió con la lectura.

Elizabeth Sawyer, conocida como la bruja de Edmonton, había sido acusada de hechizar a los hijos y al ganado de un vecino porque habían rehusado comprarle escobas. Finalmente, pensó con una sonrisa irónica, una bruja con una escoba. Cuando Elizabeth confesó bajo coacción que era una bruja, fue ahorcada.

Otro capítulo trataba sobre hechizos. Se suponía que una almohadilla rellena con romero, tomillo y salvia era efectiva para atraer el amor. También había un conjuro para el dinero: la bruja debía cortar doce trozos de papel del tamaño de una nota bancaria y colocarlos en una caja esparciendo tomillo entre cada trozo. La caja debía ser atada con un hilo con treinta y un nudos y enterrada a no más de siete pulgadas de profundidad. Si se hacía apropiadamente, la caja contendría dinero real cuando fuese desenterrada exactamente un año después. Leyó que la madera de aliso era utilizada para convocar a espíritus del otro mundo. Acomodándose, meditó sobre ello. Quizás podría encontrar una bruja que invocara la esencia de Brenna Flanagan, pero, en realidad, quería algo más que su espíritu.

Cerró el libro, y pensó en su propia bruja. Brenna Flanagan. Incluso su nombre le atraía. Lo murmuró en voz alta, disfrutando de su sonido.

Era hora.

Cogió la imagen del cuadro nuevamente y abandonó la casa.

De pie en el jardín trasero, ciñendo la imagen femenina, dejó que la cerrazón de la noche lo envolviera, atraída por la oscuridad de su alma, escondiéndolo del resto del mundo.

Miró fijamente la imagen, se concentró en el rostro mientras repetía su nombre una y otra vez, en una letanía, imaginándose a sí mismo retrocediendo en el tiempo con cada inhalación, con cada segundo, alejándose del mundo que conocía, acercándose al de ella.

Repentinamente, el pensamiento se volvió realidad y el deseo se convirtió en destino. Estaba viajando a través de un largo túnel negro. Vio como pasaban los años, retrocediendo las centurias hasta que el mundo moderno descorrió las lúgubres nubes del pasado.

El siglo XX, saturado de guerras y rumores de guerra, con inventos que la gente jamás había soñado: televisores, ordenadores, CDs, microondas, jets, teléfonos móviles, comida congelada, penicilina, metralletas y la bomba atómica.

El siglo XIX, que había introducido en el mundo la locomoción a vapor, la imprenta, máquinas de escribir, teléfonos, ascensores, bicicletas, la Coca Cola, máquinas de coser, ametralladoras y la Guerra Civil.

El siglo XVIII con la creación del piano, el bote a vapor, la desgranadora, el extintor, el sextante, el submarino, el paracaídas y la Revolución Francesa.

El siglo XVII, que trajo al mundo la bomba de aire, la turbina a vapor, el telescopio, los relojes de bolsillo y las cacerolas a presión, la champaña Don Perignon, y los juicios de las brujas de Salem.

Cerró los ojos al sentir un cese abrupto de movimiento, seguido de un vertiginoso mareo.

Cuando abrió los ojos, la casa y el jardín habían desaparecido y se encontraba de pie frente a un círculo de nudosos robles.

A lo lejos, vio una casa pequeña con techo de paja. Una espiral de humo se elevaba de la chimenea. La luz amarillenta del candelabro brillaba en la ventana.

Pero fue la mujer bailando a la luz de la luna lo que capturó y prendió su mirada. Una mujer de cabellera color rojo furioso y vivaces ojos verdes. Una mujer desnuda, salvo por el velo brillante de su cabello y un collar de ámbar y azabache.

La examinó durante varios segundos, incapaz de creer lo que veía. Era más hermosa de lo que cualquier artista podría haber reflejado. Su piel era inmaculada, su esbelta figura perfectamente formada. Bailando en el centro de un círculo formado por velas blancas, se movía con la flexible gracia, sensual e inconsciente, de una mujer que no ha conocido las caricias de un hombre. La luz de la luna, combinada con la de las velas, la bañaba de un halo de plata. El cabello le caía sobre los hombros y la espalda como un río de roja seda derretida.

Cautivado, sólo pudo permanecer de pie, observando como elevaba los brazos al cielo, luego giraba graciosamente, cantando.

—Luz de la noche, escucha mi canción, tráeme mi amor, cuanto antes por favor.

Su voz lo envolvió, cálida e hipnotizadora con el mismo matiz grave que había escuchado en su mente mientras dormía, un sonido que le recordaba la luz del hogar sobre el terciopelo en una noche de invierno.

—Brenna —susurró su nombre con el ardor de un deseo que jamás había experimentado.

Al escuchar su nombre, Brenna dejó de bailar. Repentinamente, giró en dirección a él escudriñando las sombras de la noche.

— ¿Quién es? —Retrocedió un paso, sin tener en cuenta su desnudez— ¿John Linder, eres tú? Muéstrate si te atreves.

Aguardó durante un momento, pero no escuchó nada.

Pensando que probablemente lo había imaginado, estaba por alejarse cuando divisó un atisbo de movimiento entre dos árboles. Un escalofrío le recorrió la espalda mientras una forma oscura se apartó de las sombras.

Lo primero que pensó fue que había invocado al mismísimo demonio, ya que la criatura que caminaba hacia ella parecía parte de la noche misma que la rodeaba. Alto y esbelto, con poderosos hombros y largas piernas. El cabello tan negro como el interior de su tetera. Aun en la oscuridad, pudo notar que sus ojos eran color azul noche, bajo rectilíneas cejas negras. Su piel era pálida aunque no tenía aspecto enfermizo. Más del tipo de un hombre adinerado que pasa poco tiempo al sol.

Tembló cuando sus osados ojos encontraron los suyos.

— ¿Quién eres? —inquirió—. ¿Qué haces acechando en las sombras a altas horas de la madrugada?

—Vine a verte a ti, Brenna Flanagan.

Aunque suave, su voz era imperiosa. Su tono le provocó un temblor que le recorrió todo el cuerpo. — ¿Cómo sabes quién soy?

—Sé todo sobre ti.

Levantó una delicada ceja con expresión de desconfianza. — ¿Cómo puede ser así, señor, si jamás nos hemos visto?

Él sonrió débilmente.

Ella notó la blancura de sus dientes.

—Quizás es tu magia la que me ha invocado.

Su voz, ¿qué tenía su voz que le inducía pensamientos que discurrían por caminos que ninguna mujer soltera debería ni siquiera considerar?

— ¿Realmente? —Dio un paso cauteloso hacia él, entrecerrando los ojos para luego abrirlos ante el sorprendente reconocimiento. — ¡Eres tú! —retrocedió un paso con presteza, cubriéndose el corazón con la mano.

Roshan asintió. Quizás no habían sido sus poderes los que lo trajeron a este tiempo y lugar. Quizás había sido producto de brujería forjada a la luz de la luna llena.

Capítulo 3

Ella lo miró durante un momento, luego dio la vuelta y corrió hacia su casa, tan rápido como un ciervo sorprendido, y cerró la pesada puerta de madera tras de sí con un portazo

Roshan la observó antes de seguirla. Después de viajar a través de cinco centurias para encontrarla, no permitiría que Brenna Flanagan desapareciera de su vista tan rápidamente.

Su cabaña estaba ubicada en un claro del bosque. Era pequeña, de estructura cuadrada, construida en madera añosa y piedra. Salía humo de una chimenea baja. La única ventana estaba cubierta por una cortina blanca. Había un pozo de agua a la izquierda de la casa.

Al llegar a la puerta, golpeó suavemente y esperó.

No hubo respuesta.

Golpeó nuevamente, más fuerte, maldiciendo por lo bajo el impedimento sobrenatural por el cual le estaba vedado ingresar a una casa sin haber sido invitado por alguno de los moradores, o permanecer en ella si se le pedía que se retirase.

Golpeó por tercera vez, más fuerte. —Sé que está ahí, Brenna Flanagan. No me iré, así que bien podría contestarme.

— ¿Qué quiere? —preguntó, con la voz atenuada por la gruesa puerta de madera que los separaba.

—Sólo quiero hablar con usted.

— ¿Sobré qué? ¿Quién lo envió aquí?

—Nadie me envió.

— ¿Entonces qué está haciendo aquí?

—Vine a salvarle la vida.

Ella rio burlonamente. —Entonces está perdiendo el tiempo, señor. Como seguramente podrá ver, no estoy en peligro.

—Usted está en más peligro de lo que cree. ¿Por qué no me deja entrar para que le explique todo?

Ella permaneció en silencio durante un momento, seguramente reflexionando. Después de un largo minuto, la puerta se abrió y Brenna Flanagan apareció de pie en el umbral vistiendo un delantal blanco sobre un largo vestido gris. Descalza.

—Entre. —Retrocedió cediéndole el paso para que ingresara a su hogar.

Sintió un hálito de energía al cruzar el umbral de su morada. Era, por cierto, un lugar diminuto. La sala en la que permanecía de pie estaba amueblada con casi nada, tan sólo un par de sillas y una pequeña mesa redonda de madera. Un gato negro estaba acurrucado en una de las sillas. Con las orejas hacia atrás, el animal siseó, moviendo la cola. Había velas por todas partes, la mayoría, apagadas. El fuego crepitaba alegremente en un pequeño hogar de piedra. Un pequeño caldero negro pendía de un trípode de hierro. Las hierbas crecían en cajas angostas sobre el alfeizar de la ventana. Había una escoba apoyada junto al fuego. Varias alfombras coloridas cubrían los rústicos tablones del piso. Pudo ver la esquina de una cama a través de la puerta entreabierta.

Él miró hacia el hogar nuevamente. Según lo que había leído, las brujas que deseaban mantener su poder oculto, a menudo utilizaban la repisa de la chimenea como altar. En la de Brenna Flanagan había varias canastas y jarras junto con una taza, una campanilla, un par de velas blancas, un incensario y un cuchillo de empuñadura negra.

Ella lo estudió durante un momento antes de indicarle una silla. —Siéntese entonces, y dígame cómo sabe quién soy y por qué piensa que mi vida está en peligro.

—Soy Roshan DeLongpre —dijo retirando una de las sillas junto a la mesa— Encontré su retrato en un libro…

—Eso no es posible.

A pesar de saber que no sería capaz de explicárselo, lo intentó. ¿Cómo le haría entender que había encontrado su retrato en un libro hallado en Internet? ¿Cómo podría explicarle lo que era un ordenador a alguien que vivía en la época de las carretas?

—Era un cuadro pintado por John Linder.

Sus ojos se abrieron. — ¿Quién se lo dijo?

—Nadie. Es tal cual le digo. Encontré el cuadro en un libro.

—No le creo. Es imposible.

— ¿Imposible? En el cuadro, usted lleva puesto un vestido blanco —miró al gato durmiendo en la silla—. Y tiene un gato negro sobre el regazo.

— ¿Cómo puede saber eso? —Caminó a lo largo de la habitación y se detuvo frente a él, entrecerrando los ojos—. Nadie sabe sobre la pintura. Y aunque lo supiese, ¿Por qué alguien querría ponerla en un libro? Un libro —movió la cabeza—. No, es imposible. No lo creeré a menos que yo misma lo vea.

Roshan extrajo del bolsillo la impresión del cuadro y se la alcanzó.

Ella miró fijamente el papel durante un momento. Era una réplica del retrato que John Linder había pintado, aunque mucho más pequeña. — ¿Qué clase de hechicería es ésta? —preguntó en voz baja y asustada.

Él rio. —Usted es la bruja, no yo.

Ella entrecerró los ojos. — ¿Quién le dijo que yo era una bruja?

—Nadie. Lo leí en un libro.

— ¿Un libro? ¿Qué libro? Muéstremelo.

—No lo tengo aquí. —Temiendo dejar algún rastro de su visita al pasado, recuperó el papel de su mano, lo dobló y lo guardó nuevamente en el bolsillo del abrigo—. ¿Qué día es hoy?

Ella frunció el ceño, obviamente confundida por la abrupta pregunta. —Hoy es trece de Octubre.

Roshan gruñó suavemente. —No tenemos mucho tiempo entonces —dijo, tamborileando los dedos en el brazo de la silla.

— ¿Qué quiere decir? ¿Por qué no tenemos mucho tiempo? ¿Tiempo para qué?

—Para ayudarla a escapar antes de que sea demasiado tarde.

—Sus palabras parecen un acertijo, señor DeLongpre. Por favor, hable claramente, o retírese.

—Usted va a morir mañana. En vísperas del día de Todos los Santos —dijo abruptamente—. Quemada en la hoguera por ser una bruja.

Ella lo miró fijamente, empalideció, y luego negó con la cabeza. —No, no le creo.

—Será mejor que me crea —dijo él— Su vida depende de ello.

Levantando al gato de la silla, se sentó. El animal trepó inmediatamente al regazo de la mujer clavando una mirada centellante en Roshan, sin siquiera parpadear sus ojos amarillos.

— ¿Alguna vez hizo que llovieran sapos? —preguntó Roshan.

— ¿Quién le dijo semejante tontería?

— ¿Se quejó porque uno de los cerdos de su vecino hurgaba en su jardín?

— ¿Sabe eso también? —preguntó con una voz que resultó apenas un suspiro.

—El hombre murió pocos días después ¿No es así?

—Estaba débil del corazón. En la villa todos sabían que estaba enfermo.

—Si le pido que me prepare una poción ¿podría hacerla? Se encogió de hombros. —Quizás.

—Las mujeres de Salem fueron colgadas por menos.

Ella cruzó los brazos sobre el pecho. Él vio el temblor que ella trató de ocultar.

Roshan gruñó suavemente. Finalmente, había dicho algo que la hizo detenerse a pensar. La cacería de brujas asoló Salem, y todo debido a la conjunción de extrañas circunstancias desencadenadas inicialmente por la conducta anormal de una joven que corría sin dirección por toda la casa, se escondía bajo los muebles y se quejaba de tener fiebre. Lamentablemente, los síntomas de la joven Betty Paris eran una réplica de los descriptos en el popular libro de esa época, *Providencia memorable*, escrito por Cotton Mather, que trataba sobre una lavandera de Boston que tenía síntomas similares y de quien se presumía era una bruja. Las habladurías sobre hechiceras y brujería se incrementaron cuando las compañeras de juegos de la joven Betty Parris, Mary Walcott, Mercy Lewis, y Ann Putnam, comenzaron a evidenciar la misma conducta extraña. Cuando el doctor fracasó en encontrar la cura para las niñas, sugirió que la enfermedad podría ser de carácter sobrenatural y no física. A partir de ahí, las cosas se fueron de las manos. Dorcas

Good, un niño de cuatro años, fue acusado de brujería. Fue arrestado y permaneció en la cárcel durante cuatro meses, en ese lapso vio cómo se llevaban a su madre para ahorcarla.

Antes de que la histeria menguara, diecinueve personas fueron ahorcadas. Pero esta situación no guardaba relación con lo sucedido en Salem ya que las cosas se habían tranquilizado para la fecha en que Brenna moriría.

Brenna respiró profundamente. —Gracias por advertirme —dijo ella, con un extraño temblor en la voz. Y luego frunció el ceño— ¿Es usted un hechicero?

—No.

— ¿Entonces cómo sabe estas cosas?

—Es una larga historia. —Y no tendría tiempo para contársela, aunque quisiese. Podía oler el amanecer en el horizonte.

Lo miró fijamente, con el ceño fruncido, los ojos suspicaces. — ¿Quién es usted?

—Me temo que no tengo tiempo para explicárselo —dijo al tiempo de ponerse de pie. Pero no era sólo el amanecer lo que le urgía a abandonar la casa. Era la cercanía de la mujer, el encanto de su sangre. Lo atraía, acelerando su hambre. Compeliéndolo a saciar su infernal sed.

Con temor a no poder resistir el canto de sirenas de su sangre, se despidió y se dirigió apresuradamente hacia la oscuridad para buscar una presa y un lugar seguro donde refugiarse durante las horas del día.

Brenna siguió con la mirada al extraño, perpleja por su acelerada partida, preocupada por su advertencia. ¿Podría ser cierto? ¿Podría estar en peligro su vida?

Fue hasta la ventana y escudriñó la oscuridad. Tendría que haberlo considerado un demente; realmente, aun ahora, no estaba segura de su cordura. Pero él sabía sobre la pintura, algo que nadie más conocía, salvo ella y John

Linder. No sólo sabía sobre el retrato, sino que de alguna manera, lo había copiado en un pedazo de papel, el más blanco y fino que hubiese visto jamás.

¿Quién era?

¿De dónde venía?

¿Cómo la había encontrado?

¿Cómo un retrato que sólo ella y el artista conocían había aparecido en un libro, y cómo podía el extraño tener una copia?

Fue de un lugar a otro de la casa afanada en colocar una barra en la puerta, cerrar la única ventana y apagar las velas.

Con un suave aullido, Morgana trepó a la cama, dio cuatro vueltas y se ovilló sobre la almohada.

Brenna se desvistió, se colocó la muda de dormir y se deslizó bajo el cobertor.

Usualmente, no tenía problema para dormirse, pero cada vez que cerraba los ojos, veía la imagen del extraño, su cabello era tan negro como el corazón del infierno; sus ojos oscuros, profundos y misteriosos. Había negado ser un hechicero, pero su instinto le advertía que no era un ser mortal.

Después de dar vueltas en la cama durante una hora, se levantó y se colocó una bata. Con un suave conjuro, el fuego del hogar cobró vida. Encendió un par de velas blancas como protección y luego llenó el caldero con agua. Cuando el agua se aquietó, rozó la superficie con la mano.

—Muéstrame al extraño que apareció ante mi puerta, y por qué siento que lo he visto antes, dime si es un hechicero o un brujo, ánima o vampiro, muéstrame la verdad para no equivocarme.

Respiró profundamente, escudriñó el caldero con la mente desprovista de todo pensamiento que no fuese lo que deseaba ver. Una bruma comenzó a girar en espiral sobre la superficie del agua, cuando se aquietó, divisó la imagen de Roshan DeLongpre reflejada en la superficie espejada. Estaba sentado frente a un escritorio en una habitación amplia, de altos techos y paredes blancas. Inclinado hacia delante, miraba algo parecido a una pequeña ventana. Incluso pudo ver los extraños gestos que hacía con la mano y de pronto, su propia imagen apareció en la ventana, pero no pudo leer las líneas escritas debajo por ser tan pequeñas.

Él movió la mano nuevamente y un trozo de papel salió de un objeto extraño que estaba junto a la ventana. Y allí, nuevamente estaba su retrato.

Se inclinó hacia delante, entrecerró los ojos y pudo ver a Roshan salir de la casa apretujando el retrato en la mano.

Observó su figura, pudo advertir qué hermoso era, repentinamente, lo envolvió una bruma gris plata. Cuando se disipó, él había desaparecido también.

Se tambaleó hacia atrás con una mano apoyada sobre el corazón. — ¿Qué magia oscura es ésta? —exclamó suavemente.

Fuera lo que fuese, era algo más que brujería, más poderoso que cualquiera de los hechizos que conocía. Ella podía preparar pociones, conjurar hechizos y hasta, algunas veces, predecir el futuro. Pero desaparecer en un torbellino brumoso…, agitó la cabeza perpleja.

Se inclinó hacia delante para examinar la superficie otra vez pero, evidentemente, el hechizo se había roto.

A la mañana siguiente le resultó difícil aceptar lo visto la noche anterior. Quizás había soñado con el misterioso Roshan DeLongpre. Quizás había imaginado todo.

Trató de no pensar en él mientras preparaba la comida pero, una y otra vez, rondaba en su mente la imagen de su semblante. No sabía qué o quién era, pero estaba segura de que no era un simple mortal. Y si no era un hechicero ¿Qué era entonces?

Le había advertido que su vida estaba en peligro. ¿Debía creerle? ¿Cómo podía saber si no había sido enviado para engañarla de alguna manera, para hacerla confesar que en realidad era una bruja?

Quemada en la hoguera, el sólo pensarlo le producía un escalofrío de terror que le recorría la espalda. Era una manera horrible de morir.

Apartó el pensamiento. No estaba en ningún peligro.

Sus vecinos no le temían. ¿O sí? Frunciendo el ceño, se abocó a hacer la cama. Los habitantes de la villa acudían a ella cuando necesitaban ayuda para encontrar algún objeto perdido o pociones contra el mal de ojo. Buscaban su asistencia para provocar lluvia en tiempos de sequía o para protegerse de cualquier tipo de desastre. Recurrían a sus hechizos en busca de matrimonio o fertilidad y a sus amuletos para la buena suerte, prosperidad o buena salud. La consideraban una sanadora. ¿O no? Jamás había escuchado que la tildaran de bruja.

Preocupada, se dirigió al pozo. ¿Y si el extraño tuviera razón? ¿Y si su vida estuviese en peligro? Bajó la cubeta y la llenó de agua, luego regresó a la casa. Morgana la siguió como una pequeña sombra negra entre los talones.

Con el entrecejo fruncido, Brenna llenó la tetera y la colocó sobre el fuego para calentarla, las palabras del extraño repicaban como un eco en su mente mientras se afanaba en las tareas diarias. Y a medida que pasaba el tiempo, crecía la sensación de mal presagio. Mal augurio ¿O simplemente ansiedad acrecentada por la advertencia del extraño?

Varias veces durante la mañana, escudriñó la ventana en su búsqueda, sin poder desentrañar si sentía alivio o desilusión por su ausencia.

Cerca del mediodía, fue a desmalezar y regar el jardín. Cultivaba rosas, violetas, lavandas, verbenas y romero para sus pociones de amor. Menta, salvia, ajo, ruda y oxálida para realizar curaciones; artemisa, milenrama y aquilea para adivinar. Y también hierbas protectoras en abundancia como eneldo, muérdago, albaca, hinojo, lino, serbal y trébol para colocarlas en almohadillas o coronas.

Al regresar a la casa, se dirigió a su lugar de trabajo, donde guardaba el mortero y el almirez y comenzó a moler las hojas de tomillo y lavanda en una vasija, junto con un puñado de hierbas. Era un conjuro de amor para el hijo menor de Nellie Beech, Georgy, quien estaba locamente enamorado de la hija menor del herrero.

Morgana se frotó contra los tobillos de Brenna ronroneando dócilmente, luego se sentó a sus pies mientras ella trabajaba canturreando suavemente, la música era otro ingrediente del hechizo al igual que los pétalos de una flor rosada, el color del amor y del afecto.

Los colores desempeñaban un rol vital en los conjuros y los hechizos. El color verde favorecía la fertilidad y la prosperidad; el rojo era propicio a la pasión y el vigor, además de mejorar la salud; el anaranjado se usaba para incrementar la potencia sexual y el azul para brindar paz y tranquilidad al alma; el amarillo servía para estimular el intelecto; el marrón era útil para la magia con animales; y el negro, para curar enfermedades y romper hechizos. Brenna se rodeaba de color púrpura para incrementar sus poderes mágicos.

En las últimas horas de la tarde, recibió la visita de John Linder. Era un joven alto y delgado con melena de greñas amarillas, casi blancas, y tristes ojos azules. Tan tímido que hasta le resultaba penoso hablar. Creía estar enamorado de ella y quizás lo estuviese, pero ella sólo sentía amistad por él, y lástima.

Ese día había ido a verla para pedirle un conjuro que le curase una quemadura en la palma de la mano.

Sonriendo, lo invitó a entrar en la casa.

Tartamudeó un «gracias» y la siguió hasta el interior de la cabaña, estrujando permanentemente su deslucida gorra.

Se sentó junto al fuego con la gorra firmemente aferrada en el regazo mientras observaba cada movimiento que ella hacía al mezclar un poco de cebo de oveja con corteza de árbol añoso, preparación que luego hirvió en una pequeña vasija de plata.

Cuando el ungüento estuvo listo, lo retiró del fuego.

— ¿Cómo se ha hecho esto? —preguntó mientras esperaba que el ungüento se enfriara.

Linder se encogió de hombros. —Me … me quemé con el mango de … de una sartén. —El rubor le tiñó las mejillas—. No me di cuenta de … de que estaba … estaba caliente.

Ella movió la cabeza y le aplicó una gruesa capa del ungüento en la palma, luego le envolvió la mano con una limpia venda de algodón. —Estará curada en un día o dos.

— ¿Me quedará cicatriz?

—No.

Poniéndose de pie, se colocó la gorra y extrajo tres huevos marrones del bolsillo de su abrigo. —Gra … gracias.

Ella cogió los huevos y los apoyó sobre la mesa. Los que acudían por su ayuda raramente le pagaban con dinero. —De nada, señor Linder.

Apartó la mirada de la de ella. — ¿Querría usted …? —Se aclaró la garganta—. ¿Querría usted salir a caminar esta no … noche?

—No creo que sea una buena idea —replicó gentilmente. La última vez que había salido a caminar con él, la había besado. Fue su primer beso. Suponía que también lo había sido para el señor Linder. Un beso algo torpe y desagradable, y una experiencia que no tenía interés en repetir.

Su rubor se acentuó. —Que tenga usted un buen… buen día.

—Buen día, señor Linder.

Permaneció en el umbral observando cómo se alejaba. Alguna que otra vez, en momentos de debilidad, había considerado casarse con John Linder, no porque lo amara, sino por que anhelaba un hijo, una hija con quien compartir su don, de la misma manera en que de niña lo había hecho la abuela O'Connell con ella. Pero era tan sólo un sueño tonto. El casamiento no había provocado más que miseria y servidumbre a las mujeres de su familia. Desde hacía mucho tiempo, se había jurado que ningún hombre la gobernaría.

Brenna permaneció en el umbral con una mano apoyada en el quicio de la puerta mientras observaba como se ocultaba el sol tras las distantes montañas, una llamarada de tonos carmesí, ocre y lavanda.

Parpadeó y frente a ella apareció Roshan DeLongpre de pie en el jardín. Atónita dio un paso atrás, con la mano en alto como si el gesto pudiese contrarrestar lo sobrenatural, porque no podría ser otra cosa, que apareciese así, repentinamente de la nada. Y si no fuese un hechicero, entonces…

— ¿Qué clase de hombre es usted? —preguntó, molesta por el tono medroso que traslucía su voz.

Levantó una ceja burlonamente. — ¿Qué clase de saludo es ese, señorita Flanagan?

— ¡Conteste o retírese, señor!

Roshan miró hacia atrás. — ¿Era el joven Linder quien se alejaba?

—Quizás.

—No sobrevivirá su muerte.

— ¿Qué quiere decir? —preguntó alarmada por sus palabras. Aunque no estaba enamorada de John Linder, le tenía afecto, se sentía halagada por su amor obsesivo y, además, reconocía su talento.

—Se va a suicidar el día posterior a su muerte.

Abrió la boca pero no pudo articular palabra.

—La debe amar mucho.

No supo qué contestar, por lo que no dijo nada.

Roshan la observó intensamente. Existía la posibilidad de que Linder igualmente se arrojara del acantilado aunque ella simplemente desapareciese. Era un riesgo que estaba dispuesto a correr ya que el joven no significaba nada para él. Si el destino de John Linder era suicidarse, que así fuese. Era la vida de Brenna Flanagan lo que le importaba. Ahora que la había visto, no podía permitir que muriese.

— ¿Quién es usted? —preguntó ella finalmente.

—Ya se lo dije. Roshan DeLongpre.

— ¿Qué es usted?

Por un momento consideró si sería más conveniente la verdad que una mentira, decidió que no.

—Un amigo —contestó— No tengo intención de hacerle daño.

—No lo considero mi amigo. Y pienso que usted tampoco —dicho eso, se adelantó un paso y cerró la puerta con firmeza tras de sí.

— ¡Brenna, espere!

— ¡Váyase, no es bienvenido aquí!

—Brenna, vengo del futuro.

—Eso es imposible.

—Nada en este mundo es imposible —replicó— Usted debería saberlo.

— ¿Cuán lejos del futuro?

—Cuando me fui, era el año dos mil cinco.

Aun a través de la puerta, pudo escuchar su resoplido de descreimiento. — ¿Qué clase de magia lo trajo hasta aquí?

—No estoy seguro. Pero aquí estoy. Y deseo llevarla conmigo antes de que sea demasiado tarde.

Sus propias palabras lo sorprendieron, pero una vez dichas, la decisión estaba tomada. No tenía intención de vivir otra vez en esa época tan primitiva, ni tampoco pensaba abandonar a Brenna para que sufriera las plagas y pobreza que sobrevendrían.

Brenna se recostó contra la puerta y cerró los ojos. ¿Debería creerle? ¿Y si dijese la verdad, si realmente su vida estuviese en peligro y él fuese el único que podía salvarla?

Lo había constatado con sus propios ojos en el espejo de agua, había visto el retrato que nadie sabía que existía, salvo ella y John Linder. Aunque lo negase, Roshan DeLongpre debía ser un poderoso hechicero.

¿Debía creerle?

¡No! No ahora. No lo invitaría a entrar en su cabaña después de la caída del sol, cuando la magia negra de un brujo era más poderosa. Si realmente podía viajar a través del tiempo, su magia era más poderosa que la de ella. Y mucho temía que si él dominaba las artes de la oscuridad, como lo sospechaba, no podría defenderse de él.

—Vuelva mañana —dijo ella— cuando podamos hablar a la luz del día.

—No puedo hacer eso. Debemos abandonar este lugar ahora, esta noche. Mañana será demasiado tarde.

— ¿Creé que soy tan estúpida como para irme con un hombre que no conozco?

—Me conoce ¿Por qué no confía en mí?

—No lo conozco —negó vehementemente.

—Usted me reconoció al verme. Dijo: «Eres tú».

Tragando con dificultad, cerró los ojos. Era verdad. Había soñado con él la noche anterior, un sueño tenebroso lleno de violencia, sangre y muerte.

Sangre de él.

Muerte de ella.

Abrió los ojos, sobrecogida por un sentimiento de temor y malos presagios. Sabía que si se iba con él, moriría con seguridad, no en la hoguera, sino por su mano.

Roshan se paseó frente a la puerta, preguntándose cómo podía hacer para que confiara en él. No podía arrasar la casa ya que ella le había revocado su previa autorización; debía convencerla para que saliera.

Concentrándose, dejó que sus pensamientos flotaran a través de la noche. Si no podía ir hasta ella, entonces debía lograr que ella fuera hacia él. Su mente se introdujo en la de ella pero, para su asombro, logró rechazarlo.

Roshan maldijo por lo bajo. En todos sus años de vampiro, jamás había encontrado a nadie, hombre o mujer, que tuviese la capacidad de bloquearlo. Realmente ¡Brenna Flanagan era una mujer notable! Y si no podía convencerla de su sinceridad, ella moriría antes del amanecer.

— ¡Brenna! ¡Maldición, mujer, escúcheme! ¡Debemos abandonar ahora mismo este lugar!

— ¡Váyase a no ser que quiera que lo convierta en un sapo!

Con una maldición contuvo la respiración, luchando por no reír. De veras, ¡Un sapo!

Una vez más, se concentró en su poder preternatural. —Ven a mí, Brenna Flanagan —la llamó suavemente—. Caminemos juntos bajo la luna y compartamos nuestros pensamientos y secretos.

— ¡No! —se negó—. ¡Váyase!

Maldiciendo entre dientes, se paseó de un lugar a otro frente a la cabaña. ¿Qué podía decir que sedujese a la mujer para que saliera, o mejor aún, para que le permitiese entrar?

¿Cuánto tiempo tendrían antes de que la turba llegara para llevársela?

—Brenna… —Frunció el ceño, dominado por un deseo repentino de alejarse a saltos, encontrar un lirio de agua en un hermoso arroyo y capturar moscas.

Se rio con ganas. —No funcionará, bruja —dijo en voz alta—. No puedes convertirme en una rana o un tritón.

Escuchó un golpe dentro de la casa y sonrió burlonamente al darse cuenta de que debía haber arrojado algo contra la pared.

—Ven a mí, Brenna Flanagan —intentó seducirla—. Sabes que lo deseas.

Brenna lanzó un suspiro mientras comenzó a barrer la loza rota. ¿Por qué habría fracasado el conjuro? Le había resultado incontables veces. Era un hechizo inofensivo, sólo duraba un par de horas. ¿Por qué era tan apuesto y su voz era tan seductora? Aun ahora, la seguía escuchando en su mente, una voz profunda, oscura que prometía placeres incomparables si tan solo doblegase su voluntad a la de él.

Pero ella no podía. ¡No debía dejar su vida en manos de él! No se atrevía a confiar en ese oscuro extraño de voz hipnotizadora e insondables ojos azules como la noche. Brujo o hechicero, ¡no le abriría la puerta esa noche!

Durante la hora siguiente, la llamó implorándole que le acompañase antes de que fuese demasiado tarde. Hasta intentó coaccionarla con la seguridad de su casa, ella conjuró docenas de hechizos para alejarlo, la furia y la frustración crecieron con cada fracaso.

Espió por la ventana. Pudo ver a la luz de la luna su silueta oscura que parecía parte de la noche, parte de la oscuridad misma

Se movía con gracia como si flotase en el aire en vez de caminar sobre suelo firme.

Caminaba a la luz de la luna llena y no proyectaba sombra.

Estaba intentando entender esa señal de brujería cuando vio el destello de unas luces que se movían en el bosque, más allá de la cabaña.

A medida que se acercaban, pudo escuchar el sonido de las voces.

Voces de hombres cargadas de furia y de temor.

— ¡Brenna, no tenemos más tiempo! —Con esas palabras, desapareció de su vista.

Se apartó de la ventana con el corazón latiéndole en el pecho con fuerza mientras la voz de un hombre exigía su presencia. Un gruñido grave surgió de la garganta de Morgana mientras se frotaba contra los tobillos de Brenna.

— ¡Sal, bruja! ¡Y trae a tu pariente contigo!

— ¡Sí, sal y enfrenta tu destino, bruja!

En medio de alaridos e imprecaciones, los hombres comenzaron a aporrear la puerta. Con un chillido como el de una mujer sufriente, la puerta explotó arrojando hacia el interior una lluvia de astillas. Manos toscas la sujetaron y la sacaron a rastras.

Pateando y arañando, Brenna intentó liberarse desesperadamente. Con el corazón latiéndole aceleradamente por el terror, vio como partían las ramas de un árbol. Gritó cuando la amarraron al tronco y colocaron las ramas a sus pies junto con un puñado de leña.

Miró los rostros de hombres que conocía, hombres a quienes había curado en el pasado. Ellos evitaron su mirada. A la luz de las antorchas, los rostros parecían grotescos, demoníacos.

Luchó contra las ataduras que la sujetaban mientras la pila de madera crecía. Se le agitó el estómago de miedo y el terror la sofocó hasta que apenas pudo respirar.

¿Por qué no se había ido con Roshan? ¿Dónde estaba ahora que lo necesitaba? ¿Por qué, oh, no lo había escuchado?

Gritó con más fuerza cuando los hombres la rodearon e encendieron la madera con las antorchas. Los miró fijamente, con morbosa fascinación, mientras las pequeñas llamas se extendían a su alrededor. Rápidamente le lamerían los tobillos, alcanzándole el bajo del vestido. ¿Cuándo tiempo tardaría en morir quemada?

Parpadeó con lágrimas en los ojos. ¡Oh, Señor, esto no podía estar sucediendo!

Pero así era. Con el estómago revuelto por las náuseas, se sentía mareada como si fuese a desmayarse, y rogó por desfallecer, por estar inconsciente cuando el fuego la consumiese.

Los hombres se apiñaron frente a ella haciendo gestos para evitar el mal de ojo que podría echarles antes de que la muerte la reclamara.

El calor le abrasaba la piel. Pronto las llamas la alcanzarían.

Sollozaba ahora. El humo acre le llenaba la nariz. Gritó más fuerte cuando la primera llama le quemó la piel

— ¡Deteneos! ¡Oh, por favor! ¡Deteneos! —repetía la súplica entre sollozos una y otra vez. Tenía que ser una pesadilla, no podía morir así no aquí, no ahora.

Los hombres la miraban fijamente, con los ojos muy abiertos. Uno de ellos cantaba algo. ¿Una plegaria por su alma? ¿Un conjuro para apartar al demonio?

Gritó aterrada cuando el calor del fuego le abrasó la parte posterior de las piernas. Pronto sentiría las llamas hambrientas devorándole la piel. Abrió la boca para gritar pero sintió la respiración atrapada en la garganta, fue entonces cuando vislumbró una bruma de motas plateadas brillar a la luz de la luna, y Roshan DeLongpre apareció repentinamente, interponiéndose entre ella y la turba.

El poder crepitaba en el aire de la noche, como el chisporroteo en la atmósfera antes de una tormenta.

Se suscitó un abrupto silencio cuando los hombres que blandían las antorchas notaron su presencia

— ¿Quién es usted? —inquirió Henry Beech con osadía.

—Tu peor pesadilla. —Roshan ocultó una sonrisa irónica al repetir la línea escuchada en una película.

Miró torvamente las llamas que lentamente acortaban la distancia a los pies y las piernas de Brenna, tembló al imaginarse el fuego expandiéndose en su propio cuerpo. La carne preternatural era particularmente vulnerable al fuego. Si quería salvarla sin inmolarse en el intento, tenía que ser ahora.

Irguiéndose cuanto pudo, lanzó un rugido; a velocidad preternatural se colocó detrás de Brenna, sus dedos desanudaron las gruesas sogas que la amarraban como si fueran de papel. El fuego le abrasó las manos y le escaldó la piel de los brazos.

Sujetándola en los brazos contra su pecho, se alejó del humo, del fuego y de la turba.

✤ ✤ ✤

Brenna continuaba en brazos de Roshan cuando el mundo dejó de girar. Miró a su alrededor y notó que estaban en la profundidad del corazón de los bosques que se extendían al oeste de su cabaña. Reconoció inmediatamente el lugar donde solía juntar hierbas y plantas. Allí estuvo también para celebrar la luna nueva y realizar algunos de sus hechizos.

— ¿Estás bien? —preguntó Roshan depositándola en el suelo.

No lo miró, el cuerpo todavía le temblaba por haber estado tan cerca de la muerte.

—S…sí. Creo que sólo me quemé un poco las piernas. ¿Estás herido?

Movió la cabeza. Si fuese mortal las quemaduras no tendrían consecuencias de gravedad, pero no lo era. El calor de las llamas le había ampollado la piel de las piernas y brazos y le había quemado las palmas de las manos.

— ¡Morgana! —exclamó ella—. La matarán.

Agitó la cabeza sin poder creerlo.

— ¿Estás preocupada por una gata?

—No es sólo una gata. Es mi amiga.

—Tu pariente, querrás decir.

—También —contestó ingenuamente—. No puedo dejar que la maten.

Roshan la cogió del brazo para evitar que se dirigiese hacia la cabaña.

—Espera. No te salvé la vida y me enfrenté a las llamas para que vuelvas al fuego.

Le apartó la mano. —Voy a ir.

—Te quedas aquí. Iré yo a buscar a la maldita gata.

No esperó su respuesta. Se disolvió en bruma y regresó a la cabaña, o a lo que quedaba de ella. Los hombres la habían incendiado, en la hoguera no quedaban más que cenizas.

Roshan se materializó y buscó a la gata.

—Morgana —llamó suavemente— ven conmigo.

Un suave maullido llamó su atención. Siguiendo el sonido, la encontró en una bolsa que colgaba de un árbol. Aparentemente, la turba la había dejado para que muriera de hambre, si no se asfixiaba antes.

Apoyó la bolsa en el suelo, se debatió si debía abrirla o no, y decidió que sería más rápido y seguro llevarle la gata a Brenna en la bolsa.

La gata siseó y clavó las garras en la bolsa hasta que encontraron a Brenna. Roshan la apoyó en el suelo y desató el cordel.

La gata saltó hacia los brazos de Brenna maullando con todas sus fuerzas, sin duda en protesta por el brutal trato recibido. Luego, ronroneó y lamió el rostro de su dueña.

—Entonces, Brenna Flanagan —dijo Roshan— ¿Me crees ahora?

Capítulo 4

Brenna respiró profundamente. ¿Cómo podía dudar de él ahora? Sin importar quién era o de dónde había venido, la había salvado de un destino terrible.

— ¿Te has quemado mucho? —preguntó Roshan.

—No tanto. ¿Y tú?

—Estaré bien.

Asintiendo, Brenna se arrodilló junto a una gran planta verde con largas hojas puntiagudas cuyas bondades le habían sido reveladas años atrás por un viajante. Cortó un trozo de hoja por la mitad y se frotó suavemente las quemaduras con la fría sustancia gelatinosa de su interior.

Cuando terminó, miró con ojos interrogantes a Roshan.

Él sacudió la cabeza. Aunque le produjeran dolor, las quemaduras sanarían en pocos días.

—Te calmará el dolor —dijo ella.

Roshan frunció el ceño. Desde hacía siglos no confiaba en ningún tipo de medicina humana.

—Hazlo —dijo él.

Levantó una pierna del pantalón chamuscado, frunció el ceño y comenzó a untar el frío gel sobre la piel ampollada. Era extraño que sus quemaduras fueran más profundas habiendo tenido los tobillos cubiertos por los pantalones y las botas, a diferencia de los de ella, que habían estado desnudos.

Los pantalones. Nunca había visto algo similar, ni palpado ese tipo de material.

No pudo dejar de notar el sistema extraño para ajustarlos...

Sintió cómo el calor le subía en las mejillas y se abocó a la otra pierna, luego a la piel de los antebrazos y de las manos.

— ¿No está mejor así? —preguntó sin mirarlo a los ojos.

Roshan asintió. —Gracias.

—De...de nada. —temblando ahora, sobrecogida al tomar consciencia de lo cerca que estuvo de morir. Si no hubiese sido por ese hombre, estaría muerta ahora.

—Vamos —dijo abrazándola—. Estás bien. Se acabó.

Levantó la vista hacia él, con el cuerpo temblándole descontroladamente.

—Tú...tú salvaste mi vida. Y la de Morgana. Gra...gracias.

La estrechó con más fuerza. —Me alegra poder ayudar —dijo trivialmente, pero, sabía que nunca podría olvidar la imagen de Brenna amarrada en la hoguera, las llamas lamiéndole los tobillos, la mirada de terror en los ojos.

Fijó la vista detrás de ella preguntándose cuál debía ser el paso siguiente. Ya había hecho lo que había venido a hacer. Brenna estaba a salvo, al menos por ahora. Durante un momento, contempló la posibilidad de ver a su familia. Iba a nacer esa noche. Si fuese a la casa de su padre, ¿podría verse a sí mismo como un bebé recién nacido? Aunque estaba tentado de hacerlo, no le pareció prudente. Miró a Brenna, preguntándose qué diría sobre ella el libro *Mitos y leyendas antiguas* ahora que él había cambiado el curso de su vida.

—Todo lo que necesitamos ahora —señaló él— es un lugar donde pasar la noche.

Ella se retorció para liberarse de sus brazos.

—Podría quedarme con John Linder.

—No —descartó la idea de plano—. ¿Hay algún otro lugar dónde puedas ir?

Pero al formular la pregunta sabía que no debía confiar en nadie más para cuidarla. ¿Adónde podría llevarla entonces, donde ambos estuviesen a salvo?

Meditó durante un momento, realmente había una sola opción.

—Te llevaré a mi casa. —Se preguntó interiormente si podría lograr que ambos se transportasen al futuro—. Supongo que, además, querrás llevar a la gata.

—Sí. —Brenna cogió a Morgana en los brazos—. ¿Tu casa está cerca?

—No lo suficiente —murmuró.

Ella jadeó cuando él la envolvió en los brazos otra vez.

— ¿Qué haces?

—Llevándote a mi casa, espero.

—Pero…

—Quédate quieta, pequeña, necesito concentrarme.

Cerró los ojos y se concentró en la imagen de su casa tal como se veía bajo la luz de la luna cuando la había dejado. Concentró toda su energía en ella, en el jardín y en su deseo ferviente de estar allí, y mientras lo hacía, se imaginó a sí mismo propulsado en el tiempo y en el espacio, acercándose a su refugio con cada bocanada de aire.

Otra vez, se sintió transportado a través de un túnel negro, adelantándose en el tiempo, girando a través de cada centuria, observando los logros y fracasos de la humanidad que se esforzaba en aprender más del mundo en que vivía y de la gente con quien lo compartía.

Al igual que la vez anterior, sintió el cese brusco del movimiento, seguido de una ráfaga de vértigo.

Cuando abrió los ojos, estaba de pie en el jardín delantero de su casa. Brenna se aferraba a él, con los ojos cerrados y el corazón latiéndole con fuerza, La gata abrió los ojos y siseó, luego se liberó de los brazos de Brenna.

— ¿Brenna?

Abrió los ojos lentamente y miró a su alrededor. — ¿Qué sucedió? ¿Dónde estamos? Vi cosas… —Sacudió la cabeza con los ojos llenos de confusión y duda.

—Bienvenida al futuro, Brenna Flanagan.

Lo miró fijamente con escepticismo, y luego se desmayó.

Roshan sacudió la cabeza y la llevó hasta la escalera del porche mientras la gata le rondaba entre los talones sin dejar de sisear.

Con poder mental abrió la gran puerta principal y entró con Brenna, subió la serpenteante escalera y caminó por el pasillo hasta llegar al único dormitorio que estaba amueblado. Era una amplia habitación, con una chimenea de mármol en una esquina. Tres de las paredes tenían ventanales cubiertos con pesados cortinajes drapeados azul oscuro. La cama era enorme y antigua, tenía el dosel apoyado en cuatro pilares y estaba cubierta con un acolchado en tonos de azul, marrón y gris. La cómoda donde guardaba sus camisetas, calcetines y ropa interior estaba ubicada frente a la cama; los pantalones, camisas y abrigos estaban colgados en el armario; los zapatos, en el piso. La habitación tenía una sala de estar anexa y un baño al que se podía acceder tanto desde el dormitorio como desde el pasillo.

Apartó las mantas y colocó a Brenna sobre la cama.

Morgana saltó sobre la cama maullando fuertemente, dio dos vueltas y se acurrucó junto a su ama, miró a Roshan sin parpadear, con un grave gruñido atrapado en la garganta.

Roshan levantó una ceja al mirar con el ceño fruncido a la gata. Uno puede engañar a las personas, pero no a los animales. Ellos sabían lo que era.

Brenna se despertó un momento después, con los ojos muy abiertos, y algo asustada mientras observaba la habitación; las ventanas y bajo ventanas, los techos altos, el empapelado rayado.

— ¿Dónde estoy?

—En mi alcoba.

Miró la habitación nuevamente. Podría ubicar toda su cabaña en esta alcoba y aún quedaría espacio.

Y luego tomó consciencia de las implicaciones de sus palabras.

— ¡Tu alcoba! —Se levantó de la cama y se dirigió hacia la puerta antes de terminar de hablar.

Resbaló al detenerse profiriendo un grito al llegar a la puerta y ver que Roshan se interponía, con los brazos cruzados sobre el pecho.

—Cálmate ¡Brenna!

Se apartó de él y siguió retrocediendo hasta que se topó con el borde de la cama.

— ¿Quién eres?

—No te haré daño.

— ¿Quién eres? —repitió.

Dio un paso hacia ella con la mano extendida.

El temor por su vida la había vuelto descuidada. No estaba segura de que su magia fuese efectiva cuando estaba tan asustada. Los hechizos conjurados aceleradamente habían tenido efectos contraproducentes en el pasado, pero era un riesgo que estaba dispuesta a correr. Dominando el temor y la furia, Brenna apuntó con un dedo en dirección a Roshan, y murmuró una rápida letanía.

Morgana siseó, y se le erizaron los pelos del lomo.

Roshan lanzó una maldición cuando el hechizo de Brenna lo sacudió, empujándolo hacia atrás. Gruñó al golpear el hombro contra el marco de la puerta. Sintió el poder de Brenna chisporroteándole la piel inmovilizándolo en el lugar. Con grandes zancadas se dirigió hacia ella nuevamente.

Brenna jadeó. Cualquier mortal se habría desmayado con su conjuro. Antes de que pudiese reunir el poder necesario para intentarlo nuevamente, él estaba junto a ella.

La miró fijamente, le sujetó los brazos contra el cuerpo.

—No lo hagas de nuevo —gruñó cada palabra.

—Déjame ir.

La sacudió hasta que le rechinaron los dientes.

—Maldición, mujer, no te haré daño.

Le señaló las manos que le aferraban los brazos, clavadas en su carne. Él suavizó la presión pero no la dejó ir.

Lo miró fijamente, levantó el mentón, rehusándose a retroceder una pulgada aunque él sabía que estaba asustada. La esencia de su miedo, mezclada con un dejo de olor a sangre, inflamó su hambre. Bajó la mirada hasta la suave piel de su cuello, más abajo aun, hasta el nacimiento y curva de sus senos.

Sus ojos se agrandaron, se le agitó la respiración bajo su mirada.

—Déjame ir. —No era una orden ahora, era una súplica.

—Brenna…

—Por favor.

Con un profundo suspiro, cerró los ojos para ocultar el hambre escondida en la profundidad de su interior. No quería asustarla más de lo que ya estaba. Sintió las punzadas de sus colmillos contra la lengua, sabía que estaba peligrosamente cerca de perder no sólo el control de su deseo, sino el control sobre la bestia que yacía en su interior.

Había sido un error traerla aquí.

Con un gruñido, la apartó de un empujón, sacudió con fuerza la puerta y salió, erguida sin mirar atrás. El sonido del cerrojo retumbó en sus oídos.

La casa era demasiado pequeña para contener el caudal de emociones que le embargaban. Necesitaba irse, poner distancia entre él y Brenna Flanagan, pero se conocía demasiado bien, sabía que si no se iba ahora, no sería capaz de contener el hambre, y cuando estaba fuera de control, la gente moría.

Murmurando una soez imprecación, se paseó a lo largo del pasillo entre el salón y la parte trasera de la casa. El hambre lo desbordaba, dominando todo pensamiento, toda necesidad, a la vez que le estrujaba las entrañas, enturbiándole la visión con una bruma de sangre.

No tenía que salir. Había una víctima fresca en la planta alta. Una mortal proveniente de otro siglo. Podía tomarla a su antojo, saborear cada gota mientras le succionaba la sangre y la vida. Podía deshacerse fácilmente del cuerpo. Nadie la lloraría, nadie la extrañaría.

Ah, pensó. Había un problema, él extrañaría a su pequeña bruja.

¿Qué tenía Brenna Flanagan que lo atraía tanto? Sería que, de no ser por ella, no sería más que cenizas antiguas, sus restos esparcidos por un viento indiferente. Una mirada a su retrato lo había cautivado. En la situación límite de buscar la muerte, había sabido que no podía acabar con su existencia hasta que supiese más sobre ella. Sin importar a qué precio, tenía que encontrarla.

Golpeó el puño contra la pared tratando de apaciguar su ira. Había viajado en el tiempo para salvarla de una muerte horrible. ¿Estaba agradecida por ello? ¡No! Tenía miedo de él, le había cerrado la puerta. ¡Estúpida mujer!

¡Como si un cerrojo y un insignificante tabique le pudiesen detener!

Rio, el áspero sonido de su risa hizo eco en las paredes de la tranquila casa. Debía estar asustada. Tenía la vida de ella en las manos.

Con una maldición, giró y se dirigió hacia las escaleras, y se detuvo a medio camino. Miró hacia arriba, sus sentidos preternaturales le trajeron la esencia de su sangre, del latir acelerado de su corazón, el hedor de su miedo incrustado en la piel.

Apretó los puños y luchó contra el ansia de derribar la puerta que le había cerrado en la cara, todavía sintiendo el susurro del hambre en su oído.

«*Dulce* —decía el susurro—. *Será aún más dulce por el temor recorriéndole las venas. Sabes que la deseas. ¡Tómala! Es tuya, tuya para que la tomes*».

— ¡No! —rugió mientras giraba sobre los talones, aferrando la capa negra, huyó de la casa.

Alguien moriría esa noche, pero no sería Brenna Flanagan.

Impulsado por la urgente necesidad de cazar, merodeó por las calles oscuras, temblándole todo el cuerpo por el hambre insaciable que lo dominaba implacablemente. Había sido un vampiro durante doscientos ochenta y seis años y en todo ese tiempo había sido incapaz de dominar por completo a la bestia que yacía en su interior. Aunque había intentado luchar contra ella, tarde o temprano, el hambre demoníaca prevalecía, dominando cualquier mínimo atisbo de autocontrol que creyese haber logrado, demostrándole en cada ocasión que seguía siendo esclavo de las oscuras apetencias de su fuero íntimo.

Sabiendo que estaba próximo a su punto límite, huyó de la ciudad y se dirigió a las zonas excluidas donde los zares de la droga y los proxenetas hacían sus negocios. Toda ciudad tenía un lugar así, donde se apiñaban los más desprotegidos. Aunque solía cazar en zonas más agradables, recurría a este lugar cuando su débil control se quebraba y el hambre no podía ser desoída. La muerte no era desconocida allí. Era frecuente en la lucha cotidiana por el poder.

El sonido de susurros furiosos atrajo la atención de Roshan. Se detuvo, levantó la cabeza para oler el aire, la nariz saturada con la esencia a codicia y a whisky.

Allí. Al final del callejón cruzando la calle.

La capa ondeó tras él como la sombra de la muerte mientras seguía el rastro del olor de su víctima, vibrándole todo el cuerpo con una necesidad que no sería por más tiempo negada.

Brenna apoyó la oreja contra la puerta tratando de escuchar algún sonido que le permitiese saber dónde se encontraba Roshan. Al principio no escuchó nada y luego, el golpe de la puerta. Supo de inmediato que él había abandonado la casa, no por el ruido del portazo sino por la repentina sensación de vacío que sintió. El hecho de que pudiese sentir su ausencia la asustaba más que cualquier otra cosa.

Por enésima vez se encontró preguntándose quién era él. Qué era. No era mortal, de eso estaba segura. Pero si no era mortal, ¿qué era? Había crecido entre cuentos de criaturas no terrenales. La abuela O'Connell había creído en toda clase de seres sobrenaturales: hadas y ogros, gnomos y duendes, hombres lobo y vampiros, y en una horda de ejemplares aterrorizantes. Brenna se había negado a creer en tales seres. ¿Si existían, dónde estaban? ¿Por qué nunca los había visto? Pero la abuela estaba convencida y, a menudo, se planteaba esta hipótesis: «Si las brujas y hechiceros existen, ¿Por qué no abrían de existir los hombres lobo y otros personajes fantasiosos? Era otra forma de magia, después de todo».

A excepción de su propia madre y de su abuela materna, Brenna jamás había conocido otro ser mágico o místico. No sabía qué tipo de criatura podía ser Roshan DeLongpre, pero en lo profundo de su alma, sabía que no era como ningún otro hombre que había conocido.

Mordiéndose el interior del labio inferior, evaluó la conveniencia de aventurarse fuera de la alcoba. Un suspiro le hizo temblar todo el cuerpo. Su alcoba. Su cama. ¿Cuál habría sido su intención? ¿Por qué la habría llevado allí? Ni siquiera la conocía. ¿Por qué había viajado a través del tiempo para encontrarla?

Tantas preguntas inquietantes; preguntas para las que no tenía respuestas.

Pero algo sí sabía: no podía quedarse aquí, en su casa, en su alcoba.

—Ven, Morgana —susurró.

Abrió la puerta y, después de mirar a ambos lados del pasillo, bajó rápidamente las escaleras, salió de la casa, y siguió por el largo camino que guiaba a un elaborado y enorme portón de hierro forjado incrustado a un muro de piedra. No se sorprendió al encontrarlo cerrado con llave.

Levantándose el bajo del vestido para no mojarlo con el césped húmedo, Brenna siguió a lo largo del muro de piedra para encontrar otra salida. Morgana la seguía entre los talones maullando suavemente.

Brenna nunca había visto una finca tan inmensa en toda su vida. La casa, mucho más grande que cualquiera de las que había visto, parecía eclipsada por el predio que la circundaba. Había árboles y arbustos por todas partes. En la parte de atrás, encontró un laberinto y extraños árboles cortados en formas de animales, tanto reales como místicos.

No estaba segura de cuánto tiempo había pasado antes de que emprendiera el retorno hacia el frente de la casa. Examinó el portón, preguntándose si podría utilizar la magia para abrirlo. Llamó a Morgana, la sostuvo en los brazos mientras intentaba invocar un simple hechizo de revocación, y luego uno de anulación, pero ninguno sirvió. Brenna pateó el suelo y frunció el ceño ante el terrible pensamiento que le cruzó por la mente. ¿Sería posible que su magia no fuese efectiva en este tiempo y lugar? No podía ser. Su magia había actuado contra él antes. ¿Habría utilizado su propia magia para frustrarle cualquier intento de huida? ¿Necesitaría quizás su vara para ayudarla a concentrarse?

Una cosa era cierta. No quería estar aquí cuando él regresase. Miró a su alrededor buscando un lugar dónde esconderse. Si se agazapara tras los arbustos podría arrastrarse sin que lo notase cuando él regresara, si bien el pensamiento le cruzó la mente, sabía que no funcionaría.

Sintió una presión en la vejiga, miró alrededor del jardín preguntándose dónde estaría el privado. No recordaba haber visto uno en el jardín trasero, pero seguramente en una casa tan grande como ésta, ¡algún tipo de provisión se habría tomado! Depositó a Morgana en el suelo, rodeó la casa por segunda vez, y sin poder soportarlo más, se escondió tras un arbusto. Morgana la siguió, mirándola fijamente con sus inmensos ojos amarillos.

Se arregló la ropa, alzó la gata y se encaminó hacia el frente de la casa. Cuando depositó a Morgana en el suelo, la gata huyó inmediatamente hacia las sombras, sin duda en busca de una presa. Era una osada cazadora y la pesadilla de pájaros, ratones, y conejos.

— ¡Morgana, regresa aquí! ¡Morgana!

Brenna comenzó a seguirla y luego, se encogió de hombros, entró a la casa dejando la puerta entreabierta para cuando volviese la gata.

Sin tener nada que hacer, Brenna exploró las habitaciones del primer piso. El lugar no se parecía en nada a los que había visto en su vida, y no sólo por el tamaño, sino por las extrañas cosas que contenía, cosas de las cuales no sabía el nombre. Cosas que no se animaba a tocar por temor a que Roshan se enojara al encontrarla merodeando en su gran mansión. Por supuesto, si él no quería que fisgoneara, ¡no debería haberla traído, en primer lugar, ni dejar que debiese ingeniárselas por sí sola!

Una de las habitaciones tenía numerosos aparadores. Había una pequeña mesa redonda y dos sillas. Debía ser la cocina, pensó, aunque no se parecía a las que conocía. Pensó que estaba fisgoneando, que, en realidad, era lo que estaba haciendo, abrió los armarios. Todos estaban vacíos. Quizás en este extraño mundo nuevo, la gente guardaba la comida en otro lugar.

Echó un vistazo a varias habitaciones: una sala; una biblioteca con estanterías que cubrían tres de las paredes de piso a techo; otra habitación que estaba vacía salvo por más estantes con libros. Tenía más libros de los que ella jamás había soñado, podían existir. Se preguntó por qué tendría tantos. ¡Era imposible que los hubiese leído a todos!

Y luego se encontró con la habitación que había visto en su sueño. En el gran escritorio estaba esa especie de ventana cuadrada tan peculiar donde había visto su propia imagen. Sólo que la ventana estaba negra ahora. Entonces, ¿sería un hechicero? Ese extraño vidrio negro, ¿serviría para adivinar al igual que su espejo de agua? Acercándose, lo espió detenidamente, pero no sintió que irradiara ningún poder, ninguna vibración de energía mágica.

Subió a la planta superior y recorrió habitación por habitación. Supuso que eran otras alcobas, pero era difícil de decir porque todos estaban vacíos salvo por las estanterías con libros que cubrían todas las paredes por completo y cómodas sillas. El único dormitorio amueblado era el de él.

Finalmente, no tenía ningún lugar donde ir o esconderse. Ni armas para luchar, salvo su magia. La cual, lo sabía, no era lo suficientemente fuerte. ¿Cómo podría luchar contra él si con sus hechizos no podía ni siquiera abrir un simple portón?

Regresó al dormitorio, echó el cerrojo, se subió a la cama, totalmente vestida a excepción de los zapatos. Se cubrió hasta el mentón y cerró los ojos, pero en cuanto lo hizo, aparecieron en su mente las imágenes de hombres rodeándola con antorchas. Hombres que pertenecían a familias que había conocido toda su vida. Los rostros parecían grotescos iluminados por las antorchas mientras encendían el fuego a sus pies. Sintió la punzada del humo en las fosas nasales. Las llamas le lamían la piel. Si Roshan no hubiese aparecido cuando lo hizo, habría muerto devorada por el fuego…

Al abrir los ojos, las imágenes se le desdibujaron de la mente.

Estaba todavía despierta cuando él regresó. Aunque no escuchó ningún sonido, supo cuando cruzó la puerta. Sentada en la cama, «su cama», miró fijamente hacia la puerta. La puerta que había cerrado con llave para protegerse de él.

La puerta, ahora estaba abierta, dejaba ver a Roshan de pie en el pasillo. Una sombra alta y oscura envuelta en una larga capa negra hasta los tobillos se aproximó al umbral

Sujetando las mantas contra el pecho, se encogió contra la cabecera de la cama mientras él entraba a la alcoba. Tenía un brillo rojizo en la piel que no le había visto antes.

—Bueno —dijo calmadamente—. Todavía estás aquí.

Lo miró.

—No estaría aquí si no hubieses cerrado el portón con llave.

La observó detenidamente y su mirada penetrante le hizo sentir incómoda pero no apartó la vista. En un silencio desafiante, irguió los hombros y levantó el mentón.

Él sonrió burlonamente, con una expresión que demostraba claramente que sabía que ella tenía miedo.

—Quiero volver a casa —dijo ella—. A mi época. —Se reprendió al escucharse hablar como una niña asustada por la oscuridad.

— ¿Realmente? Ansiosa por volver a la hoguera, ¿no es así?

Tembló ante los recuerdos cuyas imágenes había visualizado tan sólo hacía unos instantes.

—Por supuesto que no. Iré a cualquier otro lugar, otro pueblo, a cualquier lugar donde nadie sepa quién soy.

No quería permanecer allí donde todo le resultaba extraño. No quería quedarse con él. La asustaba de una manera que no alcanzaba a comprender.

Retrocedió cuando él se sentó a los pies de la cama.

—Maldición, basta con eso —dijo irritado—. No te haré daño.

—No te creo. ¿Por qué me buscaste? ¿Por qué me trajiste aquí?

—Porque te deseo.

Aunque fuese doncella, podía reconocer el ardor en sus ojos, el anhelo en su voz. Ah, su voz, tan oscura como la noche, rotunda como la eternidad. Le recordaba el whisky casero de la abuela O'Connell, que la calentaba por dentro.

—Me salvaste la vida —dijo con ese tono cálido y suave que le recordaba el whisky.

Sus palabras la sorprendieron tanto que, por un momento, se olvidó de sus temores.

— ¿Cómo pude haber hecho eso?

—Estaba a punto de terminar con mi existencia —dijo él—. Sentía que no tenía nada por qué vivir, ninguna razón para seguir adelante. Y fue entonces, cuando vi tu cuadro…

— ¿El que estaba en ese libro del que me hablaste?

Él asintió pensando que debía buscar el libro para ver qué decía ahora sobre Brenna.

—Vi tu cuadro y quise saber más de ti. Esa fue motivación suficiente para que me sobrepusiera. Y luego comencé a preguntarme si habría alguna manera de encontrarte. Leí docenas de libros sobre la posibilidad de viajar en el tiempo. Me pregunté si sería posible y decidí intentarlo —meneó la cabeza—. No estaba seguro, pero me concentré en tu imagen y… —se encogió de hombros— de repente, estaba en el campo viéndote bailar.

Sintió el calor arrebatarle las mejillas. La había visto bailar bajo la luna, desnuda.

— ¡Oh! —se ruborizó aún más al recordar el cántico que entonaba en ese momento: *«Luz de la noche, escucha mi canción, tráeme mi amor, cuanto antes por favor»*.

Había soñado con este hombre, había pensado en él mientras conjuraba el hechizo. *«Tráeme mi amor»*. ¡Por favor!

¿Sería posible que el conjuro lo hubiese invocado, que él fuese, realmente, su verdadero amor?

Sacudió la cabeza. No podía ser, sin embargo, ¿qué otra explicación podría haber? De alguna forma, a través del tiempo y el espacio, su magia se había conectado con la de él para unirlos.

Capítulo 5

—¿Quién eres? —preguntó en un tono quedo de voz, casi un suspiro.

Roshan se inclinó hacia Brenna y sostuvo su mirada. Era una pregunta que le había formulado en varias ocasiones, y que se había negado a contestar.

— ¿Realmente quieres saberlo?

Ella asintió, con las manos fuertemente aferradas a las mantas y los nudillos emblanquecidos. Él podía escuchar los latidos de su corazón, oler su miedo.

Respiró profundamente. Ningún mortal había conocido su secreto y vivido para contarlo. ¿Debía confiar en ella? Después de considerarlo por unos instantes, sin más se lo dijo. —Soy un vampiro.

Ella lo miró fijamente, el color le había desaparecido del rostro

—La abuela O`Connell tenía razón —murmuró.

— ¿Razón sobre qué?

—Sobre todo. Era bruja y fue quien me enseñó a mí la brujería. Me contaba cuentos de hadas cuando yo era pequeña. Y cuando le dije que no existían cosas como hombres lobo o gnomos, me replicó que, si existían las brujas, también podían existir duendes, hadas y seres fantasiosos de todo tipo. Ahora me doy cuenta que tenía razón.

Él asintió.

— ¿Vas a…? —Se señaló con un dedo tembloroso el cuello.

Siguió el movimiento de su mano y sintió como se disparaban sus ansias ante la visión del pulso latirle en la garganta.

—No lo sé. —Levantó una ceja— ¿Te importaría?

Era una pregunta tonta. Los ojos femeninos se agrandaron y aunque él le habría dicho que era imposible, ella retrocedió hasta pegar la espalda contra la cabecera de la cama.

—Brenna, escúchame. No te lastimaré. No haré nada que tú no quieras.

— ¿Me lo prometes?

—Sí—sonrió burlonamente—. Y te estarás preguntando si puedes confiar en la palabra de un vampiro.

Ella asintió, con los profundos ojos verdes llenos de dudas y suspicacia.

Él sacudió la cabeza.

—Si hubiese querido matarte, ¿Por qué me habría esforzado en salvarte de las llamas? ¿O traerte?

— ¿Una cena de medianoche?

La observó por un momento y luego, realmente divertido, prorrumpió en una sonora carcajada.

—Una buena idea —aceptó— pero como te he dicho, no haré nada que tú no quieras.

Recapacitó sobre ello durante largo tiempo. El miedo en sus ojos se atenuó.

— ¿Realmente eres un vampiro?

— ¿Tengo que demostrártelo?

Brenna sacudió la cabeza vigorosamente.

—Me basta tu palabra. ¿Cuánto tiempo has sido vampiro?

—Doscientos ochenta y seis años.

No eran demasiados años para un vampiro. Conocía muchos otros más viejos. Aunque en comparación con el promedio de vida mortal, realmente era una edad considerable.

— ¿Cómo sucedió?

Sonrió débilmente ante el recuerdo.

—Una mujer, por supuesto. Era hermosa y encantadora, y yo estaba a punto para ser atrapado.

Estaba aún de duelo por las muertes de su esposa e hijo. Si bien ya habían pasado tres años desde el parto que costó la vida de Atiyana y del bebé, su dolor por la pérdida no se había mitigado, parecía que apenas habían pasado tres días en vez de tres años. Pero aun así era un hombre, con sus necesidades y deseos.

—Me sedujo una noche y, antes de que pudiese darme cuenta de lo que estaba sucediendo, me inició en el Oscuro Truco. Al despertar a la noche siguiente era un vampiro recién convertido.

— ¿No te atemorizó ser un vampiro?

—Al principio. Ella no se molestó en explicarme lo que me esperaba, sólo me transformó y me abandonó. No me di cuenta de nada de lo que había sucedido hasta que desperté esa noche y pude ver al mundo como jamás lo había visto antes.

— ¿Qué quieres decir? ¿En qué era diferente?

—Todo se veía…—Se detuvo tratando de encontrar las palabras apropiadas para explicarlo—. Los colores eran más brillantes, más vívidos. Podía ver todo con sumo detalle, cada hebra de mi abrigo, cada brizna de césped, cada hoja de los árboles, cada gota de agua que fluía en el río. Pero no sólo mi vista se había aguzado. Podía oír los pensamientos de la gente y sonidos que jamás había escuchado —se humedeció los labios—. El latido de miles de corazones llamándome.

Recordó que le llevó meses aprender a desechar los sonidos no deseados, la cacofonía de voces que no quería oír.

—La luz del día me fue privada para siempre —continuó— y me convertí en una criatura de la oscuridad que merodea la noche.

En permanente búsqueda de la presa, el sonido de los latidos de los corazones era como un canto de sirenas que no podía resistir ni ignorar. En aquellos días, había cazado implacablemente con la sensación de que nunca podría saciar su espantosa sed.

— ¿Y bebes…sangre para sobrevivir?

Él asintió.

Una mirada de aversión se agitó en sus ojos. — ¿Cómo puedes? ¿No te repugna?

Suspiró profundamente. —Pensé que lo haría, pero no fue así.

Al contrario, el elixir de la vida era cálido, dulce y rico. Al principio, cada vez que la bebía, deseaba más. Aun después de haber bebido hasta saciarse, buscaba su siguiente víctima, temiendo que ese último sabor, fuese realmente el último.

— ¿Duermes aquí, en esta cama?

—No.

Tembló como si tuviese un escalofrío y ciñó aún más la manta.

— ¿Entonces de verdad duermes en un ataúd?

—Lo hice, al principio.

Había odiado dormir en esa caja cuadrada, pero me lo impuse como castigo y expiación por aquello en lo que me había convertido, por lo que hacía para sobrevivir. Después de aproximadamente veinte años, deseché la maldita cosa y compré una cama *king-size* con un firme colchón, sábanas de seda y un edredón de plumas. Si tenía que pasar las horas del día durmiendo el sueño de los que no mueren, ¡al menos que fuese en algo cómodo!

— ¿Y ahora? —preguntó ella con curiosidad.

—Creo que una cama es mucho más cómoda.

— ¿Pero en esta cama no? —Frunció el ceño—. ¿Dónde duermes entonces?

—No es necesario que lo sepas.

Ya le había contado demasiado. Años atrás, había cometido la tontería de revelarle a una mujer dónde dormía. Ella había jurado que lo amaba, prometido que nunca lo traicionaría, y aunque él no la quería, estaba desesperado por tener una compañía, tan desesperado que cuando ella le exigió saberlo como prueba de su amor, se lo dijo. Al día siguiente, vino con el padre y dos hermanos a destruirlo, sin saber que podía despertar del Sueño Oscuro cuando los sentidos preternaturales le advertían que su vida estaba en peligro. Los mató y huyó de la ciudad. Nunca más reveló donde descansaba.

— ¿Realmente eres inmortal?

—No. A los que son inmortales no se los puede matar.

Observó cómo asimilaba la información, vio el interrogante en sus ojos.

—Sí —dijo él— se nos pueden matar de varias maneras.

— ¿Realmente? ¿Hay otras formas entonces, además de una estaca en el corazón?

—Varias.

Tembló y subió la manta hasta el mentón.

—No quiero saber cuáles son.

—No iba a decírtelo —dijo con sonrisa burlona.

—Bueno —dijo ella, molesta por la respuesta— Ahora eres tú quien no confía en mí.

Él sonrió y ella le devolvió la sonrisa. La calidez fluyó entre ellos, el primer atisbo de amistad mezclada con una inconfundible atracción y deseo.

Recordó la noche que la había visto por primera vez, bailando desnuda bajo la luz de la luna. La había deseado entonces, la deseaba ahora. Pero tenía que ir despacio. Ella era joven e inocente, y no había necesidad de apurarse.

Un rubor le cubrió las mejillas al percatarse de ello y apartó su mirada de la de él.

Él se alejó y apoyó el hombro contra el poste de la cama.

— ¿Cómo te convertiste en una bruja?

Se encogió de hombros.

—Todas las mujeres de mi familia son brujas.

—Y bien —dijo con una sonrisa— ¿Eres una bruja buena o una mala?

—Una buena, por supuesto —fijó la mirada en él. — ¿Y tú? —preguntó ella—. ¿Eres un vampiro bueno o uno malo?

Consideró la pregunta por un momento, luego sacudió la cabeza. —No estoy seguro de que haya buenos.

Esa no era la respuesta que ella deseaba. Una sombra de duda surgió en sus ojos y se movió inquieta en la cama, dirigiendo rápidamente la mirada hacia la puerta, la esperanza de libertad.

—No te haré daño, Brenna.

—Pero no me dejarás ir.

—No. El mundo es totalmente distinto al que conocías. Estás más segura aquí que fuera, créeme.

Ella alisó uno de los pliegues de la manta.

—Traté de conjurar dos hechizos en tu portón —dijo inocentemente—. Ninguno de ellos funcionó. Temo que mi magia es ineficaz aquí.

—No hay nada malo con tu magia. El cerrojo ya tiene, lo que podríamos llamar hechizos, en la cerradura —dijo él—. Tendrías que haber revertido el primero y quitado el segundo para abrir el portón.

— ¿Entonces eres un brujo además de vampiro? —preguntó.

—No, pero tengo ciertos poderes sobrenaturales. La casa tiene otros seguros además del portón.

— ¿Para mantenerme dentro? —preguntó con un dejo de amargura.

—No, querida, para mantener a los intrusos fuera.

—Ya veo. Porque eres vulnerable mientras duermes.

—Sí.

La precaución se había convertido en un hábito muy arraigado con los años. Aunque muy pocas personas creen actualmente en los vampiros, todavía quedan algunos decididos a cazarlos, hombres como Edward Ramsey y Tom Duncan, quienes han pasado buena parte de su vida viajando alrededor del mundo, persiguiendo y destruyendo a los que no mueren. Roshan había tomado contacto con uno o dos cazadores de vampiros en su época. Eran una raza aparte, dedicados por completo a la cacería.

— ¿Hay otros vampiros aquí? —peguntó Brenna.

—Algunos.

— ¿Son amigos?

—No —negó con un suave bufido.

Ella ladeó la cabeza con un gesto que había empezado a reconocer.

— ¿Por qué no? Supuse que se buscarían unos a otros.

—Los vampiros son depredadores que marcan territorio, no criaturas sociales.

—Oh.

El silencio cayó entre ellos. Roshan supuso que Brenna querría bañarse por la mañana, y seguramente necesitaría usar el baño antes de que él despertase.

—Ven —dijo él—. Hay algunas cosas que necesito mostrarte.

Lo miró suspicazmente.

— ¿Qué clase de cosas?

Con un suspiro de exasperación, le cogió la mano y la empujó gentilmente fuera de la cama. Lo siguió dubitativa mientras la guiaba hasta el baño.

Observó lo que la rodeaba, frunció el ceño ante lo que parecía ser una gran pileta frente a la puerta. ¡Con seguridad no guardaría un caballo en la casa!

—Este es el baño —dijo Roshan—. Ese es el lavabo.

Le mostró cómo abrir y cerrar los grifos, cómo usar el tapón, cómo ajustar la temperatura.

Brenna observó con detenimiento el agua corriente, agrandó los ojos al ver el vapor del agua caliente. ¿Sería algún tipo de bomba? Nunca había visto una bomba de agua dentro de una casa, ni siquiera había oído que existiera una que expeliera agua caliente. Maravilla entre las maravillas, se dio cuenta de que ésta habitación era similar a una que había visto abajo. ¡Qué lujo, tener dos habitaciones provistas de agua corriente!

— ¿Adónde va? —preguntó observando el agua que desaparecía por un pequeño orificio al fondo del lavabo.

—Baja por una cañería de drenaje y llega hasta el océano. Esta es una tina, para bañarse.

Nuevamente, le enseñó cómo abrir y cerrar los grifos, cómo ajustar la temperatura, así como también a abrir y cerrar la ducha.

—Puedes negarlo cuánto quieras —murmuró—, pero todavía sigo pensando que eres un hechicero, y uno poderoso.

—No has visto nada aún —replicó, pensando en todas las maravillas del mundo moderno que le quedaban por ver.

— ¿Y esto qué es? —preguntó señalando un extraño artefacto que guardaba una vaga similitud con una silla.

Levantó la tapa, descubriendo un recipiente de agua.
—Es un retrete.

— ¿Re … trete? ¿Para qué sirve?

Para su diversión, ella se ruborizó cuando le explicó, lo más delicadamente que pudo, para qué se usaba un retrete y la función del papel higiénico.

Señaló las toallas y el jabón, y le mostró dónde guardaba el champú.

Ella asintió, y bostezó tapándose la boca con la mano.
—Es tarde —dijo él—. Deberías dormir un poco.

— ¿Volveré a despertarme?

Él meneó la cabeza con desesperación mientras la llevó hasta la puerta de la alcoba. Ella lo miró alejarse preocupada mientras se metía bajo la manta, su miedo se evidenciaba en cada línea tensa de su cuerpo y en la expresión de sus ojos.

—Ve a dormir, Brenna —dijo quedamente, sosteniéndole la mirada, envolviéndola con su voz como si fueran hebras de seda, robándole la voluntad.

Con un tenue suspiro, el cuerpo agotado, derrumbó la cabeza sobre la almohada. Un momento después, dormía plácida y profundamente.

—Perdóname, Brenna —murmuró—. Pero necesitas descansar.

La miró detenidamente. Era tan parecida a Atiyana con su larga cabellera rojiza y sus profundos ojos verdes. Tenía una inocencia que no tenía nada que ver con su edad sino con la pureza del corazón y del alma. Impulsivamente le alisó un rizo que le caía sobre la frente, luego se inclinó y le rozó las mejillas con los labios. Su piel era cálida y suave. Dirigió la mirada a la garganta.

Mascullando una maldición, apartó la mirada y abandonó la habitación.

Ella estaría hambrienta cuando despertara en la mañana. Tendría que abastecer los estantes antes de ir a descansar.

Con ese pensamiento en la mente, se dirigió al supermercado más cercano, sorprendido por la cantidad de gente que hacía compras tan tarde en la noche. La mayoría eran mujeres solas, entre los veinte y los treinta años, aunque también había algunas de más edad. Registró la información, pensando que había encontrado otro coto de caza, uno dónde podía acechar en los pasillos como un león merodeando en la jungla en busca de su presa.

Apartó el pensamiento bruscamente y examinó el lugar. Nunca había estado en un supermercado antes. Solía comprar los escasos artículos de uso personal que necesitaba en el kiosco más cercano.

Examinó la abundante variedad exhibida: pequeñas manzanas rojas, racimos de plátanos, naranjas perfumadas, uvas, lechuga, apio, zanahorias, patatas y cebollas. Cuando era un simple mortal su familia criaba o cultivaba todo lo que necesitaba. Había amado el trabajo del campo. Podía recordar el perfume de la tierra arada, la sensación al tocarla, la satisfacción que sentía cuando veía los primeros brotes verdes. Aunque ya no necesitaba cultivar su comida, jamás había perdido el amor por la tierra. Salvo por algunos robles añosos, él mismo había plantado todos los árboles y arbustos que crecían profusamente alrededor de su casa.

Fue al otro pasillo, sacudió la cabeza debido a lo que vio. Nada se sabía de comidas congeladas o envasadas cuando había recorrido la tierra como mortal, tampoco de cortes de carne envasadas prolijamente, ni de la leche envasada en recipientes plásticos, ni de huevos en cartones.

Las brillantes luces del supermercado le lastimaron los ojos mientras conducía el inestable carrito por las góndolas. Aunque nunca había probado nada de lo que estaba juntando en la cesta, las había visto en propagandas de la televisión. Sonrió al coger del estante una caja de cereales de arroz Kriespies preguntándose si realmente serían crujientes. El cereal deshidratado era tan extraño para él como para su huésped. Con esa idea, compró una caja de avena pensando que a Brenna podría resultarle más familiar. Compró manteca, pan y queso, pues si bien no eran exactamente iguales a los que ella conocía, tampoco le resultarían extraños.

Compró azúcar y harina, sal y pimienta, latas de maíz y de zanahorias, duraznos y jabón, una bolsa de arroz, y un surtido de bebidas. Aunque tenía jabón en su casa, compró algunas barras pequeñas y perfumadas que podían gustarle. Llevó todo aquello que supuso podía gustarle a Brenna, incluso cuatro sabores de helado y varias golosinas.

Esbozó una mueca cuando llegó al pasillo donde vendían artículos de Halloween a mitad de precio. Además de numerosas bolsas de dulces y calabazas de utilería, había muñecas parlantes vestidas como Frankenstein y la Momia. Y, por supuesto, Drácula, con colmillos sangrientos. Incapaz de resistirlo, pulsó el cordel de la muñeca vampiro, y sonrió al escuchar una débil voz cantar «*Monster Mash*»[1].

---

1 Monster Mash: Canción paródica Noche Bobby Pickett (1962), en la cual Frankestein hace una parodia del baile conocido como "mash potatoes" (puré de papas) similar al twist en la década de los sesenta. La letra de la canción es un homenaje a los monstruos clásicos (Drácula, el Hombre Lobo, Igor, fantasmas y zombis)

Dejando los pasillos de comida, cogió varias ollas y sartenes, platos de papel, cuchillos, tenedores y cucharas de plástico, una taza de café, servilletas, un rollo de toallas de cocina y jabón para el lavavajilla. Se detuvo frente a la sección de alimentos para mascotas, sacudiendo la cabeza, eligió una bolsa de comida para gatos y la colocó en el carro. Al pasar frente a la caja, vio exhibidos algunos libros de cocina, eligió uno, pensando que Brenna podría encontrarlo de utilidad.

Al terminar las compras, había gastado una pequeña fortuna. Con un movimiento de cabeza, dirigió el carro hasta su coche. Después de disponer las cosas en el baúl y en el asiento trasero del Ferrari, se colocó al volante y condujo hasta su hogar.

Cuando terminó de guardar todo estaba ya casi amaneciendo. Los artefactos de cocina eran adquisiciones recientes, comprados tan sólo unos meses atrás cuando había pensado vender la casa y encontrar un lugar nuevo para vivir.

Sonrió débilmente mientras abandonaba la cocina para dirigirse a su refugio. Mañana por la noche llevaría a Brenna Flanagan a comprar ropa, y a pasear para mostrarle el mundo que no había visto aún.

Se detuvo en el pasillo, giró a la derecha y entró en la biblioteca. Extrajo el libro de antiguos mitos y leyendas y buscó la página.

Realmente había cambiado la historia, se dijo, mientras colocaba el libro nuevamente en el estante y se dirigió hacia su refugio.

Ya no se hacía mención de Brenna Flanagan quemada en la hoguera. En realidad, no había mención alguna sobre ella.

Capítulo 6

Brenna despertó repentinamente. Miró fijamente la habitación que la rodeaba, había olvidado dónde estaba. Y luego recordó. Estaba en la casa de Roshan DeLongpre. En su dormitorio. En su cama. Y aunque le había dicho que no dormía en ella, aun así, era su cama.

Vampiro. La palabra era un susurro en su mente. Al crecer, le habían explicado que los vampiros eran monstruos sin alma, despiadadas criaturas depredadoras que bebían la sangre de sus víctimas, o incluso peor, las convertían en seres iguales a ellos. La abuela O'Connell había dicho que eran engendros de la peor calaña.

Por supuesto, Brenna nunca había conocido a ninguno, ni siquiera pensaba que existieran realmente, como tampoco había creído en hombres lobo o duendes ni en ningún otro tipo de personajes de leyendas o mitos antiguos, hasta que conoció a Roshan. Él era real aunque no parecía un monstruo depredador. La había salvado de una muerte de terrible agonía, y le estaría eternamente agradecida. Menos agradecida en realidad de haberla traído aquí, a este tiempo y lugar

¿Por qué simplemente no la había llevado a otra villa, a algún lugar dónde nadie la conociese? ¿Cómo podría encontrar su lugar en este nuevo mundo todo y todos le resultaban tan extraños?

La presión en la vejiga le exigió ir al baño. Miró fijamente el retrete antes de juntar valor para subirse las faldas, bajarse la ropa interior y sentarse en ese frío y resbaladizo asiento. ¿Todos tendrían un privado dentro de la casa? ¿Quién pudo haber pensado en algo así? De alguna manera, el que se hallara en el interior del hogar parecía algo bastante indecente. Pero cuando recordó esas frías noches de invierno en que debía abrigarse para salir, pensó que quizás no era tan mala idea después de todo.

Se levantó, se arregló la ropa, e hizo correr el agua del retrete. Dio un respingo ante el ruido, permaneció de pie mirando cómo giraba el agua en el recipiente y luego desaparecía, arrastrando el papel higiénico. Un momento después, el recipiente estaba lleno de agua limpia.

¡Asombroso!

Un fuerte ruido en el estómago le recordó que no había comido desde ayer, y ese día había sido trescientos treinta años atrás. ¡Con razón estaba hambrienta!

Se deslizó los dedos por el cabello, que estaba terriblemente enmarañado, e intentó alisar las arrugas del vestido. Una mirada a través de la ventana mostró el sol en lo alto del cielo. Aunque pareciera imposible, había dormido toda la mañana, ella, que siempre se levantaba al amanecer.

Sacudió la cabeza, destrabó el cerrojo de la puerta y bajó las escaleras. Decidió que no había razón para ser precavida o silenciosa. Ya que como el sol estaba en lo alto, Roshan DeLongpre indudablemente estaría durmiendo el sueño de los muertos.

Apartó el espantoso pensamiento de la mente al tiempo que su estómago evidenciaba su insatisfacción.

Se detuvo al pie de la escalera, oliendo un aroma delicioso. Lo siguió y encontró la habitación de las alacenas. Había un extraño artefacto sobre la encimera, y frente a él, una gran taza y una cuchara. Levantó la cuchara y la blandió estudiándola. Brillante y blanca, no se parecía a ninguna de las que había visto antes.

Levantó el recipiente de vidrio, llenó la taza. Pensando que era té, bebió un sorbo.

Definitivamente, no era té. Era más fuerte, más amargo. Con una mueca lo hizo a un lado, preguntándose como algo que olía tan bien podía saber tan mal.

Dio un vistazo a la habitación y notó que una de las alacenas estaba abierta. Cuando fue a cerrarla, advirtió con sorpresa, que los estantes que el día anterior estaban vacíos, ahora estaban surtidos con una buena cantidad de cajas y bolsas extrañas.

Las examinó una por una: copos de maíz, arroz Krispies, avena, pan, sal y pimienta, fideos, salsa spaghetti, azúcar pura de caña, 100% queso sardo rallado, mermelada de mora, harina «Bisquick» y «Gold Medal», mantequilla de maní «Skippy Creamy». Algunas de estas palabras eran peculiares y no tenían sentido para ella aunque podía reconocer otras.

Estudió las cajas durante varios minutos mientras el estómago no dejaba de gruñirle. No estaba segura de lo que eran la mayoría de los artículos, pero consideró que Roshan debió de haberlos comprado para ella, ya que él no comía.

Convencida de que él no se despertaría por varias horas, recorrió la cocina tocando todo. Había un fregadero parecido al del baño de arriba, y junto a él, una bolsa con una imagen de un gato sonriente y las palabras «Comida para gatos Tabby».

Sonrió ante el gesto considerado de Roshan aunque se preguntaba qué podría pensar Morgana sobre comida embolsada.

Cuando Brenna encontró una gran puerta doble, abrió una, inhaló con sorpresa cuando sintió una bocanada de aire frío contra el rostro. Husmeó en el interior y pudo ver más cajas de formas extrañas. Una que decía leche, otra decía huevos y otra manteca. Tocó la que decía leche, sorprendiéndose de lo fría que estaba. Abrió el cajón de abajo y encontró manzanas y lechuga, patatas, cebollas, tomates y pepinos.

Cerró la puerta y abrió la otra. Aire aún más frío le rozó la mejilla. Esta alacena congelada contenía helado de crema y paquetes diminutos muy extraños. Cogió uno tan duro como hielo. La etiqueta decía «pechugas de pollo». Otro decía «chuleta New York». Y otro, «corte central de chuletas de cerdo».

Brenna frunció el ceño. Nunca había visto carne como ésta.

Sacudió la cabeza, cerró la puerta y continuó explorando. En una de las alacenas, descubrió un paquete que decía «platos de papel» junto con paños de papel y pequeños envoltorios que tenían escrito «cuchillos de plástico», «cucharas de plástico» y «tenedores de plástico». Estaban hechos del mismo extraño material que la taza. Encontró recipientes y cacerolas en una de las alacenas inferiores.

Cada vez más hambrienta, abrió el paquete de pan, untó dos rebanadas con manteca y buscó el frasco que decía jalea. Después de varios intentos, logró abrirlo y cubrió el pan con una gruesa capa. Echó el contenido de la taza en el fregadero, y luego la llenó con leche.

Rápidamente devoró las dos rebanadas de pan y bebió la leche, que no se parecía en nada a la que estaba acostumbrada.

Apaciguada el hambre, vagó por la casa nuevamente, deslizando las manos sobre el sofá y la silla, maravillada por el delicado material, por la gruesa alfombra verde que cubría el piso de pared a pared. Hundió los talones en esa suavidad, pensando en cuanto mejor se sentía que el piso rústico de la choza.

Subió la escalera, fue al baño y abrió el grifo de la bañera. Vio cómo se llenaba de agua caliente, pensando nuevamente en que era un milagro maravilloso.

Sonriendo expectante, se quitó el delantal, dejó caer el vestido y la ropa interior al suelo. Cogió el champú del gabinete, lo colocó cerca, dónde pudiese alcanzarlo, y se metió en la bañera, suspirando mientras el agua se arremolinaba alrededor de sus tobillos. Se sentó y dejó que la bañera se llenara con agua, cerró el grifo, se recostó y cerró los ojos.

Despertó temblando y descubrió que el agua se había enfriado. Rápidamente, se lavó el cabello y el cuerpo, se enjuagó y salió con cuidado de la bañera, que estaba bastante resbaladiza.

Cogió una toalla del estante, se envolvió el cabello. Luego se colocó otra alrededor del cuerpo e, inclinándose frente a la tina, lavó sus ropas. Escurrió el agua, llenó nuevamente la bañera y enjuagó las prendas. Frunciendo el ceño buscó un lugar donde colgarlas. Finalmente, las plegó y las colgó de la barra. Se quitó la toalla de la cabeza, sacudió la cabellera, y se peinó con los dedos lo mejor que pudo.

Volvió a la alcoba y permaneció de pie en el centro. Hasta que su ropa se secara, no tenía nada que ponerse, a menos que ... ¿Se atrevería?

Mordiéndose el labio inferior, se dirigió a la cómoda que estaba frente a la cama y hurgó en los cajones hasta que encontró una prenda grande blanca con cuello redondo y mangas cortas. Cuando se la apoyó contra el cuerpo, el bajo le llegaba a la mitad de las pantorrillas. De todas formas, era mejor que usar una toalla. Se la pasó por la cabeza y sintió un fresco aroma a limpio, y un delicado perfume masculino que reconoció como el de DeLongpre. La textura de la prenda le resultaba suave y cálida sobre la piel desnuda.

Se dirigió escaleras abajo, a la habitación de los libros, los examinó hasta que encontró una Biblia, similar a la que ella tenía. La llevó consigo, se sentó y comenzó a leer, agradecida una vez más de que la abuela O'Connell supiese leer y hubiese insistido en que Brenna también aprendiera.

Leyó por un momento, luego fue a la cocina. Extrajo una manzana de la alacena fría, se sirvió un poco de leche y llevó ambas cosas al jardín. Se sentó en un banco de piedra, admiró los arbustos, los distintos tipos de hojas de los árboles, el césped suave. Se preguntó si él mismo cuidaría del jardín, aunque no podía imaginárselo cortando el césped en plena noche. No se correspondía con el carácter de un vampiro tener un jardín tan cuidado.

Era más fácil imaginárselo viviendo en una casa ruinosa rodeada de árboles raquíticos y arbustos marchitos.

Los pájaros revoloteaban de rama en rama, su trino le levantó el ánimo. Mordisqueó la manzana fresca y dulce. Levantó la taza y bebió un sorbo, pensando nuevamente que sabía distinto a la de su hogar. Pero en este extraño mundo todo era diferente.

Dio un lento paseo por los jardines y luego volvió a la habitación de los libros. Después de abrir las cortinas, se sentó en una silla y comenzó a leer nuevamente, serenada por los pasajes líricos de los Salmos. Más tarde, Morgana entró en la habitación.

— ¿Dónde has estado, Morgana? —preguntó Brenna mientras la gata saltaba sobre su regazo.

La gata parpadeó, arqueó el lomo y se acurrucó para dormir.

En algún lugar distante, un reloj dio la hora. Cuatro de la tarde. Dejó la Biblia, acarició a la gata y sintiéndose adormilada, apoyó la cabeza en el respaldo de la silla y cerró los ojos.

Y así las encontró Roshan cuando se levantó una hora más tarde.

Al observar a Brenna, se sorprendió nuevamente de su parecido con Atiyana, de la pálida belleza de su piel, de la manera en que su cabello caía sobre la camiseta como una cascada de sangre brillante. Se veía increíblemente cálida y atractiva acurrucada en la silla, y al mismo tiempo, inocente y vulnerable. Era una combinación excitante, que despertaba su deseo, su maldita sed y una necesidad imperiosa de protegerla, todo al mismo tiempo. Ella se desperezó, emitiendo un somnoliento sonido gutural. Él gruñó suavemente mientras las fosas nasales se le llenaron con el aroma a jabón y a cálida y perfumada esencia de mujer.

De presa.

Se imaginó inclinándose sobre ella, apartando el cabello del esbelto cuello, clavando los colmillos en la carne suave y dulce, justo debajo de la oreja.

Estaba tan absorto en luchar contra sus ansias que no se dio cuenta de que ella se había despertado y lo miraba fijo, repentinamente pálida y con los ojos agrandados de terror.

Se alejó de ella, con las manos apretadas mientras luchaba contra el hambre y el deseo. Le supuso gran esfuerzo evitar abrazarla, seducirla lentamente hasta que estuviese bajo su hechizo, con la voluntad totalmente sometida a la suya. Sólo el miedo a provocar su odio, y el temor aún mayor, de que una vez satisfecho el deseo de su carne, no pudiese resistir el ansia de su sangre, lo contuvo para no convertir su fantasía en realidad.

Cuando giró hacia ella, todas sus ansias estaban nuevamente bajo control.

Ella seguía mirándolo fijamente.

Dio un paso hacia ella.

Ella levantó una mano y le advirtió. —Aléjate de mí.

Roshan sacudió la cabeza. —No pasemos por esto nuevamente. ¿Cuántas veces debo decirte que no te haré daño para que me creas?

—No lo sé. Quizás cuando te mire y no vea tus colmillos o el hambre en tus ojos.

Él levantó las manos en un gesto de rendición. —Estás perfectamente a salvo.

Lo miró escéptica

— ¿Por qué no subes y te vistes? Debemos ir de compras.

— ¿Compras?

—Ropa. La moda ha cambiado en los últimos trescientos años.

Miró a su alrededor. —También las viviendas.

Él le sonrió. —Sí. Mejor te enseño cómo funcionan las cosas.

Lo estudió por un momento, luengo asintió.

La miró irse, notando el suave balanceo de sus caderas, la forma en que la camiseta le marcaba el cuerpo a pesar de ser varias tallas mayor que la suya.

Al entrar en la sala, se paseó por la habitación con su vívida imagen permanente en su mente. Tenía coraje, su pequeña bruja. Si bien el temor que él le infundía era algo palpable, estaba dispuesta a enfrentarlo.

Sintió sus pisadas en la escalera, y luego estaba allí, caminando hacia él, el cabello sobre los hombros en una maraña gloriosa. Se dio cuenta de que había olvidado comprarle un cepillo y un peine, así como también un cepillo de dientes. Tendría que remediarlo esa noche.

Frunció el ceño al ver que llevaba el vestido sobre el brazo.

—Lavé mi ropa antes —dijo ella—. Todavía está húmeda.

Con un ademán, él encendió el fuego. Trajo dos sillas de la cocina a la sala, apoyó el vestido sobre el respaldo de una, la ropa interior en la otra.

—Te mostraré la casa mientras la ropa se seca, entonces —musitó—: ¿Por dónde empezamos? —Miró a su alrededor—. Aquí —dijo—. Este es el televisor.

Lo miró con recelo.

Roshan cogió el control remoto.

—Lo enciendes así —dijo, mostrándole qué botón presionar.

Agrandó los ojos cuando en la pantalla apareció un episodio de *Yo quiero a Lucy*.

— ¿Qué clase de brujería es ésta? —preguntó quedamente—. ¿Cómo has capturado a toda esa gente en una caja tan pequeña? —Se acercó—. ¿Has capturado sus almas? ¿Por qué todo está en blanco y negro?

—Y cambias los canales así.

Abrió aún más los ojos mientras él cambiaba los canales, las imágenes en blanco y negro dieron lugar a las de color. Vaqueros e indios, viejas series cómicas, videos de música country, noticiarios, pronósticos del clima y deportes. Intentó explicarle lo que estaba viendo, la diferencia entre los programas de noticias, que informaban a los televidentes sobre los sucesos del día, y las películas, que eran como largas obras de teatro que no se basaban en hechos reales.

Ella lo miró, enmudecida.

—Lo sé, es bastante asombroso —dijo—. Pero no es magia, al menos no de la que tú conoces. Es sólo tecnología… —Se encogió de hombros sin saber muy bien qué términos usar para que ella comprendiese—. De todas maneras, es una forma de entretenimiento, algo para pasar las horas si no tienes nada que hacer. Prácticamente todos los hogares en Estados Unidos tienen al menos uno. La mayoría tienen dos o más.

Le enseñó cómo encender y apagar las luces, y permaneció de pie sonriendo mientras ella jugaba con el interruptor.

La condujo a la cocina y le explicó cómo eran los alimentos congelados, luego le mostró cómo funcionaba la cocina, el microondas, el lavavajillas. Abrió el cajón de los cubiertos y le mostró los utensilios de plástico.

Ella cogió uno de los tenedores.

—Nunca había visto algo así —señaló—. Están hechos de una sustancia extraña. —Torció el mango y se le rompió en la mano— ¡Oh! Lo siento.

—No hay cuidado —dijo, cogiendo los pedazos de su mano y arrojándolos a la basura—. Son desechables. Están hechos para ser usados una sola vez.

—Es un desperdicio. ¿De qué están hechos?

—De plástico —dijo él—. Es bastante común.

La condujo por el resto de la casa, asegurándose de hacerla sentir como en su hogar. Cuando llegaron a su escritorio, ella señaló el ordenador. — ¿Qué es eso?

—Es un ordenador.

Encendió el equipo y el monitor.

—Se parece mucho al televisor que está en la otra habitación —observó ella— sólo que más pequeño.

—Sí, es verdad.

—Lo vi en mi espejo para *scrying*, cuando te vi a ti.

Él asintió. Había leído sobre el antiguo arte del *«scrying»* con espejos cuando buscaba información sobre brujas. Los espejos eran el método preferido, pero un sinfín de otros objetos se había usado a lo largo de los siglos. Los egipcios utilizaban tinta, sangre y otros líquidos oscuros. Los romanos, usaban objetos brillantes y piedras. También se empleó el agua en la práctica del *«scrying»*, cuyo término proviene del vocablo inglés *«descry»* que significa «entender sutilmente» o «revelar». Las brujas lo utilizaban para predecir el futuro, o para hallar objetos o personas perdidas.

—Aquí es donde encontré tu cuadro. —Se sentó, se conectó y buscó la página de Internet donde había visto la foto.

Brenna miró fijamente su imagen, preguntándose cómo la pintura de John Linder se había abierto camino a través del tiempo y del espacio.

—Escucha esto —dijo Roshan leyendo las palabras que aparecían debajo de la imagen. *«Mujer de blanco, pintada por el renombrado artista del siglo XVII, John Linder. Esta pintura es una de sus primeras obras. Mucho se ha especulado sobre la identidad de la modelo. Algunos afirman que se* trató *de una bruja local; otros opinan que ella fue el primer amor de Linder, Brenna Flanagan, quien desapareció en circunstancias misteriosas»*.

La miró. —Creo que no se suicidó después de todo.

—Salvaste dos vidas esa noche —murmuró Brenna—. La mía y la de él.

Roshan gruñó quedamente. —Eso parece.

—Debo agradecerte por su vida, y por la mía.

— ¿Estabas enamorada de él?

—No.

La observó durante un momento, intentando descubrir la verdad, luego regresó a su propósito inicial.

—Esta es una impresora —dijo indicando un objeto gris junto a la computadora.

Presionó «Imprimir». Brenna dio un pequeño salto cuando la máquina runruneó suavemente y empezó a imprimir la fotografía.

—Aquí tienes. —Le dio la impresión del cuadro.

Miró fijamente la similitud, apenas se podía creer tal magia. —Es tan … increíble.

Él asintió, preguntándose cómo se sentiría él de haber sido transportado al presente desde el pasado.

—Hay mucho que tienes que aprender. Por ejemplo …

Ella sonrió tímidamente cuando el estómago le gruñó sonoramente.

—Mejor te llevo a comer algo ¿Por qué no compruebas si tu ropa está seca? —sugirió. —Te espero aquí.

Su ropa interior estaba seca, el bajo de la falda estaba aún algo húmedo, pero se puso el vestido de todas formas. No tenía otra cosa.

— ¿Estás lista? —la llamó.

—Sí.

Tenía el ceño fruncido cuando volvió al salón

— ¿Qué sucede?

—Mi vestido —dijo, alisándose la falda—, está terriblemente arrugado.

Él gruñó con suavidad, pero no había nada que pudiera hacerse. Mentalmente agregó una plancha a la lista de cosas que había olvidado.

—No te preocupes por ello —dijo él—. Compraremos algo nuevo para ti.

Le extendió la mano, esperando pacientemente hasta que ella se decidiese a confiar en él. Sintió como si hubiese obtenido un logro importante cuando finalmente ella le cogió la mano extendida. Era pequeña y cálida, palpitante de juventud.

Roshan apagó las luces mientras se dirigían a la entrada. Le abrió la puerta principal, luego le cogió la mano nuevamente y la guio al garaje ubicado al costado de la casa. Morgana los siguió entre los tobillos de Brenna, luego desapareció sin duda en busca de una presa.

Roshan apretó la mano de Brenna. —Espera aquí.

Entró al garaje, se colocó al volante del Ferrari, encendió el motor y sacó el coche.

Lo estacionó en el jardín, abrió la puerta y salió, sólo para encontrar que Brenna había retrocedido hasta el porche. Rio suavemente. —Ven aquí.

Ella sacudió la cabeza. — ¿Qué es eso?

—Es un automóvil. Un coche. Los has visto en la televisión ¿recuerdas?

—No eran tan grandes. Ni hacían ese ruido espantoso.

Caminó hacia el porche, subió los escalones y le cogió la mano nuevamente.

—Ven, no hay nada que temer.

Renuente, lo siguió escaleras abajo.

Él le abrió la puerta, esperando pacientemente mientras ella echaba una mirada al interior, con visible aprensión en cada músculo de su cuerpo.

—Brenna, tendrás que confiar en mí. Te prometo que no te haré daño, y tampoco permitiré que nada te lastime.

Ella lo miró y él percibió lo joven que era, cuán vulnerable e inocente. La había salvado de una muerte horrible, y al hacerlo la había catapultado a un mundo que ni siquiera había imaginado, un mundo para el cual no estaba preparada.

Aparentemente, decidió confiar en su palabra, ya que se sentó en el lugar del acompañante. Cerró la puerta, rodeó el coche, y se sentó tras el volante.

—Esto es un cinturón de seguridad. —Inclinándose sobre ella, lo ajustó.

Dejó el coche en marcha durante unos minutos pero en punto muerto para que pudiese acostumbrarse al ruido. Condujo el coche marcha atrás y levantó el portón.

— ¿Te encuentras bien? —le preguntó.

Ella asintió, con los ojos muy abiertos y las manos apretadas sobre el regazo.

Roshan sonrió, desactivó el sistema de seguridad del portón y salió a la calle. Aunque había sucedido hacía unos años, podía recordar su aprensión la primera vez que se había colocado frente al volante, la repentina sensación de poder con el rugido del motor en marcha. Si bien podía trasladarse a voluntad al lugar que quisiese, manejar un coche rápido era una experiencia que le resultaba mucho más excitante.

Brenna miraba fijamente a través de la ventanilla para ver las casas y los edificios que se desdibujaban rápidamente a causa de la velocidad. De vez en cuando, miraba a Roshan buscando seguridad, escuchando el tranquilizador sonido de su voz mientras le explicaba qué estaba haciendo. Describiéndole las partes del coche: volante, radio, panel de mandos, palanca de cambio, acelerador, freno. Le enseñó cómo encender la radio y una música que jamás había escuchado invadió el interior del coche.

Un poco después, vio un enorme edificio en el cual podría caber su villa completa, incluso sus habitantes.

—Es un centro comercial —le explicó mientras dio vuelta a la esquina e ingresó en el aparcamiento.

Estacionaron unos instantes más tarde. Le mostró cómo desatar el cinturón de seguridad y abrir la puerta, luego la ayudó a salir del coche.

La cogió y la guio a lo largo de una extensión de suelo negro, no se parecía a ningún suelo que hubiese visto antes. Entraron en el edificio a través de una gran puerta de acero y cristal.

Brenna miró a su alrededor. Había luces brillando por todas partes y para su asombro, árboles. También una fuente. ¡Y ruido! Tanto ruido. Música que parecía salir de las paredes, el sonido de gente hablando y riendo, bebés llorando. El aire colmado de una miríada de esencias que no podía identificar.

—Este es un lugar para hacer compras —Roshan le explicó—. Aquí puedes comprar casi cualquier cosa que desees o necesites.

Ella asintió, intentando ver todo al mismo tiempo mientras él leía en voz alta los nombres de los negocios: Mrs. Field's Cookies, Robinson's May, Mervyns's, Disney Store, Sears, Bed Bath & Beyond, Suncoast, Everything But Water, Waldenbooks.

Ella no podía evitar observar a la gente que pasaba rápidamente a su lado. Ellas con bucles rosados, ellos con el cabello en largas crestas. ¡Y la ropa! Escandalosa. En su tiempo, una mujer en ropa interior era como si estuviese desnuda, ¡Pero estas mujeres! Se les veían los brazos y las piernas, ¡por todos los Santos, mostraban hasta el vientre!

Estaba mirando absorta a un joven que llevaba puesta una camisa sin mangas y los pantalones tan bajos en la cadera que no entendía como no se le caían, cuando Roshan la condujo dentro de uno de los negocios.

Nuevamente, se encontró a sí misma examinando, esta vez, los estantes con zapatos y botas de estilos y colores inimaginables. La guio hasta una escalera que se movía. Dio un respingo hacia atrás cuando él intentó hacer que subiese.

—Vamos —dijo él—. No hay nada que temer. Esto es una escalera mecánica. Es segura. Da un paso cuando yo lo haga. —La sostuvo firmemente del brazo—. ¿Lista?

Asintió dubitativa.

—Vamos.

Ella jadeó al llegar al final de la escalera, habría caído si no la hubiese asido del brazo. Antes de que pudiera decidir qué debía hacer con este nuevo modo de transporte, habían llegado a otro nivel, tan atiborrado y ruidoso como el anterior.

— ¿No fue tan terrible, no es así? —preguntó Roshan.

Momentos más tarde, la llevó con una mujer alta, vestida con un severo traje negro. Después de instruir a la mujer para que ayudara a Brenna a elegir todo lo que necesitase sin importar el costo, buscó una silla y se sentó a esperar.

Brenna se sintió un tanto avergonzada cuando la mujer la estudió deteniéndose en su vestido arrugado, las botas, el cabello despeinado.

Las dos horas siguientes le resultaron algo atemorizantes en un principio. La mujer la llevó de un lugar a otro mostrándole todo tipo de vestimenta, preguntándole cuál le gustaba. Brenna se sintió abochornada cuando le preguntó su talla y no supo qué contestar.

Después de un momento, con los brazos cargados de ropa siguió a la mujer hasta una pequeña habitación. Brenna estaba perpleja al ver su propia imagen mirándola fijamente. Tímidamente colocó la mano sobre el vidrio

—Pierda cuidado, se lo aseguro —dijo la mujer— nadie puede verla del otro lado.

— ¿Del otro lado? —Brenna retrocedió un paso, preguntándose si el espejo sería una puerta mágica al más allá.

—Del otro lado del espejo. Conozco algunas mujeres que se sienten incómodas desde que apareció esa historia en la Web sobre probadores con espejos a través de los cuales se las podía ver, le puedo asegurar que no debe preocuparse por eso aquí.

Sin querer evidenciar ignorancia, Brenna guardó silencio. ¿Una historia en la red? ¿Qué tendrían que ver las arañas con los espejos?

Mientras Brenna seguía intentando develar el misterio, la mujer comenzó a desabotonarle el vestido. Era una experiencia nueva, el que una mujer la ayudara mientras se probaba una prenda íntima. Nueva pero necesaria, pensó mientras la mujer la ayudaba a colocarse algo llamado sostén, y luego le alcanzó algo llamado braguitas. Brenna quedó maravillada no sólo por el color azul tan brillante, sino también por la sedosa textura.

—Son preciosas, ¿no es así? —le preguntó la mujer sonriendo.

—Sí, por cierto pero…¿esto es todo? —Brenna las sostuvo en alto—. Quiero decir, no cubre demasiado.

Se sonrojó cuando la mujer rio asegurando que las pequeñas, realmente pequeñas, también cubrían todo lo que era necesario.

Brenna se probó pantalones, blusas y atuendos de noche, vestidos y faldas, combinaciones largas y cortas, asombrada por la variedad de colores, ricas texturas y bordados de cada prenda. ¡Su ropa parecía deslucida en comparación con estas galas!

Roshan estaba esperándola cuando salió del probador. Permaneció de pie, vistiendo un par de vaqueros y un lindo jersey verde oscuro, esperando su reacción, se sorprendió al descubrir que le importaba lo que él pensara. Nunca antes había usado pantalones. Le iban ajustados y los sentía algo extraños, pero le habían gustado inmediatamente. Aun así, no podía evitar mirar alrededor, preguntándose si la gente la estaría observando, escandalizada por cómo le marcaban las piernas y el trasero a la vista de todos, pero nadie parecía prestarle atención, nadie salvo Roshan. Avergonzada por su mirada penetrante, bajó la vista a los pies. Nunca había usado zapatos tan livianos, se sentía casi como estar descalza.

Cuando levantó la vista nuevamente, Roshan le sonrió.

—Estás increíble —dijo con voz ronca—. Hermosa.

Sus palabras la llenaron de placer.

—Me siento algo extraña.

— ¿Conseguiste todo lo que necesitas?

Miró por encima del hombro hacia donde estaba la vendedora, cargada con toda la ropa.

—Creo que tengo más de lo que necesito.

—Espera, debo pagar —dijo él riendo.

— ¿Con qué le vas a pagar?

—Con dinero, por supuesto.

Sostenía algo que parecía un pequeño trozo de papel duro.

—Es una tarjeta de crédito. Les doy esta tarjeta y ellos me entregan una factura por la cantidad correspondiente.

Ella asintió. Rara vez había visto dinero. Apenas algunos chelines de tanto en tanto, una vez un rial español. En su hogar, no necesitaba dinero. Canjeaba sus pociones por comida y otras cosas que necesitaba.

Roshan siguió a la mujer hasta un gran escritorio y le extendió la tarjeta de crédito. Ella le dio un trozo de papel que él firmó, y luego le devolvió la tarjeta.

Brenna miró cómo la mujer doblaba todo y lo colocaba en unas bolsas hechas de un extraño material. Brenna observó a Roshan especulativamente.

—Debes ser muy rico.

—Tengo lo suficiente para mantenerme —dijo juntando las bolsas—. ¿Lista para irnos?

Ella asintió.

— ¿Quieres ver o hacer algo más? —Roshan preguntó mientras caminaban por el centro comercial.

—Creo que no.

— ¿Tienes hambre?

—Sí.

Roshan miró a su alrededor. Si había algo sobre lo cual era totalmente ignorante era la clase de comida que ofrecían en lugares como McDonald's y Burger King. Había un lugar que vendía pollo y otro, pizza entera o en porciones.

— ¿Qué quieres comer? —preguntó él mareado por la mezcla de olores de tanta comida preparada en un lugar tan pequeño.

Ella miró a su alrededor, evidentemente tan confundida como él.

—No sé.

—Bien, vamos —dijo mientras se encaminaba hacia otro lugar que vendía hamburguesas y perritos calientes. Compró uno de cada clase, una ración de patatas fritas, un batido de chocolate y un vaso de agua, luego buscó una mesa vacía.

Brenna examinó la comida que estaba en la bandeja y miró a Roshan.

— ¿Esperas que coma todo esto?

—No sabía cuál te gustaría, por eso…—Señaló cada uno de los platos, explicándole lo que eran. —Prueba todos, hasta que encuentres el que te agrade y deja el resto. Si ninguno te gusta, iremos a otro lugar.

Cogió la hamburguesa y le dio un mordisco, lo masticó concienzudamente, lo tragó y mordió otro.

Terminó la hamburguesa, el batido, las patatas fritas y mitad del perrito caliente, luego se reclinó con un suspiro.

—Creo que te gustó todo —musitó Roshan burlonamente.

—Estaba muy rico, especialmente el batido.

Gruñó suavemente. Chocolate. Le gustaba a la mayoría de las mujeres, aunque no tenía la menor idea de por qué.

Recorrieron otros negocios antes de abandonar el centro comercial. Le dejó elegir un peine y un cepillo. También le compró pasta de dientes, un tostador, una plancha, y le explicó para qué se usaba cada cosa. Además, compró artículos de cubertería, suponiendo que ella estaría cansada de usar los baratos los de plástico.

Ella se le colgó del brazo mientras bajaban por la escalera mecánica hasta el primer piso.

Brenna estaba más distendida en el coche camino a casa. Le hizo numerosas preguntas, la mayoría sobre la gente y las costumbres de la época. Al llegar, Morgana los estaba esperando en el porche delantero.

Roshan metió los paquetes y encendió el televisor, pensando que era la mejor manera para que aprendiera sobre la vida del presente siglo.

Tan pronto como Brenna se sentó, Morgana saltó a su regazo maullando vivamente.

Brenna la acarició hasta que la gata se quedó quieta, luego se concentró en las imágenes de la pantalla. Observó todo ávidamente, con los ojos bien abiertos, mientras Roshan cambiaba de un canal a otro y le explicaba lo mejor que podía lo que estaba viendo: aviones y autobuses, trenes y motocicletas, teléfonos y aspiradoras, lavavajillas y secadoras, móviles y miniordenadores portátiles. Después de recorrer los canales durante un momento, dejó una película reciente suponiendo que la ayudaría a entender como vivía la gente en la actualidad.

Después de un rato, Brenna perdió interés en las imágenes que estaba viendo. En cambio, se descubrió mirando furtivamente a Roshan. Tenía rasgos fuertes, severos y masculinos.

Se preguntó si le gustaría ser un vampiro. Le había dicho que no tenía amigos vampiros. No parecía probable que tuviese amigos mortales. ¿Pasaría todo el tiempo solo?

No sabía mucho de eso, no se podía imaginar cómo sería vivir sin amigos ni familia durante cientos de años. Una existencia tan solitaria. Se preguntaba por qué alguien querría vivir así.

— ¿Brenna? —Su voz interrumpió lo que estaba pensando y se dio cuenta de que lo había estado mirando fijamente—. ¿Algo anda mal?

—Todo —contestó ella—. No pertenezco a esta época ni a este lugar. —Acarició la cabeza de la gata—. No creo que llegue a pertenecer nunca.

—Lo harás, seguramente. Quizás te lleve un tiempo acostumbrarte, pero eres joven. Aprenderás.

Una lágrima le rodó por la mejilla y cayó en la cabeza de la gata.

—Ah, Brenna. —Se acercó y la cogió en sus brazos. Al principio, ella intentó mantenerse alejada, pero luego, con un suspiro, cayó contra su pecho. Con un suave siseo, Morgana se alejó y se acurrucó frente a la chimenea.

Las lágrimas de Brenna le humedecieron la camisa. Su perfume le llenó las fosas nasales, no el olor de su sangre sino la esencia de su piel, de su pena. Le acarició el cabello, le deslizó la mano por la espalda, sintió su temblor en respuesta a su caricia. Colocándole un dedo en el mentón, le inclinó la cabeza hacia atrás, las miradas se encontraron.

A pesar de su inocencia respecto de los hombres, su mirada reveló que reconocía la razón de la fogosidad en los de él.

Sacudió la cabeza mientras él se inclinaba sobre ella.

—No.

— ¿No?

—Besar —dijo ella con una mueca—. No me gusta.

— ¿De veras? —Le cogió la cabeza entre las manos—. Quizás podría lograr que cambies de opinión —murmuró él— atrapándole los labios con los suyos.

Con los ojos abiertos, Brenna le colocó las manos en los hombros, preparada para empujarlo, pero apenas sintió la caricia de su boca, toda idea de alejarlo desapareció. Sus labios eran fríos y, aun así, el calor le inundó todo el cuerpo, provocándole un aleteo en el estómago que jamás había sentido, y la indujo a apretarse contra él.

Cerrando los ojos, le envolvió los brazos alrededor de la cintura, deseando aferrarlo más cerca, más fuerte. Se fundió contra él, deseando que el beso nunca terminara, y una parte de ella intentaba discernir por qué el beso de John Linder no la había inundado con ese fuego líquido que le provocaba Roshan. Pero fue un pensamiento fugaz. Al profundizar el beso Roshan, le rozó el labio inferior con la lengua. Ella jadeó ante la emoción por el placer que le embargaba, gimió suavemente, mientras él repetía el gesto.

Estaba casi sin aliento cuando él apartó los labios. Perdida en un mundo de sensaciones, su cabeza aún tambaleante, lo miró fijamente.

—Más —susurró.

—Pensé que no te gustaba besar.

—Nunca fui besada así. —Sintiéndose repentinamente osada, le deslizó la mano por la nuca—. Bésame otra vez.

Estaba feliz de complacerla. Era suave y dulce, estaba ansiosa por explorar los placeres sensuales nuevos para ella. Sin apartar la boca de la de ella, se recostó en el sofá, llevándola con él hasta que quedaron uno al lado del otro. Pudo sentir como brotaba su pasión virginal al apretarse contra él, moldeando instintivamente su cuerpo al suyo.

Con las manos, le recorrió los hombros, bajó hasta las nalgas, ciñéndola contra él, dejándola sentir la evidencia de su creciente deseo.

Ella gimió suavemente, un sonido ronco mezcla de ansia y agitación. Estaba yendo muy rápido para ella, lo sabía, pero no podía detenerse. La deseaba, aquí y ahora, con los ojos muy abiertos y algo asustada, devorada por sus besos.

— ¿Brenna…?

Podría haberla seducido con su poder preternatural, pero no la quería de esa manera. La deseaba cálida y dispuesta en sus brazos, en su cama.

Parpadeó al mirarlo, los ojos nublados de deseo.

— ¿Quieres que me detenga?

Lo pensó por un momento, y luego asintió.

No estaba sorprendido, pero no pudo evitar sentirse contrariado. Aunque ya no era mortal, era todavía un hombre, con sus necesidades. Viviendo sólo, sin estar dispuesto a confiar en nadie por temor a ser traicionado, solía mantener solamente relaciones de una noche. No tenía inconvenientes para conseguirlas. Las mujeres se sentían atraídas hacia él sin saber por qué. Por supuesto, siempre había bares como el *Nocturno* que reunía a aquellos que se consideraban criaturas de la noche. Las mujeres usaban largos vestidos negros, lápiz labial negro y abundante sombra oscura en los ojos. Algunas de ellas usaban colmillos falsos. Los hombres lucían abrigos de cuero negro o capas largas y una actitud desafiante. El *Nocturno* era uno de sus cotos de caza preferido. Uno de los pocos lugares donde podía ser él mismo.

La besó una vez más, luego respiró profundamente y se puso de pie.

—Es tarde —dijo—. Debes dormir un poco.

Ella se sentó, sin mirarlo a los ojos.

—Estás enojado conmigo.

—No.

Le ofreció la mano, sintió cómo le subía un calor por el cuerpo cuando apoyó la mano en la de él y le permitió que la ayudara a ponerse de pie.

Sin soltarle, la condujo escaleras arriba hasta el dormitorio, donde no pudo evitar besarla otra vez. Ella no se apartó cuando dejó de besarla, sólo permaneció de pie, viéndose algo confundida. Con un quedo gruñido, le dio un suave empellón haciéndola entrar a la alcoba, luego cerró la puerta tras ella.

Era pasada medianoche. Hora de cenar.

Capítulo 7

Roshan deambuló por las calles oscuras, escuchando los sordos sonidos de la noche: el zumbido de las alas de la mariposa nocturna, el susurro de la oronda araña gris trepando la pared de ladrillo resquebrajada, el distante ladrido de un perro.

Se podría haber transportado al lugar de destino. Podría haber cogido el Ferrari, pero disfrutaba de caminar sólo, tarde en la noche, mientras el resto de la ciudad dormía.

En su paseo, vio un viejo borracho salir del callejón, más adelante una joven pareja en un coche aparcado, abrazados, la ventanilla empañada.

Un coche de policía avanzaba lentamente, a la par suya. El policía sentado en el asiento del acompañante le echó una mirada, luego giró la cabeza hacia su compañero para decirle algo, el coche aceleró la velocidad, desapareciendo a la vuelta de la esquina.

Roshan gruñó suavemente. Solía ser detenido e interrogado por la policía. Tendían a sospechar de alguien caminando en la calle a esas horas de la noche. Estos dos oficiales lo conocían, ya lo habían detenido un año atrás, interrogado, y chequeado su identificación. Cuando le preguntaron sobre la hora tan peculiar de su caminata, Roshan adujo que sufría de insomnio. Le advirtieron que fuera precavido y lo dejaron ir. Seguía siendo detenido ocasionalmente, cuando había un policía nuevo patrullando.

Continuó su marcha, con los sentidos atentos a todo lo que le rodeaba, sus pensamientos se dirigían hacia Brenna como manipulados por hilos invisibles. ¿Qué haría con ella ahora que la tenía aquí? Era totalmente dependiente de él, para su asombro, la idea le resultaba agradable. Pero ella tenía una mente despierta; no le llevaría mucho tiempo acostumbrarse a las cosas del siglo XXI, y aunque no había mucha demanda de brujas en estos días, estaba seguro de que podría encontrar la forma de ganarse la vida, si eso era lo que quería, aunque no tenía necesidad de trabajar. Podía mantenerla si decidiese quedarse con él. Y si ella quería irse… ¿entonces qué?

No la retendría en su casa en contra de su voluntad, aunque la idea lo tentara más de lo que debería. La podría convertir en su criatura, mantenerla a su lado, hechizarla para saciar sus ansias, beber su dulzura toda vez que lo desease… ¡Oh, sí! la idea era ciertamente tentadora. En el pasado, cuando las mujeres eran poco más que un objeto para él, habría hecho justamente eso, no solamente para satisfacer sus deseos, sino incluso para salvar a una joven mujer cuyo marido había abusado de ella, tanto verbal como físicamente, hasta resultar poco más que una temerosa cáscara de mujer. Roshan se había hecho cargo del hombre, y luego había puesto a la joven bajo su protección. Le había buscado un lugar seguro para vivir, la había alimentado, vestido y cuidado hasta que falleció.

—Bethany —compartió su nombre con la noche. No había pensado en ella por más de un siglo.

Encontró a su presa saliendo de un club nocturno ubicado en una exclusiva zona de la ciudad. Era de cabello oscuro y cuerpo escultural, con profundos ojos marrones y piel acaramelada. Vestía ropas costosas: un ceñido jersey negro escote en «V», un par de ajustados pantalones blancos, y una chaqueta de cuero del mismo color.

Le dirigió una sonrisa de entendimiento cómplice cuando él se acercó.

—Lo siento, dulzura —ronroneó—, pero es tarde y estoy camino a casa.

—Te acompaño —dijo ajustando el paso al de ella.

—No voy a pie.

Extrajo un llavero del pequeño bolso negro y abrió la puerta de un lujoso coche último modelo.

Roshan miró a su alrededor. Podía tomarla, aquí y ahora, en el coche, pero siempre existía la posibilidad de ser visto. Sería mejor llevarla a casa, donde no habría riesgos de ser descubierto.

—Seré tu chofer por esta noche.

—No será necesario, Yo… —Lo miró a los ojos, arrastró las palabras como si le dominase la mente. Sonrió hipnotizada. —Sí, por supuesto.

—Con mucho gusto.

Le cogió las llaves de la mano, la escoltó hasta la puerta del acompañante, la abrió y le sostuvo la mano mientras subía. Regresó al lugar del conductor, se acomodó detrás del volante y colocó las llaves de encendido. El coche arrancó con un tenue gruñido.

— ¿Dónde vives? —preguntó saliendo del estacionamiento.

Le dio la dirección, se recostó en el asiento con las manos en el regazo y los ojos perdidos mientras él le leía la mente.

En el camino, descubrió que era una conocida modelo, divorciada hacía poco de un famoso actor; y que era el único soporte de su madre y de su abuela inválida.

Una buena chica, musitó Roshan mientras aparcaba el coche.

Vivía en el último piso de un alto edificio. El ascensor los llevó rápidamente hasta su apartamento. Las paredes eran de un blanco sobrio y los muebles de cuero negro. Algunos objetos de un rojo subido eran los únicos detalles de color: un florero con rosas de color rojo sangre sobre la repisa de la chimenea, un par de cojines rojos, un pájaro de cristal rojo tallado.

La mujer, su nombre era Tiffany, encendió las luces, se quitó la chaqueta de los hombros y se sentó en el sofá, esperando.

Roshan se sentó junto a ella, deslizándole el brazo alrededor de los hombros. La confusión brilló en los ojos de la mujer.

—No me harás daño, ¿no es así?

Echó una ojeada al pulso latiendo en el hueco de su garganta. Aspiró profundamente el olor a vida vibrante.

—No, Tiffany, en absoluto. —Le acarició la mejilla—. Cierra los ojos querida. No sentirás nada.

El sonido de su voz la calmó. Cerró los ojos. Recostó la cabeza en su brazo, exponiendo la esbelta curva del cuello.

Deslizó la punta de los dedos sobre su piel, luego se inclinó, lamiéndole la piel sensible debajo de la oreja.

Ella suspiró al sentir los dientes clavarse en su piel. Gimió de placer mientras él tomaba lo que necesitaba, hizo un suave sonido de protesta cuando él levantó la cabeza.

—No te detengas. —Le colocó la mano detrás de la cabeza, acercándola hacia ella nuevamente—. No te detengas.

Cerró los ojos, luchando contra la urgencia de tomar lo que ella le ofrecía, de beberle la vida, totalmente. Pasado, presente y futuro. Beber y beber hasta estar satisfecho, saciado.

Pero ella era el único soporte de su familia. Privarla de la vida significaría condenar a la madre y a la abuela a una vida de pobreza. Conocía demasiado bien lo que era eso.

—Esta noche no, querida —musitó—. Ahora dormirás. Te olvidarás de mí. Olvidarás todo lo que ha sucedido.

Elevó los ojos llenos de tristeza.

—No quiero olvidarte.

—Lo sé.

Atrapó su mirada, con el poder de su mente seleccionó los recuerdos que la mujer tenía de la última media hora.

—Pero olvidarás —dijo quedamente.

Una lágrima le rodó por la mejilla y luego su expresión se puso en blanco. Un momento después, estaba dormida.

Roshan se puso de pie y abandonó el edificio. Cuando la mujer despertara, no habría ni rastro de él en su memoria, ni de cualquier otra cosa que hubiese sucedido después de que dejara el club nocturno.

Silbando suavemente, regresó a casa.

Se detuvo en los peldaños de la entrada, elevó el rostro para mirar las estrellas que se arremolinaban sobre su cabeza. La eternidad yacía allí, más allá de la Vía Láctea. ¿Cuántas veces había permanecido de pie así, contemplando el más allá, preguntándose qué le aguardaba si la muerte lo encontrase? Durante el curso de su existencia, había matado incontables veces, algunas en defensa propia, otras porque la tentación de beber hasta saciarse era mayor de lo que podía soportar. ¿Debería responder por las vidas que había quitado porque había sido demasiado débil para resistir? ¿Ardería en los fuegos del inmisericordioso infierno durante toda la eternidad, o aun alguien como él podría ser redimido? No había solicitado el Oscuro Don. ¿Debería ser castigado por lo que había hecho para sobrevivir?

Lanzó un suspiro. Lamentaba las vidas que había quitado. No hacía mucho, había considerado terminar con su existencia, pero luego había encontrado a Brenna. Ella le había otorgado significado y brillo a su vida, le había dado algo que desear cuando la luna ahuyentaba al sol del cielo.

Un cambio de viento le trajo su aroma. Giró hacia su ventana. Una brisa errante le acercaba la fragancia de su cabello, de su piel, de su ser.

Un pensamiento lo arrastró al lado de su cama. Dormía de espaldas, ocultándole el rostro. La luz de la luna se filtraba a través de la ventana, cubriéndole el rostro de luces y sombras. Era la criatura más hermosa que había visto en siglos. Y estaba allí, en su casa, en su cama. Para que la tomase…

Aunque acababa de alimentarse, la bestia se removió en lo profundo de su ser. Reclinándose, separó con suavidad un rizo de cabello de su cuello. Pudo ver el pulso latiendo allí, lento y constante. La acarició con la yema del dedo, sintió cómo su corazón latía al compás del de ella.

Se le hizo agua la boca.

Le crecieron los colmillos con el discurrir de sus pensamientos.

Sólo un poco. ¿Qué daño le haría?

Deslizó la lengua por la sedosa tibieza de su piel, cerró los ojos con placer sensual, y luego, maldiciéndose por lo bajo, perforó la carne tierna. Fue el más suave de los mordiscos, apenas un rasguño produciendo sólo unas gotas de sangre. Pero fue suficiente. Suficiente para descubrir que nunca la dejaría ir.

Cerró la herida con una caricia de la lengua y luego, murmurando una maldición soez, se dio la vuelta y huyó de la habitación antes de rendirse al demonio que moraba en su interior.

Tuvo un sueño, un oscuro sueño sensual, y en él vio a un hombre de pie en las sombras, un hombre alto y de anchos hombros vestido con una larga capa negra. Se mimetizaba en la oscuridad como si fuese parte de ella. No pudo ver su rostro pero supo que era él, el extraño, Roshan DeLongpre. Pudo sentir su poder sobrenatural recorriéndole la piel, percibir su mirada en su rostro. Su soledad le susurró un grito mudo de desolación y dolor que le penetró el corazón. Trató de acercársele y él retrocedió, dirigiéndose a un lago de luz de luna que proyectó sombras plateadas en su largo cabello negro. Percibió la tristeza en los ojos oscuros, anheló consolarlo. Intentó alcanzarlo una vez más, sintió el ruido de un fugaz movimiento, un cambio sutil de la textura de la noche, ya no estaba fuera sino acostada en su cama y una extraña presencia hacía sombra sobre ella. Vio el resplandor de filosos dientes blancos, abrió la boca en un mudo grito cuando sintió el pinchazo de los colmillos en la garganta…

Sus propios gritos la despertaron. Se sentó, encendió la luz junto a la cama, examinando la habitación. Una suave brisa mecía las cortinas de la ventana. Frunció el ceño con la certeza de haber cerrado la ventana antes de irse a dormir.

Se levantó, se dirigió al baño y encendió la luz, luego se miró en el espejo del botiquín. Era, según creía, el único espejo en la casa. Levantándose el cabello, giró la cabeza hacia ambos lados. ¡Allí! ¿Era un mordisco? El terror le congeló la boca del estómago. Se acercó al espejo, entrecerró los ojos para ver mejor, y luego frunció el ceño.

Habría jurado que tan solo unos segundos atrás había una mordedura, pero ahora había desaparecido ¿Lo habría imaginado?

Con un suspiro apagó la luz y regresó a la cama, abrazó a Morgana, agradecida de su presencia. Y luego notó que la gata estaba mirando fijamente hacia la ventana, con un grave gruñido rondándole en la garganta.

El terror estrujó el corazón de Brenna una vez más.

— ¿Quién está ahí? ¿Roshan, eres tú?

En un torbellino de motas plateadas, se materializó de pie frente a ella. Aun a la luz tenue de la extraña lámpara, parecía ser parte de la noche.

— ¿Qué haces aquí? —le preguntó.

Echó una mirada a su cuello. —Escuché tu grito.

De repente, sintió calor en la parte de atrás de la oreja y se la cubrió con la mano.

— ¿Qué me has hecho? —preguntó, su voz se estranguló—. ¿Me has convertido en lo que eres tú?

—No, mi dulce Brenna, no te he sometido a la maldición del Oscuro Truco.

— ¿Pero me has mordido? Tomaste mi sangre mientras dormía.

Él asintió.

— ¡Me habías prometido que estaría a salvo aquí!

Disgustada por la furia en la voz de su ama, Morgana saltó a sus pies, siseando.

—Y a salvo estarás —dijo Roshan.

Lo miró enfurecida. — ¿A salvo? ¡Ja!

—Perdóname, Brenna. Tan sólo probé, apenas una gota.

—No eres más de fiar que el zorro que le prometió al ganso que no le haría daño si le ayudaba a cruzar el lago.

Alzó una ceja, esperando su explicación.

—Cuando el zorro llegó a salvo a la otra orilla, atacó al ganso. El pobre animal agonizante, le preguntó por qué lo había traicionado. «Es mi naturaleza» respondió el zorro. —Lo miró fijamente con ojos acusadores—. Al igual que el zorro, señor, me temo que no puede cambiar tu naturaleza. Como el ganso, siento que me he equivocado completamente al depositar mi confianza.

Roshan gruñó quedamente.

—Piensa lo que quieras, Brenna Flanagan —dijo suavemente, y desapareció de su vista.

Lo miró fijamente. No podía permanecer allí. Recordaba demasiado claramente el sueño que había tenido antes de que él llegara a su cabaña y la fría certeza que tuvo al despertar de que moriría por su mano.

Las cosas parecían menos siniestras a la clara luz del día. Se levantó, se metió en la ducha y cerró la puerta. Qué maravilla tener agua caliente cada vez que uno lo desease sin tener que calentarla en el fuego o lanzar un hechizo. Permaneció debajo del agua, disfrutando el lujo de la tibieza.

Al dejar el baño, se percató de que las cajas y bolsas que contenían la ropa que había elegido la noche anterior estaban en el suelo junto a la cama. Roshan debió haber traído los paquetes en algún momento durante la noche, mientras ella estaba dormida. Pensar en él en su habitación, observándola mientras dormía, bebiéndole la sangre, le provocó un escalofrió que le recorrió la espalda.

Hurgó los paquetes a la búsqueda de una muda de ropa, cogió lo que necesitaba para el día, dejando el resto de las cosas en las bolsas ya que no tenía espacio en el armario ni en la cómoda.

Se vistió rápidamente, se pasó el cepillo por el cabello, luego, descalza, bajó para desayunar. Entró en la cocina, miró a su alrededor, intentando recordar las cosas que le había dicho, susurrando quedamente el nombre de cada objeto: cocina, frigorífico, fregadero, triturador de residuos, lavavajillas. Inventos tan maravillosos. Realmente, era una época mágica.

Abrió el frigorífico, asombrándose otra vez de que esa gran caja guardase la comida fría sin medios visibles. La electricidad los mantenía fríos, según lo que le había dicho Roshan. Electricidad. Para Brenna, era tan sólo otro nombre de la magia moderna. Había aprendido que era la electricidad lo que hacía funcionar a la televisión, enfriaba la casa en verano y permitía que las lámparas dieran luz. ¿Cómo podía ser que la misma fuente pudiese proveer calor y frío así como luz?

Retiró dos huevos y el jamón del frigorífico y los colocó en la encimera. Encontró una sartén y la colocó en la cocina. Y luego permaneció de pie, preguntándose si se atrevería a encenderla. ¿Qué sucedería si hacía algo mal? Regañándose a sí misma por sus temores, encendió el fuego delantero como Roshan le había mostrado. Si iba a vivir en ese siglo, necesitaba aprender cómo hacer esas cosas. Rompió los huevos en la sartén y le agregó dos lonjas de jamón.

Mientras esperaba a que la comida se cocinase, le colocó manteca a dos rebanadas de pan, notando que cada rebanada del paquete era exactamente del mismo tamaño que la otra. Revolvió los huevos y el jamón, y dio un pequeño brinco cuando la grasa le salpicó la mano. Después de llenar un vaso con suero de mantequilla, sirvió un poco en un pequeño recipiente para Morgana. Apagó la cocina, sirvió los huevos y el jamón en un plato y se sentó a la mesa.

Miró por la ventana mientras comía, preguntándose dónde pasaría Roshan las horas del día ¿Cómo sería dormir como vampiro? ¿Sería realmente parecido a estar muerto o soñaría? Había oído que los vampiros eran vulnerables mientras el sol estaba en alto, que podían ser destruidos mientras descansaban ¿Dormiría aquí, en la casa?

Cerró los ojos, se acercó a él con la mente, pero no podía percibir su presencia, ni siquiera un indicio de que estuviese en cualquier otro lugar cercano. Se quedó perpleja ante la irresistible urgencia que sentía de verlo mientras dormía. ¿Acaso sería el mismo tipo de curiosidad que lo trajo a su alcoba anoche?

Después de terminar la comida, colocó el plato y el vaso en el lavavajillas y cerró la puerta. Con un movimiento de su mano y un pequeño hechizo lavó y secó la sartén y la guardó. Podría haber lavado los platos de la misma manera pero había sentido curiosidad por ver cómo funcionaba el artefacto.

Dejó la cocina, fue hasta la sala y se sentó con Morgana a su lado. Acomodándose en el sofá, encendió el televisor. Por un momento, se sintió a gusto allí, cambiando los canales. No entendía todo lo que veía. Algunas veces la pantalla se llenaba de caballos y hombres con grandes sombreros, otras veces aparecían coches y aviones, y otras, aparecían dragones y caballeros. ¿Habría existido toda esa gente y esas criaturas en la misma época y lugar? De ser así, ¿cómo habría sido posible? Tendría que preguntárselo a Roshan la próxima vez que lo viese.

Se puso de pie y comenzó a explorar la casa con más detenimiento que las veces anteriores. Curioseó dentro de los aparadores y alacenas, espió detrás de las puertas, revisó el sótano y el altillo. El sótano estaba vacío, en el altillo había varias piezas de mobiliario y dos grandes baúles, ambos cerrados con llave.

Regresó a la sala, se desplomó en el sofá, preguntándose dónde más podría buscar. Se rehusaba a admitir que estaba buscando su lugar de descanso, pero estaba terriblemente desilusionada porque había fracasado en hallarlo, y aunque hubiese encontrado su refugio, ¿qué habría hecho, suponiendo que hubiera podido entrar? Y de haber logrado ingresar, ¿querría realmente verlo dormir el sueño de los muertos? Hizo una mueca ante ese pensamiento, aunque poco sirvió para disminuir su curiosidad.

Con un pequeño bufido de enfado, admitió que probablemente estaba perdiendo el tiempo. Por lo que ella sabía, pasaba las horas del día en algún lugar fuera de esa casa.

Permaneció sentada durante varios minutos y luego, cansada de ver las imágenes en la pantalla, volvió al altillo.

Con un simple hechizo, abrió el primer baúl. Sonriendo de placer, levantó la tapa, y frunció el ceño al extraer varios vestidos, enaguas y tres pares de medias largas de lana. Al examinar la ropa, notó que le resultaba mucho más familiar que el estilo de vestimenta que las mujeres usaban actualmente, era similar a la que ella solía usar en su época. ¿Por qué Roshan guardaría un baúl lleno de ropa vieja? ¿Habría pertenecido a su madre? ¿Una hermana? ¿Una esposa…?

Hurgando un poco más en el baúl, encontró un cepillo, un peine, más calcetines, un puñado de lazos coloridos, un par de peines de carey, así como también, una pequeña taza de peltre. Había un espejo oval envuelto en papel de diario, una pequeña jarra de vidrio, una flor seca en una caja, una pequeña manta blanca, una batita de bebé, y un par de escarpines, una pequeña gorra y una muñeca de trapo.

Cuidadosamente, colocó todo de nuevo en el baúl y abrió el segundo cajón. Éste contenía una cantidad de objetos diversos: una caja llena de monedas distintas, una daga curva con mango enjoyado, un reloj de cadena de plata, un par de pantalones de un color gris terroso y una camisa de lino. Había una navaja recta con la hoja todavía afilada y un tazón de afeitar. De alguna manera, sabía que esas cosas pertenecían a Roshan, que habían sido parte de su vida antes de convertirse en un vampiro.

Colocó todo de nuevo en su lugar y luego cerró la tapa.

Después de haber revisado ambos baúles, procedió a examinar el mobiliario. Había un sofá cubierto de terciopelo rojo, una mecedora, una cómoda de tres cajones, un reloj. Una pequeña mesa con la cubierta laboriosamente tallada que contenía un compartimento forrado con cobre. Tenía un dejo a tabaco.

Sintió hambre de nuevo, fue a la cocina y se preparó un sándwich de mermelada y manteca de cacahuete como lo había hecho una mujer en la televisión. Mordió un bocado, lo masticó con fruición, y sonrió. Llevándose el sándwich se dirigió afuera y caminó por el jardín. Morgana avanzaba entre sus talones, corriendo de tanto en tanto para investigar alguna esquina del lugar.

Brenna se sentó en un banco, admirando el cambio de tonalidad de las hojas de los árboles y las flores que se abrían tardíamente mientras Morgana acosaba a un gorrión.

Después de un rato, regresó a la casa y encendió el televisor con el control remoto. Había algo fascinante en cambiar los canales, y lo hizo varias veces, hasta que se detuvo, atrapada por la visión de un gran lobo negro transformándose en un hombre que miraba fijamente a una mujer, que se convirtió en pájaro y huyó. Un horrible grito de agonía surgió de la garganta del hombre. Intrigada,

Brenna se recostó en el sofá, con la cabeza apoyada en un cojín mientras observó cómo se desenvolvía la historia hasta el final, donde el bien triunfaba sobre el mal y el hombre lobo y la mujer pájaro eran liberados del poder del clérigo maligno que los había maldecido.

Luego, comenzó otra historia. Con un bostezo, apagó el televisor y fue escaleras arriba hasta la habitación de Roshan. Abrió la cama, se cubrió con las mantas y cerró los ojos.

Se despertó con el sonido de Morgana gruñéndole al oído.

Al abrir los ojos, notó que había caído la noche. Roshan se encontraba sentado en la silla al otro lado de la cama, observándola con sus indescifrables ojos azul noche.

Capítulo 8

— ¿Nadie te enseñó que es grosero mirar fijamente a la gente? —exclamó Brenna, molesta por despertarse y encontrarlo observándola tan incisivamente. Pensó que no era justo que él pudiese entrar a su alcoba mientras ella dormía al tiempo que él lo hacía en un lugar celosamente escondido.

— ¿Nadie te enseñó que es grosero revisar las cosas ajenas?

¿Cómo lo supo? Levantó el mentón desafiantemente.

—Me cansé de ver televisión. No la entiendo.

—Creo que ya te lo expliqué.

—Todavía no logro diferenciar lo que es real de lo que no lo es… ¿Cuál era la palabra? ¿Ficción?

—Si quieres, te lo explicaré de nuevo más tarde, esta noche.

Se sentó, con la manta alzada hasta el mentón aunque estaba completamente vestida.

— ¿Qué haces aquí?

Alzó su oscura ceja.

—Ésta es mi habitación, ¿recuerdas? Mi ropa está aquí.

Lo recorrió con la mirada, notando que aún vestía la misma camisa y los mismos pantalones que la noche anterior.

Él se puso de pie, se dirigió hasta la cómoda y extrajo una muda de ropa interior, luego fue hasta el armario y eligió una camisa y un par de pantalones. Ella advirtió que su color favorito era el negro.

—Voy a darme una ducha —dijo mientras se encaminaba al baño—, no me llevará mucho tiempo. Luego, llevaré mis cosas a otra habitación.

Ella asintió, pensó que se sentiría culpable de obligarlo a mudarse de habitación, pero en realidad no sintió culpa alguna. Después de todo, ella no le había pedido venir aquí.

Lo observó entrar al baño y cerrar la puerta. Un momento más tarde, escuchó el ruido del agua. Para su consternación, no pudo evitar imaginar a Roshan de pie, bajo la ducha, el agua cayendo por sus hombros y brazos, por el amplio pecho, por el vientre, por su...

Con un gemido, apartó esos pensamientos, horrorizada por el rumbo en que discurría su mente. No importaba que se sintiese atraída hacia Roshan DeLongpre, ni que ocupara sus sueños durante la noche y sus pensamientos durante el día. Aunque fuese el hombre más apuesto que había conocido en su vida, debía tener presente ante todo que no era un hombre. Amar a un vampiro... sería realmente una completa tontería.

Miró alrededor de la habitación tratando de pensar en cualquier otra cosa que no fuese en Roshan bajo la ducha, pero no pudo. Cuanto más intentó evitarlo, más nítida se volvía su fantasía. Había sentido la fuerza de sus brazos. ¿Sería el resto de su cuerpo también fuerte y musculoso? Se pasó la lengua por los labios, recordando la excitación que le produjeron sus besos, la manera en que todo su ser se había estremecido con su caricia. Aunque le avergonzase, deseaba fervientemente que la besara otra vez, que la sujetara nuevamente entre los brazos, y así, estrujar los senos contra su pecho. Se regañó a sí misma por esos pensamientos tan indecorosos. Nunca había tenido ese tipo de pensamientos hasta que lo conoció.

Se ruborizó cuando la puerta del baño se abrió. Lo miró fijamente, rezando por que no hubiese podido leerle la mente.

Aunque no dijo ni una palabra, por la mirada divertida de sus ojos, supo que él se había dado cuenta de sus veleidosos pensamientos. Silbando suavemente, abandonó la habitación.

Brenna se precipitó fuera de la cama, cerró la puerta y echó el cerrojo. Entró en el baño y cerró también la puerta, y echó una rápida mirada a la ducha, consciente de que Roshan permanecía aún en la casa, y que si deseaba entrar en la alcoba, el cerrojo no sería un impedimento.

Al salir de la ducha, cogió una toalla, se secó y se envolvió en ella maravillándose de su suavidad.

Regresó a la alcoba, extrajo una blusa de seda verde brillante de una de las bolsas, una falda blanca larga de otra, y ropa interior de una tercera. Se colocó un par de medias de seda cuya suavidad contra la piel le fascinó.

Tantos cambios en la moda, tanto en las telas como en el estilo, tanta variedad para elegir en este mundo nuevo. En su hogar no tenía más que tres vestidos, dos para todos los días y uno para ocasiones especiales y festividades. Ninguna mujer en la villa había usado pantalones. Simplemente, no lo hacían, incluso estaba segura de que ni siquiera se les había ocurrido.

Se cepilló el cabello y luego los dientes, asombrándose una vez más por las maravillas de la época de Roshan. Quién lo iba a imaginar, un cepillo para mantener los dientes limpios. Una cocina para preparar alimentos en tan solo segundos en vez de horas, máquinas para lavar los platos y la ropa, artefactos de cocina en vez de un caldero en un trípode. No podía recordar cuántas mujeres había tratado por quemaduras provocadas al prendérseles las faldas por acercase demasiado al hogar para revolver la cocción o remover el carbón.

Miró alrededor de la habitación en busca de un espejo, para examinar cómo se veía, pero recordó que no había espejos en la casa, salvo por el pequeño del botiquín. Por supuesto, pensó con una tímida sonrisa, Roshan no los necesitaba, ya que los vampiros no reflejaban ninguna imagen.

Respiró profundamente, corrió el cerrojo de la puerta y se dirigió escaleras abajo. Morgana la siguió entre los talones, maullando suavemente. Le abrió la puerta trasera de la cocina para que saliese.

Brenna lo encontró sentado frente al ordenador.

Mientras se le acercaba por detrás, observó cómo sus dedos volaban sobre el teclado.

— ¿Qué estás haciendo? —le preguntó, espiando por encima del hombro.

—Estoy escribiendo.

— ¿Qué estás escribiendo?

Se acercó más para ver, frunció el ceño al observar su nombre en la pantalla.

—Mi diario —replicó.

— ¿Oh?

—He mantenido un registro de mi vida desde que me convertí en vampiro —explicó.

Al principio, había anotado pensamientos desordenados en trozos de papel, más tarde, los había mecanografiado. Con el advenimiento de la tecnología moderna, había pasado todo al ordenador con la vaga idea de que algún día podría escribir una novela basada en la historia de su vida.

Debería ser considerada como una ficción, por supuesto. Nadie podría creer ni por asomo que pudiese ser una historia real.

—Me gustaría leerla —dijo Brenna.

— ¿De veras?

Cerró el archivo, giró la silla para quedar frente a ella.

—Mucho, especialmente porque mi nombre figura en ella.

—Quizás algún día —contestó— ¿Qué te gustaría hacer esta noche?

— ¿Qué escribiste sobre mí?

—Escribí sobre la manera en que hallé tu nombre en un libro y luego viajé a través del tiempo para encontrarte, y todo lo que ha sucedido entre nosotros desde entonces. ¿Bien, qué te gustaría hacer esta noche?

Lo miró fijamente, intentando imaginar cómo sería vivir tanto tiempo como él, haber visto todas las cosas maravillosas que debió haber presenciado durante su larga existencia.

— ¿Brenna?

— ¿Qué? Oh, me gustaría ver un poco más de la ciudad.

—Vamos entonces.

Le mostró la ciudad de punta a punta. Cuando ella le expresó su interés en conducir el coche, le explicó acerca de las señales de giro y luego condujo hasta las afueras de la ciudad, y le permitió conducir durante un largo trecho en un camino tranquilo.

Resultó ser una rápida discípula. Era una de las cosas que más le gustaba de ella. Durante las semanas siguientes, le permitió conducir por calles tranquilas de la ciudad hasta que, finalmente, pudo hacerlo en carretera. Le enseñó cómo echar gasolina al Ferrari y cómo pagar con la tarjeta de crédito. Halló una copia del manual de las normas de tráfico y lo releyeron hasta que ella pudo dominar todas las reglas y señales.

Una noche, se dirigió a un sórdido rincón de la ciudad donde por un par de cientos de dólares, consiguió una partida de nacimiento a nombre de Brenna Flanagan que certificaba que había nacido en Irlanda en 1989. Por otros cien dólares consiguió una licencia de conducir emitida en ese país.

Compró una lavadora y una secadora, y juntos aprendieron como se usaban. Cuando ella le preguntó cómo había lavado la ropa antes, le explicó sobre el tipo de prendas que podían ser lavadas en casa y las que debían ser enviadas a la tintorería, explicándole que, para no complicarse con el lavado, llevaba todo a lavar fuera, incluso los calcetines y la ropa interior.

Ella aprendió a usar la aspiradora y el DVD, así como también a pedir comida por teléfono.

Una noche, bien tarde desparramó sobre la mesa un puñado de billetes y monedas extranjeras y le explicó el valor de cada una.

Brenna pasaba parte del día mirando la televisión, tratando de absorber lo que veía. Ahora podía diferenciar los programas reales de los que no lo eran. Durante un tiempo, veía nada más que noticias, completamente sorprendida de ver lo que estaba sucediendo y lo que había sucedido no sólo en ese lugar, sino en otras partes del mundo. Nunca había notado cuán grande era el mundo, o cuán peligroso podía ser. Apoltronada en el sofá de Roshan, vio el rostro tenebroso de la guerra, el hambre y la pobreza. Pensó en lo afortunada que era por vivir en ese país, en tiempos de paz y prosperidad, en una época donde las mujeres ya no eran consideradas como simples objetos. Donde ya no se les exigía obedecer al marido o casarse por tierras o títulos.

Ahora se les permitía ser independientes. Si querían, podían vivir solas; trabajar, votar, ocupar puestos públicos. Realmente ¡era una época maravillosa!

Solía pasar horas experimentando en la cocina. Una vez que superó su inseguridad inicial respecto de la cocina y el horno, se dedicó a aprender a cocinar. Comer era, después de todo, una experiencia placentera, mucho más que en sus tiempos. Había tantas cosas que nunca había visto antes, tantas formas de preparar todo tipo de platos.

Una noche, Roshan la llevó de compras. Tuvo consciencia de cómo se regocijó burlonamente al verla examinar prácticamente cada artículo exhibido en las estanterías. La sorprendía la manera en que estaba envasada la comida, el que fuese posible comprar leche sin una vaca a la vista, asombrada de poder comprar comida lista para comer. Descubrió que el pan venía en todo tipo de variedades: pan blanco y de centeno, pan de patata y de huevo, pan integral. Estaba ansiosa de probarlos todos, ni que decir de los panecillos y galletas, croissants y bizcochos.

—Pronto estaré tan gorda como la vieja señora McKenna —señaló Brenna mientras colocaba varias hogazas en el carro— ¿No extrañas la comida?

Movió la cabeza. —Apenas puedo recordar cómo era la comida sólida.

— ¿Cómo puedes beber sangre? —preguntó con un escalofrío.

—Es algo normal para mí.

Al principio había estado convencido de que preferiría morir antes que hacer lo que era necesario para sobrevivir en ese nuevo estilo de vida. Había pasado varias noches sin alimentarse, negándose a sucumbir a la sed demoníaca que lo acosaba. Finalmente, el dolor lo obligó, un dolor tan terrible que habría hecho cualquier cosa para apaciguarlo. Con apenas una gota, la repulsión se esfumó.

Brenna agregó un manojo de zanahorias a la canasta.

—Pero beber nada más que…nada más que eso, por tanto tiempo. ¿No te cansa?

Rio suavemente, divertido por la pregunta y por la expresión en su rostro.

—No —contestó—. No me cansa.

Tampoco jamás sintió que había bebido lo suficiente. Era una sed que no podía ser saciada, hambre siempre presente, latente en su mente y con un gusto persistente en la lengua.

— ¿Te agrada ser vampiro? —preguntó cuando finalmente estuvieron de regreso.

La miró fugazmente, la vista atrapada en los latidos en su garganta. ¿Si le gustaba? Justo en ese momento, con el suave latido de su corazón susurrándole a los oídos y su esencia penetrándole la nariz, no podía pensar en otra cosa.

— ¿Roshan?

Lo observó fijamente, y aferró con fuerza el volante al ver la dirección de su mirada.

Apartó la vista bruscamente al notar cómo los ojos se le inyectaban de sangre. Un segundo después, él cogió la dirección del volante para evitar que el coche saliera del camino hacia la cuneta.

—Demonios, pequeña, si quieres conducir. ¡Debes mirar hacia dónde vas!

Apartó el automóvil del camino y apagó el motor.

—Lo siento. No quise gritarte.

—Tus ojos —susurró— Se enrojecieron y…brillaban.

Él asintió, con las manos pegadas a los costados, el cuerpo completamente tenso, recordándole a Morgana cuando se abalanzaba sobre un pájaro incauto.

—Estabas pensando en beber... beber mi sangre.

No lo negó.

Sin moverse, pareció alejarse de él.

Pudo sentir los latidos del corazón de Brenna, oler cómo el miedo se encrespaba en oleadas al advertir que se hallaba a solas con un vampiro en medio de un camino oscuro. A pesar de que le había asegurado que no tenía nada que temer, le inspiraba miedo. Bien, ¿quién podría culparla? A pesar de todas sus promesas, ella tenía razón en temerle.

Resopló, sofocando la urgencia de estrujarla en los brazos, deslizarle la lengua sobre la piel, saborear su dulzura. Tan sólo un poco para apaciguar el hambre...

Como si percibiera sus pensamientos, se apretujó contra la puerta del coche con los ojos muy abiertos y atemorizados.

— ¿Podrías encontrar el camino a casa? —preguntó.

—Creo que sí —asintió con expresión preocupada.

—Bien. Te veré allí.

Con un solo movimiento, salió del automóvil y se sumergió en la oscuridad.

Brenna lo miró fijamente.

¿Cuánto tiempo podría resistir la urgencia de beberle la sangre? ¿Cuánto tiempo transcurriría antes de que se dejase vencer por las ansias que subyacían bajo la superficie?

Permaneció sentada durante varios minutos hasta que se sintió suficientemente tranquila como para conducir hasta la casa.

Roshan salió furioso y se sumergió en la noche, arrastrando consigo su ira como un espeso humo negro. Debería dejarla ir. Alejarla de allí. Ahora, antes de que fuese demasiado tarde. Antes de que le arrebatara lo que deseaba desesperadamente, lo que necesitaba con urgencia. Sabía, en lo más profundo, que con tan sólo probar un poco, nunca tendría suficiente. Si drenase por completo a cuanto mortal aprehendiese hasta el final de la eternidad, todavía ansiaría probar la dulzura de Brenna. Y, aun así, para bien o para mal, no podía evitar sentir que esa mujer había sido destinada para ser suya desde el comienzo de los tiempos, y que la única razón por la cual pudo viajar al pasado era que estaba predestinada a pertenecerle.

La estaba esperando junto al portón abierto cuando ella entró conduciendo. Disminuyó la velocidad, sus miradas se encontraron a través del cristal del parabrisas, y luego avanzó por la subida de la entrada de automóviles.

Se trasladó con el poder de su mente hacia la entrada de la casa.

Ya estaba allí para abrirle la puerta del coche cuando ella apagó el motor.

Lo miró fijamente durante un momento, luego le cogió la mano extendida y permitió que la ayudase a salir del coche.

En silencio, cogió las llaves de su mano, abrió el maletero, sacó las bolsas de comida y las llevó dentro de la casa.

Brenna lo siguió poco después, llevando la bolsa que estaba en el asiento trasero.

— ¿Es todo? —preguntó.

Ella asintió mientras apoyaba la bolsa en la encimera.

Roshan permaneció de pie en el umbral con los brazos cruzados sobre el pecho mientras la observaba extraer la comida y los artículos que habían comprado. Sorprendido, la vio moverse en la cocina como si hubiese vivido allí durante meses en lugar de unas pocas semanas. Morgana sentada en una de las sillas de la cocina, lo miraba con recelo, como siempre.

Brenna le dispensó una mirada fugaz mientras se movía alrededor de la cocina, consciente de su presencia, como él de la suya.

Finalmente, se dio la vuelta con los ojos entrecerrados y los puños en la cadera.

— ¿Tienes que mirarme de esa manera?

Hizo una mueca cuando él murmuró una disculpa explicando que no era su intención.

El deseo palpitaba entre ellos, electrizando el aire, ruborizándole las mejillas. Sabía que la deseaba. Su necesidad era casi tangible. Él permanecía de pie con los puños apretados contra los costados del cuerpo, los ojos oscurecidos, ardientes, hambrientos. ¿Pero hambrientos de qué? ¿De sangre? ¿O de algo igualmente anhelado? No podía discernir qué le resultaba más atemorizante, satisfacer sus oscuras ansias o compartir su cama.

Cruzó los brazos sobre el pecho y buscó algo que decir, cualquier cosa que rompiese la tensión que vibraba en el aire.

—Quiero saber cómo se abren los portones —propinó, sintiendo como le ardía la nuca al percibir su mirada apreciativa.

Levantó una ceja. — ¿Vas a algún lado?

— ¿Y si así fuese? ¿Me lo permitirías?

— ¿Es eso lo que quieres? ¿Irte?

Dejarme fue la palabra implícita que quedó vibrando entre ellos.

—Sí. No. No lo sé. Lo único que sé es que estoy cansada de estar siempre encerrada entre estas paredes día tras día, como una monja.

Sonrió. Si algo no parecía, era una monja, con su largo cabello rojizo cayéndole sobre los hombros como una catarata carmesí y los ojos ardiendo de justa ira.

Sus ojos se entrecerraron.

— ¿Tienes intención de dejarme ir alguna vez?

No quería, aun consciente de que era lo mejor. Terminar ahora, antes de que hiciese algo que ambos lamentarían. Sin embargo, sabía que era injusto de su parte mantenerla encerrada contra su voluntad. Le había enseñado todo lo necesario para sobrevivir en el nuevo ámbito. El resto corría por su cuenta. Aun si decidiese partir, dejarlo, siempre podría encontrarla. La diminuta partícula de sangre que le había arrebatado lo guiaría a ella sin importar dónde estuviese.

Extrajo las llaves del Ferrari del bolsillo del pantalón y se las colocó en la mano.

—Dejaré el portón sin seguro antes de acostarme.

De puntillas, lo besó en la mejilla.

—Gracias.

Asintió, preguntándose, si una vez que se liberase de él, volvería.

Capítulo 9

La atmósfera entre ellos se volvió tensa durante el resto de la noche.

Roshan se dirigió a la sala y encendió el televisor.

Prendió el fuego de la chimenea, se apoltronó en su silla favorita, con la mirada fija en las llamas, extrañamente disconforme con el pensamiento de que ella se iría para no volver, aunque sabía que era lo mejor. No tenía nada para ofrecerle, ni siquiera podía garantizar su seguridad.

Tamborileó los dedos en el brazo de la silla. Había cumplido su objetivo. Había encontrado a Brenna Flanagan y la había salvado de la muerte en la hoguera. Y ahora, para su asombro, se daba cuenta de que estaba en peligro de enamorarse de la dama. Se había acostumbrado a su presencia en la casa, a saber que estaría allí cuando despertara. Y, en su refugio, cuando el sol naciente en el horizonte arrasaba del cielo el manto oscuro de la noche, la última cosa que percibía antes de quedar inmerso en el Oscuro Sueño, era el suave sonido del latido del corazón de Brenna.

Bufó suavemente, divertido por el discurrir de sus pensamientos. Enamorarse, por cierto. Sería tan tonto como para ello, sólo significaría buscar sufrimiento. Ninguna mujer en su sano juicio se involucraría conscientemente con un vampiro.

Ella entró en la habitación unos minutos después, sus pasos apenas perceptibles sobre la alfombra, con la gata entre los tobillos.

Brenna dudó al verlo allí, luego se sentó en el sofá, con los brazos cruzados sobre el pecho y la mirada fija en la televisión como si encontrase las respuestas a las incógnitas del universo en la pantalla.

Morgana miró fijamente a uno y a otra, luego se acurrucó frente al fuego, observándolos con sus impertérritos ojos amarillos.

Roshan sonrió irónicamente, divertido, mientras la publicidad terminaba y se reiniciaba el partido de fútbol. La observó durante varios minutos, consciente de que la estaba poniendo cada vez más nerviosa.

—Cambia el canal si quieres —dijo arrojándole el control remoto.

Le dispensó una sonrisa indefinida, luego cambió los canales hasta que encontró una película que había visto varias veces, con Meg Ryan y Billy Crystal.

Se reclinó en el sofá, con las manos cerradas sobre la falda y una pierna encogida bajo el cuerpo.

La tensión flotaba entre ellos.

El simuló mirar el fuego.

Ella simuló mirar la película.

El masculló una maldición.

Ella jugueteó con un rizo de sus cabellos.

Cuando no pudo soportarlo más, la miró admirando la curva de su mejilla, la forma en que la luz del fuego iluminaba su rostro. Nunca se cansaba de mirarla. Inhaló profundamente y lo abrumó el aroma a lilas y a carne cálida de mujer. Las ansias se desbordaron, no de sangre, sino por sentir sus labios, por acariciarle la piel.

Como si sintiese el calor de su mirada, se dio la vuelta hacia él.

El deseo creció, chisporroteando con la misma electricidad de una tormenta de verano.

Sin pensar, se puso de pie y se dirigió hacia ella.

Lo miró fijamente, con mirada sorprendida y los labios entreabiertos. Él pudo oír el salvaje latido de su corazón.

—Brenna.

No dijo nada, sólo siguió mirándolo fijamente.

Se arrodilló frente a ella, le acarició la mejilla, deleitándose con la calidez de su piel. A diferencia de la suya, tan fría, salvo después de haberse alimentado.

—Bésame, Brenna —suspiró—. Un beso para espantar a las sombras y mantenerme tibio mientras descanso.

Lo miró fijamente, con el corazón desbocado, y luego se inclinó hacia él.

La cogió por la nuca mientras le cubría la boca con la suya. Sus labios eran tan suaves y dulces como los recordaba, y supo que un beso no sería suficiente. Nunca sería suficiente.

La sostuvo por la cintura, y la sentó sobre su regazo, sin apartarle los labios de la boca. La besó más profundamente, incitándola con la lengua; sus sentidos preternaturales llenos de su proximidad hasta que no pudo pensar en nada más, desear nada más. El cuerpo femenino se amoldó al suyo, sus curvas excitantes contra la dureza de su pecho.

Le cubrió con besos los párpados, las mejillas, la frente y la curva del cuello. Incapaz de resistirlo, le deslizó la lengua detrás de la oreja, le besó la curva de la garganta. El seductor sonido del latido de su corazón resonó en sus oídos; la llamada de su sangre como un canto de sirenas, eclipsando el dolor de su cuerpo. Le clavo los dientes en la piel.

Con un grito, movió rápidamente la cabeza para que ella no viese sus colmillos y el hambre que seguramente ardía cual muerte roja en sus ojos.

Gimiendo suavemente, se acercó a él.

Roshan se apartó antes de que ella lo pudiese tocar. Se puso de pie, caminó unos pasos, intentando mantenerse de espaldas. Sabía cómo se veía, los ojos salvajes, ardiendo con lujuria de sangre. Se pasó la lengua por los dientes, sintió la punzada de los colmillos. Oh, sí, ya conocía esa expresión… la había visto en otros vampiros antes, la noche en que Zerena lo sedujo…

Al dejar la taberna y encaminarse hacia su hogar, notó que alguien lo seguía. Al mirar, vio a una mujer a pocas yardas detrás de él. Nunca la había visto antes, estaba seguro de que no era del condado. Su ropa era demasiado elegante, su piel demasiado suave, su rostro sin las huellas de preocupaciones o trabajos arduos que marcaban los semblantes de las mujeres que conocía.

Preguntándose quién podría ser, se concentró nuevamente en el camino.

Y luego ella dijo su nombre. Al detenerse en un alto del camino, asombrado, notó que ella estaba de pie junto a su codo.

Le sonrió, mostrando los dientes más blancos que había visto en su vida.

— ¿Quién eres tú? —preguntó, avergonzado por el temor que contenía su voz.

Ella ladeó la cabeza, con sus profundos ojos marrones centelleando.

—Soy lady Zerena.

— ¿Por qué me sigues?

— ¿Por qué, realmente?

Le deslizó la punta de los dedos a lo largo del brazo, le acarició los bíceps y luego quedó cautivado, incapaz de apartar la mirada, de resistir la promesa que vio en sus ojos.

Zerena lo guio hasta una pequeña casa de madera alejada del camino principal. Desde fuera, parecía un cobertizo. Pero dentro, parecía la recámara de una reina. Una cama inmensa cubierta con pieles suaves y cojines de seda ocupaba casi toda la habitación. La única ventana estaba cubierta por cortinajes color damasco. Espesas alfombras sobre el piso.

Le dio un suave empujón hacia la cama.

—Siéntate.

Sirvió un vaso de un oscuro vino tinto y se lo ofreció.

—Relájate —ronroneó—. No te haré daño.

Era un hombre robusto. Podría haberla aplastado con una mano, sin embargo, muy en su interior, sintió que ella era más fuerte. Ese pensamiento le provocó un escalofrío que le bajó por la espalda.

—Bebe —le ordenó—. Te calmará.

No tuvo voluntad para rehusar. Levantó el vaso, y bebió el contenido. Sin dejar de sonreír, ella cogió el vaso y lo arrojó a la chimenea. Se hizo añicos contra los ladrillos. Los fragmentos del brillante cristal reflejaban todos los colores del arco iris antes de enterrarse en las cenizas.

Sentada junto a él en la cama, le deslizó la mano por el cabello y el cuello, y luego introdujo los dedos en la camisa y le acarició el pecho. Él tembló con la caricia.

Se inclinó sobre él empujándolo hacia el colchón, se recostó sobre su cuerpo y con manos osadas le exploró los brazos, las piernas, los hombros.

Cuando él comenzó a protestar, le cubrió la boca con la suya. Con el toque de sus labios, todos los pensamientos desaparecieron de su mente hasta que sintió los dientes en la garganta.

Recobró la consciencia y abrió los ojos, no pudo apartar la mirada de ese monstruo de ardientes ojos rojos y colmillos manchados con su sangre.

Demasiado tarde, había intentado luchar contra ella, no era contendiente para su fuerza preternatural. Gritó en una mezcla de protesta producto del miedo y la furia cuando le clavó los colmillos nuevamente. Y luego, para su asombro, perdió la voluntad de luchar. En cambio, se sintió abrumado por un sentimiento de euforia que lo indujo a colocarle la mano tras la cabeza para aumentar la presión de su boca, deseando que tomara más de él, deseando que lo tomara por completo y así lo hizo. Los recuerdos de lo que sucedió después eran difusos. Recordaba su voz llamándolo, recordaba su muñeca presionándole la boca, su voz ordenándole beber antes de que fuera demasiado tarde.

Estaba demasiado débil, cansado, para resistirse al poder de su voz. Cerró la boca contra la muñeca y bebió hasta que ella quitó el brazo.

—Duerme ahora —le dijo con un brillo malvado en los ojos— Duerme en tu última noche como hombre.

La había mirado fijamente, confundido por sus palabras, alarmado por la expresión de su rostro, pero antes de que pudiese exigir una explicación, quedó sumido en el sueño que, como mortal, tuvo por última vez….

— ¿Roshan?

Sacudió la cabeza, se dio cuenta que Brenna le había hecho una pregunta.

Respiró profundamente, contuvo el hambre en su interior, luego giró el rostro hacia ella.

— ¿Te encuentras bien? —preguntó nuevamente—. ¿He hecho algo mal?

—No.

— Entonces ¿por qué..?. —Un rosado rubor le coloreó las mejillas en ese momento—. ¿Por qué te detuviste?

—Porque no quería lastimarte.

— ¿Lastimarme? —Por un momento, pareció confundida, y luego, con un brillo de compresión en los ojos, se llevó la mano a la garganta.

—Así es —dijo, y su voz se quebró—. El deseo por la carne y el deseo por la sangre están íntimamente ligados. No siempre puedo separarlos.

Aún sentada en el suelo, parpadeó con expresión pensativa.

— ¿Te agrada ser un vampiro?

Era una pregunta que ya le había hecho con anterioridad, y él no la había respondido. Tenía la costumbre de insistir hasta que le decía lo que deseaba saber.

— ¿Agradarme? —Consideró la pregunta durante un momento—. Me gusta vivir —contestó finalmente—. He disfrutado de ver los cambios en el mundo, de experimentar los avances de la civilización. Aunque algunas cosas, como la guerra y la pobreza, nunca cambiaron.

— ¿Existe cura para ello?

—Ninguna que yo sepa.

— ¿La has buscado?

Se sentó en el otro extremo del sofá.

—No.

— ¿Por qué no?

Gruñó suavemente.

—Al principio, no pensé en ello. Lo único en lo que podía pensar era en satisfacer el hambre que me dominaba todo el tiempo que estaba despierto. Luego, cuando aprendí a controlar el ansia, comencé a valorar los poderes sobrenaturales que me había brindado el Oscuro Truco.

Exploré el mundo, maravillándome de cuán grande era, y de lo poco que lo conocía. Dediqué años a mi educación, aprendí todo lo que pude, del mundo y de su gente.

—Parece una vida muy excitante.

—Sí —dijo quedamente—. Pero bastante solitaria.

—En el transcurso de tu larga vida, ¿no has encontrado a una mujer que te acepte como eres?

— ¿Tú lo harías?

Para su asombro, ella contestó sin detenerse a pensar, sin dudarlo. —Sí.

Movió la cabeza. —No sabes lo que dices.

—Te quiero —dijo, sorprendida por su propia osadía—. Ningún mortal me aceptaría totalmente por lo que soy. Incluso John Linder, quien aseguró amarme a pesar de todo, no se sentía cómodo con mi magia. Pero tú ... —Se encogió de hombros, con un esbozo de sonrisa jugueteándole en los labios—. Tú lo comprendes.

—Pero tú no.

— ¿Qué quieres decir?

—No has visto lo que realmente soy —dijo casi en un gruñido—. No tienes idea de cómo soy verdaderamente.

—Muéstrame entonces.

Levantó una ceja. — ¿Estás segura de que quieres verlo?

Tragó con dificultad, y luego asintió. —Muéstrame.

Respiró profundamente y permitió que brotara el hambre de su interior, sintió como le crecían los colmillos al sentir el olor a sangre, sabía que sus ojos habían cobrado un brillo profano. Apretó los puños con furia contra los costados para reprimir el deseo de sujetarla.

Lo miró fijamente, su expresión era una mezcla de horror y fascinación.

— ¿Es lo que querías ver? —preguntó con voz áspera presumiendo que huiría de la habitación a los gritos.

—Es una visión bastante atemorizante —admitió con un débil temblor en la voz.

— ¿Entonces por qué no tienes miedo?

—No estoy segura.

Con esfuerzo, dominó a la bestia de su interior.

—Tú me desconciertas, Brenna Flanagan.

Había visto el temor en sus ojos muchas veces con menos motivos que ahora, y cuando se mostró tal cual era, ella manifestó no tenerle miedo.

—Es difícil tener miedo del hombre que salvó tu vida, de alguien que me ha demostrado nada más que bondad. Puedes parecer un monstruo, pero he visto al hombre que hay debajo.

—No soy un hombre —le recordó.

Hizo un gesto desdeñoso con la mano.

—Puedes considerar que no lo eres, pero es lo que veo al mirarte—. Se puso de pie, acortó la distancia que los separaba. — ¿Me besarás de nuevo?

—Estás jugando con fuego, Brenna Flanagan —le advirtió—. Fuego mucho más peligroso que las llamas de las que escapaste.

—No tengo miedo. —De puntillas, le rodeó firmemente el cuello con los brazos—. Bésame, mi Lord vampiro

¿Cómo podía negarse? Sus labios eran cálidos y rosados, sus ojos tenían un brillo expectante, y su cuerpo... pudo sentir el calor de sus senos contra el pecho, la curva de su muslo contra el suyo. Con un suave gruñido, le deslizó el brazo por la cintura, inclinó la cabeza y le buscó los labios.

Fue tan solo un beso, pero el fuego lo abrasó, un brillante fuego blanco que quemó la eterna oscuridad de su alma, que le hizo creer, sólo por un momento, que no transcurriría el resto de su existencia solo.

Estaba sin aliento cuando él la liberó. Él intentó alejarse, pero lo retuvo anudándole los brazos alrededor del cuello.

—¿Has estado con un hombre antes? —preguntó.

—Por supuesto que yo… —arrastro la voz y se le agrandaron los ojos al comprender el significado de sus palabras—. No.

Le cogió las manos y dio un paso atrás. En lo profundo de su interior, ya sabía de antemano que era virgen, de su cuerpo jamás tocado, inocente. Con un suspiro, le acomodó un rizo tras la oreja.

—Creo que debemos detenernos ahora.

Un suave sonido de protesta brotó de su garganta al inclinarse sobre él, amoldando el cuerpo contra suyo.

¡Demonios! ¿No se daba cuenta del efecto que tenía sobre él? Murmuró su nombre, con un deseo ardiente en la voz, en la profundidad de sus ojos.

Ella hizo un suave sonido con la garganta.

—Brenna, no es una buena idea.

Lo miró, en silencio, muda.

—Tu primera vez —dijo con voz espesa—. Debería ser con tu esposo.

Había vivido en el mundo moderno lo suficiente como para saber cuán arcaicas y trilladas sonaban esas palabras. Hoy en día, hombres y mujeres vivían juntos, abiertamente y sin tapujos sin la bendición de la iglesia, pero él era el producto de la educación recibida, y desde su niñez le inculcaron que el hombre debía respetar a la mujer, y que la intimidad antes del matrimonio era pecado. En los años en que había sido vampiro, no era un consejo que hubiese respetado. Era un vampiro, no un monje pero, en su favor, podía decir que jamás había pretendido llevar a la cama a una virgen. En las ocasiones en que había buscado compañía femenina, se había asegurado de que estuviese al tanto de sus intenciones, y había guardado cuidado de que no pudiese recordar nada de lo que había sucedido entre ellos.

—No quiero un esposo —Brenna replicó.

— ¿No?

Negó con la cabeza. —El matrimonio solo ha provocado sufrimientos a las mujeres de mi familia.

La miró esperando una explicación. Con un suspiro, se sentó en el sofá.

—Mi abuelo traicionó a mi abuela. Fue quemada en la hoguera. Aunque le había prometido amarla para toda la vida, después de diez años de matrimonio la abandonó, aduciendo que estaba vinculada con el demonio. Era una tontería por supuesto. Ninguna de las mujeres de mi familia ha practicado magia negra o invocado las artes oscuras. Mi propio padre nos abandonó, a mi madre y a mí, cuando descubrió que su hija era una bruja.

Roshan se sentó en el extremo del sofá.

—Deduzco que no hay hechiceros varones en tu familia.

—No. Pasa de madre a hija.

—Entonces —dijo lentamente— ¿No quieres un esposo pero deseas que te haga el amor?

—Sí.

—Supongo que no eres tan anticuada como pensé —murmuró.

— ¿Qué?

—Nada.

—Puede que no quiera un esposo —dijo inocente mente—. Pero deseo un hijo. Tu hijo.

Pocas cosas lo habían sorprendido desde la noche en que Zerena lo había sumido en el Oscuro Don, pero las palabras de Brenna lo cogieron totalmente desprevenido. Durante un momento, se le representó la imagen de Atiyana, su pálido rostro, sus ojos sin vida, la sábana bajo su cuerpo manchada de sangre. Recordó como había recogido a la pequeña criatura que ella había expulsado de su vientre poco antes de morir.

—Temo que eso es imposible. —Le sostuvo la mano, frenando las preguntas que vio surgir en sus ojos—. No puedo engendrar vida, Brenna. Solo puedo mantener la mía, tal como es.

—Lo siento —dijo quedamente—. No lo sabía.

Por un momento, lamentó haberle dicho la verdad. Si no fuese tan honrado, podría haberla llevado a la cama, hacerle dulcemente el amor noche tras noche, dejándole creer que le daría el hijo que ella anhelaba.

—Yo también lo siento —replicó. No pasaba un día sin que pensase en su hijo. Aun después de tantos años, el recuerdo de su hijo muerto le resultaba doloroso. Su hijo. Una partícula tan pequeña de humanidad, muerto antes de nacer, y con él, todas las esperanzas y sueños de Roshan.

Apartó el recuerdo de su mente.

Una vez más, la tensión fluyó entre ellos.

Brenna se dedicó a mirar la televisión, demasiado consciente de que él la estaba observando. Intentó olvidar el sabor de sus besos, el placer que la había embargado por completo cuando sintió sus labios. Había escuchado que los vampiros poseían un aura, un encanto irresistible para los mortales. ¿Sería tan sólo eso? ¿Acaso su atracción hacia él sería real?

Lo miró disimuladamente, tratando de verle el aura. El aura de la abuela O'Connell había sido verde, lo que era asociado a la maternidad. John Linder había tenido una de un color naranja apagado. La suya era azul, un signo de energía psíquica.

La de Roshan DeLongpre era gris. Frunció el ceño, tratando de recordar lo que significaba.

Gris … ah, por supuesto, implicaba la cercanía a lo no terrenal y a la habilidad para influir en el viento y la lluvia.

— ¿Algo está mal? —le preguntó.

—No. Sólo me preguntaba…¿puedes desencadenar una tormenta si lo deseas?

Él asintió. — ¿Por qué?

—Estoy estudiando tu aura.

— ¿De veras?

—Es gris. Gris oscuro.

—Siempre pensé que todo eso era una patraña.

—Oh, no. La de mi madre era rosa.

— ¿Y eso significa…?

—Los que tienen auras rosas son muy cariñosos y afectuosos —dijo Brenna melancólicamente—.Como era mi madre. No había mujer más amable en la villa. Todos la querían.

— ¿Qué sucedió cuando tu padre os abandonó?

—Mi madre nunca pudo superarlo. Murió un año después. La abuela O'Connell me crio.

— ¿Cuántos años tenías cuando tu madre murió?

—Once.

— ¿Y qué edad tienes ahora?

—Diecinueve.

Murmuró una maldición. ¡Diecinueve!

— ¿Viste a tu padre de nuevo?

—No. —Cruzó los brazos sobre el pecho, evidentemente a la defensiva—. No quiero hablar más de ello.

Miró a través de la ventana. Ya era tarde, pasada la medianoche. Se convulsionó desasosegado ya que el hambre se agitaba en su interior, recordándole que no se había alimentado aún.

Brenna siguió la dirección de su mirada, y luego lo miró.

—Creo que pronto te marcharás. —No era una pregunta.

Asintió bruscamente, el latido de innumerables corazones lo llamaban como un trueno distante.

Brenna se llevó la mano a la garganta. Ya la había mordido una vez, probado su sangre. ¿Cómo sería si lo hiciese de nuevo, estando ella despierta? ¿Le dolería? Movió la cabeza, sorprendida por el giro de sus pensamientos sin poder apartarlos de su mente.

La estaba observando, con los ojos entrecerrados. Le recordaba la manera en que Morgana observaba a un ratón antes de abalanzarse sobre él. Morgana era un temible depredador, pero algunas veces el ratón tenía suerte y podía escapar de sus garras y sus colmillos.

Roshan era un depredador mucho más temible que Morgana, pensó Brenna. Si ella se quedaba aquí, en la cueva del león, ¿Cuánto tiempo podría permanecer a salvo de sus colmillos?

Capítulo 10

En la búsqueda de una presa, Roshan se había movido rápidamente a través de la oscuridad, disfrutando del aliento frío de la noche contra su piel, del susurro de una errante brisa en su cabello. Se había alimentado rápidamente, saboreando la ráfaga de energía que fluía en su lengua y se le deslizaba por la garganta como el más dulce néctar.

Ahora, después de haber dejado a la mujer seguir su camino, deambuló por las oscuras calles de la ciudad. Como todas esas noches, sus pensamientos volaron hacia Brenna. Era diferente a todas las mujeres que había conocido, y no solo porque era una bruja. A pesar de temerle, permanecía en la casa. Admiraba su coraje para sobrellevar las presiones de un mundo totalmente distinto al que había dejado atrás. Adoraba que lo enfrentara contestándole altanera. Si tenía algo que lamentar, era que fuese tan joven. Diecinueve. Apenas podía recordar lo que era ser tan joven. Y aunque por su apariencia física no parecía tener más de veintisiete años, en realidad, tenía trescientos trece años. Más viejo por mucho que esa dulce cosa que era Brenna Flanagan.

Al regresar a su hogar, subió a la alcoba de Brenna.

Permaneció de pie junto a su cama por más de veinte minutos, observándola mientras dormía. Sintió el lento y acompasado sonido de su respiración, admirando el suave brillo dorado de su piel, el arco perfecto de sus pestañas sobre las mejillas. La luz de la luna que se filtraba a través de la ventana reflejaba destellos plateados en su cabello. Un suave suspiro escapó de sus labios, seguido por una débil sonrisa. Se preguntó qué estaría soñando, si podría aventurarse a desear que estuviese soñando con él. Con un suave gruñido, se alejó de la cama. Cualquier sueño que tuviese con él sería, sin lugar a dudas, una pesadilla de la cual despertaría gritando.

Bajó las escaleras, se dirigió a su guarida y se sentó frente al ordenador. Abrió su diario en el archivo perteneciente al año 2005. Antes de que Brenna apareciese en su vida, había escrito todas las noches. Ah, Brenna. ¡Qué distracción tan bienvenida en su existencia! Sonrió pensando en ella. Que noches tan opacas y vacías había tenido sin su presencia.

Se quedó mirando el último registro en su diario y lanzó un suspiro. Tenía muchos cambios que registrar. Los dedos volaron por el teclado mientras reunía los recuerdos desde la noche en que había decidido acabar con su vida. Había hecho apenas unas anotaciones tan pronto como había rescatado a Brenna; ahora se explayó en ello, ahondando sobre lo que había sido viajar a través del tiempo, el placer de retroceder velozmente los siglos, captando destellos de personas muertas hacía tiempo y lugares lejanos de la tierra. Describió su sorpresa al llegar a destino, el gozo puro de observar a Brenna Flanagan bailar bajo la luz de la luna, su horror al verla amarrada en la hoguera, su aprensión al atravesar las llamas para liberarla.

Escribió sobre la manera en que ella había reaccionado frente al siglo XXI, acerca de cómo le había enseñado a conducir y a hacer compras. Describió, en detalle, cómo, extrañamente, lo había aceptado tal cual era, sobre la atracción que ardía entre ellos cada vez que se miraban a los ojos, sobre la primera vez que la había besado.

Sonriendo, reinició su labor y agregó unas pocas oraciones acerca de lo que había sentido cuando ella había intentado convertirlo en sapo. Le había parecido muy divertido. El recuerdo le hizo reír de nuevo y eso le hizo sentir bien. La risa era algo que había faltado totalmente en su vida hasta ahora. Tenía que agradecerle a Brenna por hacerle reír nuevamente, entre otras cosas.

Dos horas más tarde, el diario estaba al día. Se preguntó qué pensaría ella si le dejase leer la historia de su vida. ¿La encontraría fascinante, o repulsiva por los pensamientos y acciones consecuentes con su adaptación a vivir como vampiro?

Sentado allí, faltando aún horas para el amanecer, releyó algunos de sus registros anteriores reviviendo la confusión que había sentido al principio, cuando cada amanecer lo había llenado de terror con el inquietante temor de que podría ser el último. Los cazadores de vampiros se encontraban por doquier en aquella oscura era. Los vampiros habían sido más numerosos entonces, y aunque jamás los consideró amigos, se había reunido con algunos para intercambiar información. En aquellos tiempos, cada noche traía noticias de nuevas muertes. El cazador más famoso de todos había sido Stuart Ramsey. Había destruido más de cincuenta vampiros antes de morir en algún momento del siglo XVII. El nombre de Ramsey había sido temido por años ya que sus descendientes siguieron sus sangrientos pasos. Hoy en día, el nombre de Edward Ramsey era suficiente para que los vampiros se precipitaran en búsqueda de protección, aunque Roshan había oído el rumor de que Ramsey se había convertido en uno de los que antes cazaba. Una divertida ironía, si fuese verdad.

A principios de 1800, Roshan había hecho un viaje en barco a América. Había sido el peor viaje de toda su existencia. Atrapado en un ataúd en la bodega del barco durante el día, deambulaba por la cubierta durante la noche, alimentándose de ratas y, ocasionalmente, de algún miembro de la tripulación.

Se había enamorado de América a primera vista. Las ciudades atestadas, la diversidad de gente. Italianos y mexicanos, rusos y eslavos, polacos y alemanes, daneses y suecos. E indios. Había pasado un tiempo en el Oeste, intrigado por saber cómo era la vida de los indios. Se había introducido entre las tribus Sioux y Cheyenne, Crow y Arapaho, Apache y Comanche, estudiando sus costumbres y religiones.

Le había resultado interesante el hecho de que sin importar ni la cultura ni la raza, roja, negra o amarilla, la mitología de cada civilización incluía a vampiros, desde el *«vampir»* de Hungría y el *«upior»* [2]de Polonia hasta el *«vyrkolakas»*[3] de Grecia. Suponía que se debía al hecho de que los vampiros eran los monstruos más populares, y que los cuentos de vampiros habían sido relatados, de generación en generación, por miles de años.

---

2 Vampir: Según Stephen Hock, lingüista húngaro del siglo XIV, seguidor de la escuela teórica de Franz Miklosich, etimológicamente, el término *«vampir»* y sus sinónimos: *«upior», «uper»* y *«upyn»* derivan del término turco *«uber»* (bruja). Asimismo, lo relaciona con otro término turco *«nh»* (beber). Otra de las escuelas teóricas respecto del origen etimológico del término sostienen a las voces serbias *«wampira»* (sangre) y «pir» (monstruo) como posibles fuentes.
3 Yyrkolakas: Este término fue mencionado por Voltaire refiriéndose a las personas que no pueden ser enterradas en suelo sagrado.

Recordaba que su primera novela de vampiros había sido *Varney, el vampiro*[4], publicada en 1847. El tema de los No muertos fue utilizado en cientos de libros y películas desde entonces. Había leído todos los libros y visto todas las películas.

Pero ninguna de esas obras de ficción se acercaba a la realidad que él había vivido durante los últimos doscientos ochenta y seis años.

Nunca, en todo ese tiempo, se había sentido como ahora. Por primera vez en su larga existencia, tenía esperanzas, y esa esperanza se materializaba en la mujer pelirroja que estaba durmiendo en su cama.

---

4 Varney, el vampiro: conocida también como «Fiesta de Sangre», es la primera novela gótica de vampiros escrita en inglés, en series, por James Malcom Rymes (1845-1847).

Capítulo 11

A la mañana siguiente, Brenna durmió hasta tarde. Permaneció en cama, con la manta subida hasta el mentón mirando fijamente el techo y pensando en su vida, en cómo había cambiado drásticamente en tan poco tiempo. ¿Quién podría haber pensado que la pobre Brenna Flanagan, quien apenas tenía lo mínimo indispensable para subsistir, viviría en una casa tan grande como ésta? Tenía más que suficiente para comer, sin mencionar la vestimenta, bastante como para ataviar a una docena de mujeres. Había visto maravillas e inventos que nadie habría podido imaginar, ni siquiera creer que fuesen posibles. De ser un sueño, no estaba segura de querer despertar.

Le sonrió a Morgana que, acurrucada bajo su brazo, requería de su atención.

—Buenos días —dijo Brenna. Colocándose de costado, le acarició las orejas y sonrió cuando la gata empezó a ronronear.

Los ojos de Brenna se agrandaron de repente. Roshan le había prometido quitar el seguro de los portones antes de irse a la cama. Hoy, por primera vez, estaría por su cuenta y riesgo, pudiendo ir a donde quisiese. Independiente, pensó, como las mujeres de esa época.

Se levantó, se dirigió al baño y llenó la bañera con agua. Se recogió el cabello y se metió en el agua. Morgana se sentó en la tapa del retrete lamiéndose cuidadosamente las patas mientras su ama disfrutaba de un baño de burbujas.

Allí tendida, Brenna se maravilló una vez más de tener agua corriente fría y caliente dentro de la casa. El jabón que usó para bañarse olía a lavanda.

Treinta minutos después salió de la tina y se secó con una gran toalla de baño afelpada color azul. Arrojó la toalla en la cesta, sacudió el cabello y luego se dirigió a la alcoba. Abrió el cajón de la cómoda, extrajo un par de bragas rosadas que hacían juego con el sujetador (un dispositivo bastante extraño y un tanto incómodo). Vestida en ropa interior, abrió el armario, frunció el entrecejo mientras trataba de decidir qué usar. ¡Nunca, en toda su vida, había tenido tantas opciones! Vestidos, faldas, pantalones, blusas, jerseys, camisas, zapatos, sandalias y botas, sin mencionar una amplia variedad de ropa interior, pares de medias de nylon y calcetines.

Finalmente, se puso un par de vaqueros, un suave jersey blanco y un par de blandas botas de cuero que se sujetaban por el costado.

Bajó las escaleras, llenó el plato de Morgana con alimento para gatos, y luego se preparó un abundante desayuno: avena cubierta con azúcar negra, huevos revueltos, tostadas con manteca y un vaso de suero de leche.

Nunca se había preocupado demasiado por la cocina, pero aquí, con todas las ventajas modernas, parecía mucho más fácil. No tenía que hacer pan casero. No tenía que ordeñar una vaca o recoger huevos. No tenía que juntar madera para encender el fuego o preocuparse porque las faldas no se incendiaran al revolver el caldero de la sopa. Por supuesto, le había tomado varios días y muchos errores dominar la cocina a gas, pero con la ayuda del libro que le había comprado Roshan, estaba aprendiendo.

Ciertamente, había aprendido muchas otras cosas en las últimas semanas, gracias a Roshan. Pacientemente, él le había respondido un número interminable de preguntas, la había llevado a la ciudad para que se familiarizara con este nuevo mundo tan extraño, le había enseñado a conducir su coche, el que ahora sabía, costaba una verdadera fortuna. A pesar de que era un vampiro, se sentía a salvo con él. Quizás él tenía razón. Quizás se acostumbraría a este tiempo y a este lugar.

Después del desayuno, se cepilló los dientes, se peinó y se sujetó el cabello con un lazo.

Roshan había dejado las llaves del coche en la mesa de la cocina, junto con 450 dólares. Sintiéndose rica y despreocupada, guardó en el bolsillo el dinero, cogió las llaves y dejó la casa. Momentos más tarde, estaba conduciendo hacia los portones. ¿Habría recordado quitar el seguro?

Sí, los portones estaban abiertos. Llena de excitación, atravesó el arco de entrada, dobló a la derecha, y se dirigió a la ciudad.

Recorrió las calles, observando las casas y la gente. Hasta ahora, sólo había podido ver este mundo nuevo de noche. Nuevamente, la impactó el ruido de la ciudad. Los bocinazos, el repiquetear de los camiones, el distante silbato de un tren, el suave ronroneo del motor del Ferrari, el rugido de un avión en las alturas. Nunca se había dado cuenta hasta ahora de lo tranquila que había sido su cabaña. El hogar de Roshan nunca era completamente tranquilo. Estaba el zumbido del frigorífico, el suave sonido del acondicionador de aire cada vez que se prendía y apagaba, el crujido de la madera al asentarse.

Dejó atrás el centro comercial, estacionó en una angosta calle lateral, cerró el coche y luego caminó por la acera detendiéndose de tanto en tanto para mirar los escaparates. Los negocios de esa calle no eran tan grandes, ni estaban atestados como los del centro comercial.

Pasó por una pastelería, un video club, varios negocios de ropa femenina, una zapatería y una juguetería. En la esquina había una heladería. Entró al ver la foto de un batido en el escaparate y después de un segundo de duda, se ubicó en una pequeña mesa junto a la ventana.

Tan pronto se sentó, apareció una camarera para anotar el pedido.

— ¿Tiene batidos de chocolate? —preguntó Brenna, recordando el que Roshan le había comprado en el centro comercial.

—Por supuesto —afirmó la joven con una sonrisa—. El mejor de la ciudad.

— ¿Me podría traer uno, por favor?

—Por supuesto, querida. ¿Algo más?

—No, gracias.

Cuando la camarera se alejó, Brenna se giró para mirar por la ventana y observar la gente pasar. Los hombres en traje, las mujeres en pantalones cortos y blusas sin mangas amarradas al cuello, los niños en patinetas y las niñas riendo tontamente entre ellas, todos parecían estar apurados por llegar a algún lugar.

Brenna le agradeció con una sonrisa a la camarera cuando apoyó el batido en la mesa. Saboreó la crema batida y la cereza, deseando tener valor para pedir otro. Como había asegurado la camarera, el batido estaba delicioso. Lo bebió lentamente, saboreando el gusto del chocolate, pensando que era aún más delicioso que el del centro comercial.

Se sintió orgullosa de sí misma cuando pagó la cuenta aunque fuese con el dinero de Roshan. Si bien la compra de un batido era un logro pequeño, era la primera cosa que adquiría y abonaba por sí sola. Por primera vez desde que había llegado a este siglo, había logrado algo sin ayuda alguna. Quizás podría abrirse camino en este nuevo mundo después de todo.

Dejó la heladería, cruzó la calle y recorrió la otra acera.

Tres jóvenes vestidos con pantalones holgados y camisetas negras estaban de pie frente a una licorería. Todos la miraron de los pies a la cabeza mientras se acercaba. Uno de ellos la silbó.

—Eh, preciosa —le gritó otro—. ¡Qué linda te ves hoy!

El tercero asintió y luego, al acercársele, la cogió del brazo.

Brenna murmuró un rápido hechizo mientras los dedos le ceñían el brazo. Con un grito de dolor, el joven jaló la mano, aullando como si hubiese tocado un horno caliente. Sonriendo para sus adentros, Brenna siguió caminando.

Cuando llegó al final de la calle, miró hacia ambos lados, cruzó la acera y comenzó a desandar el camino que había recorrido. Y luego la vio, era una gran marquesina negra con forma de sombrero puntiagudo. Con las palabras *Cafetería a la Wiccan* y *Librería* pintadas en el sombrero con nítidas letras blancas.

Apuró el paso. Dudó en la entrada, luego respiró profundamente, abrió la puerta y entró.

Le llevó unos instantes acostumbrar la vista a la oscuridad del interior del lugar. Las paredes eran de color crema, el piso de baldosas negras, blancas y grises. A la derecha, vio una pared cubierta de estantes de vidrio que exhibían toda clase de objetos de cristal, como copas y dragones de cristal y peltre. En otro aparador había recipientes con hierbas. A su izquierda, una estantería atestada de libros, del piso al techo, sobre brujería, paganismo, magia y medicina, leyendas urbanas, tradición celta, astrología, Tarot, hechizos, canalización, desarrollo psíquico, así como también, ejemplares de almanaques y calendarios.

Un armario con puerta de vidrio contenía todo tipo de artículos básicos para la práctica de brujería. El primer estante tenía una variedad de pentáculos, algunos planos y otros con puntas coloridas. Y otros de oro, plata y cobre. El segundo estante exhibía una variedad de incensarios, algunos con pie para no quemar la superficie donde se los apoyase. El tercer estante tenía una canasta con plumas, atados de incienso, varios espejos, botellas de aceites y potes de tinta.

En la arcada que separaba la librería de la cafetería colgaba una cortina de cuentas con todos los colores del arco iris. Echó una mirada a través de ella, y pudo contar alrededor de una docena de pequeñas mesas redondas, la mitad de ellas con manteles blancos y las otras, con manteles negros. En el centro de cada mesa ardía una vela verde. Y en la pared del fondo, un gran mostrador negro, tras el cual una bella joven de largo cabello negro estaba atendiendo a los clientes sentados frente al mostrador, en una línea de taburetes. Otra mujer, con un vestido gris largo y sombrero negro de ala caída, estaba sentada en una de las mesas leyendo un diario.

— ¿Puedo ayudarla?

Brenna miró por encima del hombro y vio a una mujer alta, extremadamente delgada con ojos color topacio que le sonreía. Llevaba un vestido negro largo hasta los tobillos y un par de botas negras de tacón.

— ¿Está buscando algo en especial? —preguntó la mujer.

—No —Brenna negó con la cabeza—, sólo… sólo estaba mirando.

—Por supuesto —dijo la mujer sonriendo—. Hoy en día, mucha gente siente curiosidad por lo paranormal y las ciencias ocultas, algunos seriamente, otros simplemente porque está en boga. Algunos se dedican a los cristales, otros a la quiromancia o al tarot. Unos pocos vienen en busca de elementos de vudú y magia negra. Hay otros que sólo buscan algo en qué creer, algo en qué apoyarse en estos días de inseguridad y problemas. Otros se alejan de las religiones tradicionales y buscan nuevos caminos.

— ¿La brujería, tal vez? —preguntó Brenna dubitativa.

—Wicca —la corrigió la mujer—. Es un tipo de brujería, pero también una religión, una forma de vida y una creencia.

Brenna asintió. — ¿Le importa si echo un vistazo?

—En absoluto, mi nombre es Myra Kavanaugh. Soy la dueña. Dígame si necesita algo.

—Gracias.

La mujer sonrió nuevamente. —Bendita sea.

Al quedar a solas, Brenna se dirigió a los estantes con libros. Aunque muchas palabras le resultaban familiares, otras le eran desconocidas, y algunas, si bien conocidas, estaban escritas de manera distinta. Aun así, fue capaz de comprender el sentido de la mayoría.

Hojeó uno de los libros sobre rituales para paganos modernos que incluía la historia de la diosa Lilith. Brenna nunca había oído acerca de ella y encontró muy interesante la información. Según el libro, Lilith era una seductora que tentaba a los hombres con deseos y placeres prohibidos. Extrañamente, también era conocida como una «*saga nocturna*», cuya monstruosa apariencia difícilmente podría asemejarse a la una doncella seductora. De acuerdo con el libro, en la actualidad, era considerada la Patrona de las brujas, y la describían como una fascinante sirena, una seductora vampiresa y la diosa máxima del sexo.

Movió la cabeza, colocó el libro nuevamente en el estante y cogió otro sobre hechizos. La sorprendió el hecho de que se vendiesen libros de ese tipo.

¡Cómo había cambiado todo con el paso del tiempo! En su época, los hombres y mujeres sospechados de brujería habían sido ahorcados. Hoy en día, tenían cafeterías y se relacionaban con amigos y vecinos sin temor.

Miró a la dueña del negocio. ¿Sería una bruja? ¿Lo Serían también los clientes de la cafetería o solo serían gente común que disfrutaba de la excitación de sociabilizar con creyentes del ocultismo?

Retornó al libro que tenía en la mano, leyó los ingredientes de un hechizo para ahuyentar a fantasmas molestos: hojas secas de romero, sal marina, ajo en polvo y habichuelas negras.

Refunfuñó entre dientes al leer las indicaciones. Indudablemente, las habichuelas negras servían para un antiguo conjuro contra fantasmas y todos sabían que el negro era el mejor color para ahuyentarlos. Otra sección refería como hacer varitas mágicas. Recordó con tristeza la que había tenido que abandonar. La había hecho ella misma con una rama de sauce y pintado en tonalidades de azul y verde. La vara era como un elemento conductor, una extensión de su voluntad utilizada para enfocar y dirigir el poder, hacer un círculo mágico, o mezclar los ingredientes en un caldero. Tal vez era hora de hacer una nueva.

En el momento en que iba a colocar el libro de nuevo en su lugar, oyó unos pasos detrás de ella y luego, una voz profunda…

— ¿Es la primera vez que viene aquí?

Se dio vuelta y se encontró cara a cara con un hombre apenas unas pulgadas más alto que ella. Tenía cabello corto rubio, ojos de un azul pálido y un fino bigote. Vestía un jersey azul y un par de pantalones gris oscuro, y pensó que era casi tan apuesto como Roshan, aunque totalmente distintos. Luz y oscuridad, musitó. Claridad y sombra.

Le sonrió, exhibiendo unos dientes muy blancos y un hoyuelo en la mejilla izquierda.

—Lo siento, no era mi intención sobresaltarla. —Le tendió una mano delgada—. Mi nombre es Anthony Loken.

Dudó por un segundo antes de estrecharle la mano.

—Brenna Flanagan. —Le dio la espalda para esconder su nerviosismo, colocó el libro nuevamente en el estante, respiró profundamente y se giró para enfrentar la mirada del extraño otra vez.

— ¿La puedo invitar a una taza de café? —le preguntó amablemente.

—No, gracias.

—Por favor, insisto. —Le sonrió cautivadoramente y luego, para tranquilizarla le dijo—: Está perfectamente a salvo aquí. Es un lugar público, después de todo.

Myra les sonrió a ambos cuando pasaron junto a ella.

—Tony es inofensivo —le dijo a Brenna con un guiño—. Aunque no le crea ni una palabra de lo que dice

—Será mejor que seas buena conmigo, Myra —dijo Loken con una sonrisa irónica— o me iré con la competencia.

Myra movió la mano displicentemente.

—Sé que no lo harás. Prueben el café Amaretto con sabor a almendras. Darlene acaba de preparar una jarra.

Loken se giró hacia Brenna.

—Entonces, ¿acepta?

—De acuerdo.

Sonriendo, le cedió el paso para entrar en la cafetería.

Brenna escogió una mesa cerca de la ventana. Loken le apartó la silla, y le pidió a la camarera dos tazas de café Amaretto con sabor a almendras, luego, se recostó en la silla.

—Me parece que está interesada en la magia y afines —afirmó cruzándose de brazos.

—Sí —contestó cautamente—. Me imagino que usted también, por lo que veo.

—Oh, definitivamente.

Brenna se mordió el labio inferior, pensando si se atrevería a preguntarle si él era un brujo. Pero él se le adelantó.

—Este es un lugar muy conocido para los que se interesan en la magia. Por supuesto, tenemos intrusos de vez en cuando, pero la mayoría de los clientes de Myra son formales practicantes. —Se inclinó hacia ella—. ¿Por casualidad, es usted una bruja?

Negó con la cabeza, incapaz de mentir en voz alta.

Se recostó nuevamente en la silla.

— ¿Busca algo en particular? —preguntó él—. ¿O es sólo curiosidad?

—Sólo curiosidad —dijo ella.

Anthony Loken parecía todo un caballero, pero no estaba dispuesta a confiar en él, aunque no sabía por qué. No tenía ninguna intención de decirle que estaba interesada en encontrar una cura para el vampirismo. Ni siquiera sabía por qué lo estaba haciendo. Roshan jamás había dicho que quería volver a ser mortal.

—Gracias, Darlene —dijo Loken sonriendo a la camarera cuando les trajo el pedido.

Darlene, ruborizada, le devolvió la sonrisa.

— ¿Les gustaría un bollo de canela o una tarta? —les preguntó—. Nicole acaba de hacerlas.

—Yo no quiero nada —replicó Loken—. ¿Señorita Flanagan, usted desea algo?

—No gracias.

Con una última mirada de adoración a Anthony Loken, la camarera se alejó.

—Entonces —dijo Loken revolviendo un poco de crema en el café-, ¿es nueva en la ciudad?

Brenna asintió. Levantó la taza y bebió lentamente.

—No creo haberla visto antes —señaló Loken—. Espero que tenga la intención de quedarse. Siempre es agradable apreciar rostros bellos.

—Es muy amable de su parte —contestó Brenna—. Pero no debería decirme tales cosas.

La estudió por unos instantes.

—Usted no es de por aquí, ¿no es así?

—No.

—Y no es muy conversadora. —Levantó la taza y bebió un sorbo—. Estoy seguro de que se preguntará si yo soy practicante. Bueno, así es. Me especializo en canalización y cartomancia.

—No le importa que la gente sepa que usted es un —bajó la voz— un hechicero.

Se encogió de hombros.

— ¿Por qué debería hacerlo? No estamos en el siglo XVII en Salem. A nadie le importa ya la brujería. Hay demasiadas cosas atemorizantes en el mundo para que la gente se preocupe por las brujas y los hechiceros, aunque creyese en ellos.

Aunque él decía sin tapujos que era un hechicero, ella no podía reconocer que era una bruja. Había pasado demasiados años ocultándolo como para compartir una información tan personal con un hombre que acababa de conocer. En su hogar, la gente la había considerado una sanadora, o era lo que inocentemente había creído, hasta la noche en que la acusaron y la condenaron.

— ¿No practicará las artes oscuras, no es así? —preguntó Brenna.

La magia negra era utilizada para causar daño a otros y emanaba energía negativa. La magia blanca buscaba hacer el bien tanto para otros como para uno mismo, siempre era positiva. Si había algo que la abuela O'Connell le había infundido a Brenna, era la ley de la triple vuelta. Cualquier bruja que utilizare sus poderes para el mal, sabía que cosecharía el triple del daño que hubiese causado.

—No —dijo Loken—. Nosotros sólo practicamos la magia blanca aquí. Sanaciones, ayuda para encontrar objetos perdidos, y cosas por el estilo. —Se inclinó hacia delante nuevamente—. ¿Necesita ayuda con algo, lecciones de brujería, quizás? Me encantaría enseñarle.

—No, sólo estoy recorriendo la ciudad, dando un paseo simplemente.

—Entonces ¿encontró este lugar por casualidad?

—Sí. Y ahora en realidad debo irme —dijo Brenna—. Gracias por el café.

—De nada. —Se puso también de pie—. La acompaño hasta la puerta.

Brenna asintió y abandonó la cafetería acompañada por Anthony Loken. Se detuvo en la salida.

—Fue un placer conocerlo, señor Loken.

—Por favor, llámeme Anthony —dijo él—. Me gustaría volver a verla. ¿Quizás podríamos ir a cenar alguna noche de la próxima semana?

—Gracias, pero me es imposible.

—Ya veo. ¿Quién es él?

— ¿Él?

—Mi competidor.

—No entiendo.

—Presumo que la razón por la cual no puede salir conmigo es porque debe tener novio formal.

Iba a negarlo pero decidió que sería más fácil si así lo creyese.

—Sí —dijo ella— y puede ser muy celoso.

Loken rio afablemente.

—Quizás podríamos tomar un café entonces.

—Sí, quizás. Que tenga buen día, señor.

Dejó el negocio, consciente de la mirada de Anthony Loken en su espalda. No se calmó hasta que estuvo en el coche camino a la relativa seguridad de la casa de Roshan DeLongpre.

Capítulo 12

Roshan despertó al ponerse el sol en el horizonte. En un segundo estaba atrapado en la red del sueño mortal, al siguiente estaba completamente despierto y alerta. Supo inmediatamente que estaba solo en la casa.

Echó la manta hacia atrás y se sentó. Un segundo después, las luces se encendieron automáticamente iluminando su refugio. Era una habitación grande y rectangular, con escasos muebles, apenas una cama y una silla confortable. Sin embargo, con la llegada de Brenna, había llevado su ropa allí. Por ahora, todo su guardarropa estaba prolijamente acomodado en varias pilas en el piso. Quizás era momento de pensar en amueblar alguna de las alcobas vacías de la planta alta ya que parecía que Brenna permanecería durante un tiempo. De esa manera, no tendría que estar acarreando la ropa constantemente del refugio a la ducha.

Por otro lado, quizás debería esperar. Se había ido con el coche. ¿Quién podía asegurar que volvería? ¿Y si no lo hiciese, quién podría culparla? Aunque había dicho que no le temía, ¿qué mujer en su sano juicio querría vivir allí, con una criatura como él? Se levantó, cogió una muda de ropa interior, un par de pantalones, un jersey y unas botas negras de cuero. Quitó el cerrojo de la puerta, y subió la escalera caracol hasta la entrada que desembocaba en el primer piso.

Quitó el cerrojo, se encogió para atravesar el corredor, luego cerró con llave la puerta tras de sí. Se agachó al pasar debajo de una ducha de un pequeño baño de la planta baja y subió las escaleras que conducían al baño principal, notando al pasar, que la puerta del dormitorio de Brenna estaba cerrada.

Pensó en ella mientras abría el grifo de la ducha y se colocó bajo el agua, sorprendido de lo vacía que se sentía la casa sin ella. Tan vacío como él. No había compartido su morada con nadie desde que se había convertido en vampiro y, aun así, en cuestión de semanas, Brenna Flanagan se había instalado en su hogar y en su corazón.

Al salir de la ducha, se envolvió una toalla de baño alrededor de la cintura, se peinó y se cepilló los dientes.

La percibió en cuanto ella entró en la casa. Luego, escuchó un suspiro en el umbral. Brenna estaba parada allí con la boca abierta. Vestía un par de vaqueros que le delineaba los muslos y un jersey blanco que le marcaba la curva del busto. Nadie, al mirarla, podría siquiera adivinar que había nacido en otro tiempo y lugar.

—Lo… lo siento —balbuceó con los ojos muy abiertos y rubor en las mejillas —. No…, no sabía que estabas aquí. Yo estaba por…

Lo recorrió con la mirada, ruborizándose cada vez más. Levantó la vista y se encontró con la mirada de él, se dio la vuelta y huyó.

Roshan la miró fijamente irse en un tumulto de emociones mientras sus pasos se alejaban por el corredor hacia la alcoba.

Entonces, había vuelto después de todo.

El pensamiento le dibujó una sonrisa en los labios.

Cerró la puerta de la alcoba y se apoyó en ella. Roshan, cubierto tan sólo con una toalla, era lo más cercano a un hombre desnudo que había visto en su vida. Era una imagen que no podría olvidar fácilmente. Con una mano en el pecho, respiró profundamente, intentando recobrar el aliento. No sabía que el cuerpo de un hombre podría ser tan bello, o que podía estar tan maravillosamente esculpido. Era increíble, desde los hombros anchos y el vientre musculoso hasta sus largas piernas.

Dio un salto cuando oyó un golpe en la puerta. Sólo podía ser Roshan.

— ¿Brenna?

Sintió cómo le subía el calor a las mejillas nuevamente. ¿Estaría vestido ahora, o seguiría cubierto sólo una toalla?

— ¿Sí?

— ¿Estás bien?

—Sí, por supuesto, ¿por qué lo preguntas?

Hubo un momento de tenso silencio. Se lo imaginó de pie al otro lado de la puerta, con el largo cabello negro húmedo por la ducha y gotas de agua brillando cual rocío en el vello oscuro y rizado del pecho.

—Iré a la planta baja —dijo quedamente—. ¿Nos encontramos allí?

—Sí, si tú quieres.

—Te estaré esperando.

Se sentó en la cama, se quitó las botas y los calcetines, luego caminó por la habitación durante unos minutos. Por último, respiró profundamente y abrió la puerta. El corazón le latía con fuerza al bajar las escaleras.

Encontró a Roshan en la sala, de pie frente a la chimenea. Un alegre fuego ardía en el hogar como única iluminación de la habitación. Música suave inundaba el aire.

—Va a llover —señaló al sentarse en el sofá.

— ¿Cómo lo sabes?

—Lo percibo. —Ni bien lo dijo, relámpagos atravesaron el cielo seguidos por el suave sonido de truenos distantes —. Y bien —dijo él sentándose en el otro extremo del sofá— ¿cómo fue tu día?

—Fui a la ciudad.

Asintió, la miró intensamente a la espera de que siguiese hablando.

—No fui al centro comercial —dijo ella—. En cambio, recorrí los pequeños negocios de una de las calles. ¡Hay tantos! Y compré un batido —dijo sonriendo.

Roshan le devolvió la sonrisa, contento con su entusiasmo y por el coraje que había tenido para explorar sola una ciudad desconocida.

—Y luego —prosiguió, los verdes ojos brillándole— fui a una librería. Pero no a cualquier librería ¡Una para brujas!

—Imagínate —dijo, con evidente tono risueño.

Ella asintió entusiasta

— ¡Imagínate! Estaba a la vista de cualquiera ¡Oh! Conocí a un hechicero.

Roshan se incorporó. —Continúa.

—Fue muy amable. Me invitó a tomar un café. Nunca había probado algo así.

— ¿De verdad?

Ella frunció el ceño.

—No recuerdo el nombre del café, pero era muy bueno. Creo que debería volver a comprarlo para la casa.

—Quizás el hechicero estará allí.

Se encogió de hombros, como si no importase.

—Quizás. Espera y verás… ¡Oh!, lo siento… me había olvidado.

Aceptó las disculpas con un gesto. — ¿Deseas verlo de nuevo? —preguntó con voz áspera.

—No, aunque me preguntó si me gustaría.

Roshan apretó la mandíbula, sorprendido por los celos que le provocaba la idea de Brenna viéndose con otro hombre.

Ella parecía ignorar totalmente su agitación.

—Entonces —dijo recogiendo una pierna debajo del cuerpo—. Dime algo más sobre ti. Sé tan poco. Vives en esta casa enorme. ¿En qué trabajas?

Se encogió de hombros. —No necesito trabajar.

— ¿Alguien te dejó mucho dinero entonces?

—En cierta forma —dijo con una sonrisa irónica—. Cuando acababa de convertirme en vampiro, robaba las casas de los ricos para conseguir las cosas que necesitaba, muy pocas en realidad.

— ¿Dónde vivías?

—No tenía hogar. Dormía en un ataúd, y algunas veces en la tierra.

Sus ojos se agrandaron.

— ¿Quieres decir... debajo de la tierra? —Tembló ante el mero pensamiento—. Qué horrible.

Él refunfuñó suavemente.

—No era tan malo como te imaginas. En realidad, la tierra puede ser una cama bastante cómoda. En aquellos días, no me atrevía a mezclarme con los mortales, por lo que ganarme el sustento estaba totalmente descartado. Por eso, robaba a los ricos y guardaba lo que no gastaba.

— ¿Nunca te atraparon?

—No. Me resultaba ridículamente fácil introducirme en sus hogares y quedarme con lo que quisiese. No estoy orgulloso de lo que hice, pero en ese momento, era necesario. Luego se convirtió en un juego. Al pasar el tiempo, ahorré lo suficiente como para comprar una pequeña casa, luego una grande, y por último, otra todavía más grande que la anterior. Con cada venta obtuve ganancias. Ahorré el dinero y luego, con más conocimiento del mundo y de cómo funcionaba, comencé a invertir en una cosa y otra hasta que...—Se encogió de hombros—. Hoy en día tengo suficiente dinero como para vivir confortablemente.

Ella asintió. Se echó hacia atrás, miró el fuego, y luego se ruborizó cuando su estómago comenzó a gruñir.

—Creo que debo preparar algo de comer.

—Podría llevarte a comer afuera, si no tienes ganas de cocinar, y si quieres, podríamos ir a bailar.

—No sé bailar.

—No importa. Yo sí ¿Qué dices?

— ¿Debería cambiarme de ropa?

—Como quieras.

Se miró los vaqueros, y luego a Roshan quien vestía pantalones negros y un jersey del mismo color.

—Creo que debería cambiarme.

—Tómate tu tiempo. Necesito salir.

—Oh. —su tono de voz lo dijo todo.

—Soy lo que soy —le recordó calmadamente.

— ¿Les duele tu... como sea que se llame, a la gente que tú... mmm... ya sabes?

—Creo que la palabra que estás buscando es presa. Y no, no les duele, no más de lo que te dolió a ti.

— ¿Pero les tomas más a ellos, no es así? Me dijiste que habías bebido sólo un poco de mí.

—Sí, tomo más. Pero no toda.

— ¿Y eso está bien para ti? ¿Nunca se quejan?

—Nunca lo recuerdan.

— ¿Por qué no?

—Cuando termino, se los borro de la memoria.

Brenna movió la cabeza. —Entonces, ¿eres hipnotizador, además de vampiro y hechicero?

—Sólo un vampiro.

Lo miró y, para su sorpresa, comenzó a reír suavemente.

— ¿Qué es tan gracioso?

— ¿Sólo un vampiro? ¿Sólo un vampiro? — su risa explotó en carcajadas.

—Lo dices como si fuese algo tan … tan … común.

Las carcajadas fueron menguando al tiempo que se apoyó la mano en el cuello.

Roshan quedó tieso súbitamente, siguió con la mirada el movimiento de su mano, vio cómo se tocaba tras la oreja. El olor de su sangre, fluyéndole como un río carmesí en las venas, le colmó el olfato, sus latidos hicieron eco en sus oídos. El hambre se agitó en su interior.

— ¿Me borraste la memoria después de haberme bebido la sangre?

—No.

Se preguntó si sería capaz de resistir la idea que le acababa de sugerir.

—No te ibas a cambiar —le recordó con voz quebrada—. Hazlo ahora.

Lo miró fijamente, sea lo que fuese que vio en su rostro, la hizo ponerse de pie y abandonar la habitación.

En la planta alta, cerró la puerta con llave aunque sabía que eso no sería un obstáculo para él. Se mantuvo de pie en el medio de la habitación con el corazón latiéndole con fuerza. ¿Cómo pudo haber sido tan tonta? Tendría que haber sabido que el tema de cómo se alimentaba despertaría su hambre. Pero él había discutido el tema tan tranquilamente, y a ella le fascinaba, no podía negarlo, tanto como él. Peor, casi le había pedido que bebiese de ella nuevamente. ¿Qué le pasaba? ¿Por qué sentía tanta curiosidad por algo tan repulsivo?

Le gruñó el estómago de nuevo, lo que le recordó que debía cambiarse para ir a cenar con Roshan. Eso era lo que él estaba haciendo ahora, pensó con humor macabro, cenando fuera. ¿Quién sería su presa? ¿Cómo la elegiría?

Apartó el pensamiento, se dirigió al armario y abrió la puerta. Permaneció allí unos minutos, tratando de elegir qué ponerse, y finalmente se decidió por una vaporosa blusa blanca con un escote pronunciado y mangas largas, y una falda blanca de ruedo irregular. Le hubiese gustado tener un espejo de cuerpo entero para mirarse. Tal vez podría adquirir uno la próxima vez que fueran de compras. Quizás no le importaría a Roshan. Se preguntó cómo se sentiría mirar el espejo y no verse reflejado. Intentó imaginarse cómo se sentiría ella en su lugar. ¿Acaso sería como si no existiese? ¿Roshan experimentaría lo mismo? ¿Sería por eso por lo que no había espejos en la casa?

Se sentó en el borde de la cama, se colocó un par de sedosas medias de nylon y un par de botas blancas de tacón. Nunca había usado zapatos o botas de tacón tan alto por lo que se tambaleó un poco al caminar hasta el baño para cepillarse el cabello.

Cuarenta minutos más tarde, escuchó a Roshan golpear la puerta.

Él silbó suavemente al verla, despejándole cualquier duda sobre su apariencia.

La llevó a un tranquilo restaurante ubicado en una zona exclusiva.

Brenna miró a su alrededor, admirando las gruesas alfombras, las bellas pinturas en las paredes, la abundancia de plantas, y la ausencia de espejos.

Momentos más tarde, estaban sentados en una acogedora mesa ubicada en un íntimo rincón. La mesa estaba cubierta con un mantel azul oscuro. Un pequeño florero contenía tres rosas rojas.

Se sentó frente a Roshan, abrió el menú, y luego lo miró.

—Creí que no comías… comida

Le miró fugazmente el cuello. —No lo hago.

Sin emitir palabra, se sumergió en el menú.

—No puedo decidir qué pedir.

—Me temo que no soy de ayuda. Durante siglos no he tenido más que una cálida dieta líquida.

Cuando se acercó la camarera, Brenna pidió una chuleta de ternera. Roshan ordenó una botella de vino tinto.

—Si no puedes ingerir alimentos, ¿cómo puedes beber vino? —preguntó Brenna.

Se encogió de hombros.

—Puedo tolerar unos sorbos.

— ¿Qué te sucedería si comieses?

—No te gustaría saber.

Había intentado comer una rebanada de pan con manteca y miel al poco tiempo de haberse convertido en vampiro. Se había sentido terriblemente mal. No había comido nada sólido desde entonces, aunque algunas veces se había sentido tentado de ello. Pero eso había sucedido mucho tiempo atrás. La idea de comida ya no le resultaba tentadora.

—Entonces, ¿qué has hecho hoy, además de ir a la librería?

—Comencé a hacer una nueva vara, para reemplazar la que debí abandonar. Corté una rama de uno de los árboles del jardín. Espero que no te importe.

—Por supuesto que no. Coge lo que necesites.

—Gracias.

Bebió de la copa de tanto en tanto, mientras ella comía.

Brenna se sintió culpable de comer frente a él, y aún más culpable de disfrutar la comida. No podía entender cómo no se cansaba de la sangre. Aunque le resultase sabrosa, como decía, ¡comer siempre lo mismo todas las noches, durante siglos, debía resultar sumamente aburrido! Con todo lo que amaba los batidos de chocolate, no querría beberlos noche tras noche por el resto de su vida.

Seguía lloviendo cuando dejaron el restaurante. Brenna elevó el rostro y bebió las gotas de lluvia que le caían sobre los labios. Si estuviese en su hogar nuevamente, se despojaría de la ropa y bailaría desnuda bajo la lluvia.

Roshan la ayudó a subir al automóvil, luego se colocó tras el volante. Momentos más tarde estaban atravesando la lluvia, con el ruido del limpiaparabrisas como único sonido, y el de algún trueno ocasional.

Poco tiempo después, llegaron al club nocturno Gótico preferido de Roshan, llamado *Nocturno.* Un portero vestido con traje negro y una capa con capucha ayudó a Brenna a salir del coche, mientras Roshan se le acercó y la cogió de la mano. Caminaron bajo un toldo negro, bajaron un tramo de escalones que conducían a una puerta tallada con runas y figuras de criaturas mágicas.

Le abrió la puerta y la siguió hasta el interior.

El lugar estaba lleno aunque apenas pasaban de las nueve de una noche a mediados de semana. Brenna miró a su alrededor, los ojos bien abiertos para poder ver bien todo. La primera cosa que notó fue que era la única que no vestía de negro. Las paredes estaban decoradas con todo tipo de máscaras, desde máscaras vudú hasta las de antiguas ceremonias fúnebres indias. Velas negras ardían en candelabros de hierro forjado provocando sombras espectrales en los rostros de la concurrencia. Resultaba atemorizante estar en medio de tantos hombres y mujeres vestidos de negro. La mayoría de ellos tenían el cabello negro; muchos vestían abrigos o capas con capucha. Una mujer en el bar reía en voz alta, exhibiendo brillantes colmillos blancos. Brenna no pudo evitar mirar fijamente a las parejas bailando en la pista, los cuerpos apretados mientras se balanceaban con movimientos lentos y sensuales.

— ¿Todos son vampiros? —susurró ella.

—No, sólo lo simulan —contestó él—. Todos, salvo el hombre pequeño de la esquina.

— ¿Y la joven que está allí? Tiene colmillos.

—Son falsos.

— ¿Cómo lo sabes?

—Sólo lo sé.

Roshan encontró una mesa en la esquina y ordenó las bebidas, un daiquiri de frutilla para Brenna y vino para él.

— ¿Vienes a menudo? —preguntó ella.

Él asintió. —Puedo ser yo mismo aquí. Nadie sospecha de mi verdadera naturaleza. Aquí, sólo soy otro que simula ser vampiro. Ven —dijo —, vamos a bailar.

Ella negó con la cabeza pero él no le hizo caso. La cogió de la mano y la condujo a la pista.

—No puedo— dijo ella mirando a las otras parejas.

Trató de soltarse, pero no pudo.

—Confía en mí—dijo, y la tomó en sus brazos.

Nunca había bailado con un hombre. Jamás se había dado cuenta de lo agradable que podía ser. Aunque no conocía ninguno de los pasos, Roshan la sostenía tan fuerte que no tuvo problemas para seguirlo. La música la invadió, un ritmo suave que acompasó los latidos de su corazón, un ritmo sensual que la hizo pensar en los abrasadores besos que habían compartido antes. Sentía su brazo firme y seguro en la cintura, el roce de su cuerpo contra el suyo al moverse en un lento círculo alrededor de la pista. Las otras parejas se le empezaron a desdibujar hasta que tuvo sólo consciencia de la música y del hombre alto y moreno que la sostenía en sus brazos. Sus labios le rozaron el cabello, y su aliento la mejilla. Se atrevió a levantar la vista hasta su rostro y encontró la misma necesidad reflejada en la profundidad de sus ojos.

En su época, algunos consideraban el baile como un pecado, un preludio a todo tipo de conductas lascivas. Al balancearse entre sus brazos, era completamente consciente del cuerpo masculino contra el suyo, del sensual calor que fluía entre ellos.

La miró a los ojos, sus profundos ojos azules, con una intensidad hipnótica. No podía ver nada más que a él, tampoco quería a nadie más. Se le acercó, sintiéndose como si fuese arrastrada hacia el interior de su alma.

Se recordó a sí misma que era un vampiro, que no había manera de tener una vida juntos y que, aunque se sintiese atraída hacia él como hacia nadie más, nunca funcionaría; pero, entre sus brazos nada parecía importante.

Le llevó un momento darse cuenta de que la música había terminado. Roshan le sonrió, la ternura que reflejaban sus ojos la enardeció de pies a cabeza.

La música cambió, se tornó más pesada y rápida. Roshan la cogió de la mano y la condujo fuera de la pista.

Cuando estaban volviendo a la mesa, alguien mencionó su nombre.

—Brenna Flanagan, ¿eres tú?

Miró por encima del hombro y vio a Anthony Loken caminando a zancadas hacia ella.

Roshan le apretó la mano mientras aminoraba el paso hasta detenerse.

—Buenas noches, señor Loken —dijo ella amablemente.

—Anthony —le corrigió con una sonrisa—. Es maravilloso volverla a ver.

—Gracias —miró a Roshan—. Es el hombre de quien te hablé ¿recuerdas?

—Ah, sí, lo recuerdo —dijo Roshan con voz fría.

Loken le extendió la mano. —Usted debe ser mi competidor —dijo sonriendo afablemente—. Es un placer conocerlo.

Roshan le estrechó la mano sintiendo el mudo desafío del otro hombre en el saludo —Loken.

Nunca había conocido un hechicero pero pudo percibir el poder de Loken en la piel, como el roce sigiloso de hojas muertas sobre una tumba recién cavada.

Le soltó la mano y dio un paso. —Vamos, Brenna.

Ella sonrió fugazmente a Loken. —Fue un placer volvernos a encontrar.

—Lo mismo digo.

Roshan la guio hasta la mesa, completamente consciente de la mirada del hombre en su espalda. Se preguntó si sería una simple coincidencia que Anthony Loken estuviese allí. ¿Y qué otra cosa podía ser? Había decidido traer a Brenna apenas unas horas atrás. No había manera de que lo supiese, aun así... No sabía quién o qué era Anthony Loken, pero era más que un mero hechicero. Mucho más.

Las bebidas los estaban esperando cuando regresaron a la mesa. Al sentarse, Brenna lo miró con expresión preocupada.

—Estás molesto conmigo.

—No. Pero quiero que te mantengas lejos de él.

— ¿Por qué?

—Hay algo que no me gusta en él.

— ¿No te gusta? —Una extraña acusación, pensó, viniendo de un vampiro—. ¿Qué quieres decir?

—No estoy seguro. Sólo mantente lejos de él.

Elevó el mentón desafiante. —No eres mi padre, Roshan DeLongpre. No tienes derecho a decirme qué hacer o a quién puedo ver, o pretender que pase todo el tiempo aguardando que te levantes. El señor Loken me ofreció su amistad, nada más.

No importaba el hecho de que ella ya había dicho a Anthony que no podía volver a verlo. No podía permitir que Roshan le dijese a quién podía ver y a quién no. En las últimas semanas había leído algunas revistas para mujeres, había mirado programas de televisión como «Oprah» y «The View», donde mujeres bien vestidas discutían sobre cosas que no había entendido demasiado bien, salvo que en este siglo, las mujeres exigían igualdad en todas las facetas de su vida. Brenna sonrió para sus adentros. La abuela O'Connell habría estado orgullosa de ella por decir lo que pensaba, por exigir ser tratada como a un igual.

Un músculo se tensó en la mandíbula de Roshan. No le había llevado mucho tiempo a Brenna defender su independencia, pensó irritado. Tan sólo unas pocas semanas en el siglo XXI y estaba lista para conquistar el mundo. Cuánto más fácil había sido la vida cuando las mujeres hacían lo que ellos decían.

Utilizando sus poderes preternaturales, se inclinó y le clavó la mirada en los ojos.

—No lo verás de nuevo —con voz baja e hipnótica, intentó dominar su voluntad.

Brenna le devolvió la mirada, entornando los ojos mientras recurría a su poder para resistir el sonido de su voz, la fascinación de sus ojos. Focalizó su energía, y se enfrentó a la de él, rechazando su hipnótica estocada como podría hacerlo un espadachín blandiendo el arma contra un rival.

—Veré a quien quiera, cuando quiera.

Roshan lanzó una maldición entrecortada. Aun siendo un vampiro joven, había sido capaz de obligar a otros a hacer su voluntad. ¿Por qué sería que esta mujer tenía poder suficiente para enfrentarlo cuando nadie más lo había logrado? ¿Sería su poder tan fuerte, o sería tan solo la mujer más tozuda y testaruda que había conocido?

—Ese hombre es maléfico —dijo Roshan—. ¿No puedes sentirlo? ¿Verlo?

Ella miró en dirección a Anthony Loken y luego a Roshan. El hechicero parecía un ángel de luz con su corto cabello rubio y ojos azul cielo, mientras que Roshan parecía el Príncipe de la Oscuridad de la leyenda con su cabello negro y largo y sus ojos azul noche

—Sólo veo a un hombre apuesto que me trató con gentileza y respeto —dijo fríamente.

Completamente frustrado, Roshan se sentó de nuevo en la silla. Por un momento, consideró encerrarla nuevamente, pero la idea de enfrentarse a su furia era menos que atrayente y no ganaría nada con ello. Quería ganar su confianza y respeto, no su ira. Aunque encerrarla en su alcoba le parecía cada vez más agradable, no había forma de evitar que viese al hechicero si esa era su voluntad.

No, ni siquiera podía evitar que bailase con él. Roshan no podía creer el descaro del hombre, pero allí estaba, invitándola a bailar. No le sorprendió que aceptase aunque sabía que lo hacía sólo para demostrar que él no tenía derecho a decirle a quién podía ver y a quién no.

Esta era la primera lección que recibía de las actitudes contestatarias de una mujer moderna.

Capítulo 13

La atmósfera en el coche camino a la casa era tan fría que Roshan no se habría sorprendido de que se formase hielo en el lado interior del limpiaparabrisas. Brenna y él habían dejado el club poco después de que ella había bailado con Anthony Loken. No le había dirigido la palabra desde entonces.

Estaba sentada a su lado, con la espalda erguida mientras miraba fijamente por la ventanilla, aparentemente observando la lluvia.

¡Mujeres! ¿Existiría algún hombre en el planeta, mortal o de cualquier tipo, que las entendiese? Le había advertido sobre el hechicero por su propio bien. El hombre irradiaba un poder oscuro y una energía negativa. Le sorprendía que Brenna no lo hubiese percibido. Loken practicaba la magia negra o poseía algún otro poder oscuro. ¿Sería posible que fuese un vampiro o un brujo? No parecía probable, ya que Brenna lo había visto en la librería en pleno día. Si fuese un vampiro, entonces sería uno de los Antiguos. Sólo uno de los más viejos de los No Muertos era capaz de ocultar su verdadera naturaleza a los otros de su clase, o caminar a la luz del día sin temor.

La furia y un creciente sentimiento de frustración rugían en Roshan.

Presionó el acelerador, el coche aumentó la velocidad. Cuarenta millas por hora. Cincuenta. Sesenta.

Miró a Brenna por el rabillo del ojo. Estaba sentada muy erguida, los pies afirmados contra el piso. Una mano delgada ceñía el borde del asiento, la otra empuñaba la manija de la puerta.

Aceleró el Ferrari hasta alcanzar las sesenta y cinco millas, y luego, setenta.

Las luces de unos faros aparecieron en el espejo retrovisor, acompañadas del sonido de una sirena.

Murmuró una maldición, disminuyó la velocidad, sacó el coche del camino, y bajó la ventanilla.

Momentos más tarde, un oficial de policía enfundado en una capa amarilla estaba de pie junto a la ventanilla, con una linterna en la mano.

— ¿Puedo ver su permiso de conducir, señor? —requirió el oficial, iluminando el rostro de Roshan, y luego el de Brenna.

Con un gesto de asentimiento, buscó la licencia en su billetera. La extrajo, se la extendió al oficial, y capturó su mirada.

— ¿No iba demasiado rápido, verdad?

El oficial, correctamente afeitado, de aproximadamente treinta años, negó con la cabeza.

—No, señor, por supuesto que no.

— ¿Me puedo ir entonces?

—Por supuesto —le devolvió la licencia—. Que tenga buenas noches, señor DeLongpre.

—Gracias, oficial Miller. Buenas noches.

Con un gentil ademán, el oficial regresó al coche patrulla.

Roshan introdujo la licencia en la billetera, arrancó el coche, miró por el espejo retrovisor, y volvió al camino.

—Supongo que no recibes muchas multas —dijo Brenna con un claro tono de desaprobación.

La miró con una ceja levantada

— ¿Me vas a dirigir la palabra entonces?

— ¿Intentas que nos matemos? —reclamó ella—. Mejor dicho ¿Matarme?

Tenía razón. Se estaba comportando como un patán descerebrado. Mientras que él probablemente sobreviviría a cualquier accidente, salvo que perdiera tanta sangre que no pudiese recuperarse, Brenna seguramente moriría. A menudo, olvidaba cuan frágiles eran los mortales, lo poco que se requería para privarlos de la vida.

—Lo siento —dijo secamente.

Su furia apenas menguó a pesar de la disculpa. Temeroso de decir algo que la hiciese encolerizar, permaneció en silencio durante el resto del viaje.

Al llegar, estacionó el coche en el garaje, apagó el motor, luego corrió hasta la casa y le abrió la puerta. Al darse la vuelta, vio que no se encontraba detrás de él. En cambio, estaba de pie en el jardín, descalza, con los brazos bien abiertos, el rostro elevado al cielo mientras giraba y giraba, como una niña jugando en el parque. Vestida de blanco y la falda arremolinándosele en los tobillos, parecía casi etérea.

La observó, fascinado por el sonido de su alegre risa y el placer que le hacía brillar los ojos como esmeraldas. ¡Qué criatura tan extraña y hermosa era! Bailaba bajo la lluvia con la inocencia y exuberancia de la juventud y de una conciencia pura.

Un siseo le advirtió que Morgana se encontraba junto a él. Miró hacia abajo, a la gata que le clavaba los ojos con el lomo arqueado.

— ¿No hay rastro de amor entre tú y yo, no es así? —le dijo a la gata. Pero ambos amaban a la mujer.

Brenna atrapó su mirada nuevamente. Estaba de pie con los brazos elevados al cielo, la cabeza hacia atrás y moviendo los labios. ¿Estaría cantando o rezando?

Sin importarle la lluvia que lo empapó rápidamente, bajó los escalones del porche y cruzó el jardín hacia ella.

Un rayo cruzó las nubes. Segundos más tarde, un trueno retumbó en el cielo donde amainaba la tormenta.

Otro trueno retumbó en la tierra cuando Roshan la cogió en sus brazos. La miró a los ojos, ella los cerró lentamente mientras él inclinaba la cabeza para cubrirle la boca con sus labios.

Besar a Brenna en el medio de la tormenta le resultaba extrañamente erótico. Los truenos y relámpagos surcaban el cielo sobre sus cabezas, pero no importaba. Nada importaba salvo la mujer que tenía en los brazos. Sintió el sabor dulce de la miel, del vino y de las gotas de lluvia. Y de mujer. Era una potente combinación.

—Me has embrujado, Brenna Flanagan —murmuró, y la besó nuevamente.

Y otra vez.

Era como una llamarada en sus brazos, los labios como el más dulce de los néctares, la piel como seda húmeda. La cubrió de besos mientras la llevaba lentamente hacia el suelo. La hierba estaba fría debajo de ella, la entibió con una mirada.

La besó hasta que los besos no fueron suficientes, hasta que ella perdió la cabeza, hasta que quedó sin aliento y con la misma urgente necesidad que lo devoraba a él. La ropa desapareció por arte de magia, la de él, la de ella, no importaba.

Ella lo miró, un grave quejido de placer le surgía de lo profundo de la garganta mientras él adoraba su belleza con los ojos y las manos…manos grandes que la acariciaban con suma delicadeza, exigiendo nada, pidiendo todo.

Ya no había dudas en ella, ni reticencia de pudor virginal, ni murmullo de débil protesta. A pesar de la lluvia y del frío, su piel estaba tibia, enardecida por el deseo que la consumía. Era una mujer, con necesidades de mujer y él avivó el fuego de su deseo hasta que estuvo lista para él, hasta que gritó su nombre, con voz cargada de pasión y ansias que ya no podían ser desatendidas.

Y la hizo suya, allí, sobre el húmedo césped.

Le arrebató la inocencia, y la sangre, y al hacerlo, la fundió en él hasta que ambos quedaron sin aliento.

Capítulo 14

Brenna durmió hasta tarde a la mañana siguiente y se despertó con una sonrisa en el corazón. Extraño, pensó. En su época, siempre había sido madrugadora. Por supuesto, al vivir con un vampiro, una tiende a trasnochar.

Se dio la vuelta sobre un costado, miró por la ventana. Todavía estaba lloviendo, pero no le importaba. Siempre había amado la lluvia. Le despertaba algo en su interior, algo terrenal, salvaje y desinhibido.

¡Realmente había sido salvaje y desinhibida la noche anterior! Apenas podía creer cuan lujuriosa había sido en sus brazos. ¿Qué pensaría de ella? ¡Tenía claro lo que pensaría la abuela O›Connell! Estaría escandalizada y horrorizada por la lasciva conducta de su nieta.

Brenna dejó escapar un suspiro. Lo único bueno era que no había posibilidad de concebir un hijo fuera del matrimonio. El pensamiento no logró tranquilizarla como debería. Por el contrario, pasó varios minutos pensando qué maravilloso sería tener un hijo de Roshan, un niño con grueso cabello negro y profundos ojos azules.

—Roshan —susurró su nombre. La excitación zumbaba en su interior, rebosante, hasta que se convirtió en un suspiro de felicidad. ¿Así sería estar enamorada, este sentimiento de asombro y descubrimiento?

Morgana se agitaba al pie de la cama. Con sonoros maullidos se desperezó y arqueó el lomo, luego se acercó a su dueña y le acarició la mejilla con la pata.

—Lo sé, quieres salir —dijo Brenna.

Se levantó, se colocó la bata y descendió las escaleras. Morgana le siguió el paso sin dejar de maullar lastimeramente.

Brenna abrió la puerta trasera y permaneció de pie observando la lluvia. Morgana olfateó el aire, echó las orejas hacia atrás, luego bajó como un rayo los escalones y desapareció en la esquina de la casa. Brenna sonrió. Morgana odiaba la lluvia tanto como su dueña la amaba.

Dejó la puerta entreabierta para cuando regresara la gata, llenó la tetera con agua y la puso en el fuego. Cogió su tazón preferido del estante, introdujo una bolsita de té y se sentó a esperar que el agua hirviera.

Cuando el agua estuvo caliente, llenó la taza, luego se sentó sosteniéndose el mentón con las manos mientras el té se oscurecía.

Cuando estuvo listo, le agregó una cucharada de miel, luego llevó la taza a la sala. Abrió las cortinas, se sentó en el sofá y observó la lluvia que golpeaba en la ventana, recordando la noche anterior, en los brazos de Roshan. Nunca había pensado que hacer el amor podía ser tan explosivo, o que colmara tanto, física, emocional, e incluso espiritualmente. Roshan había liberado un manantial de pasión que no sabía que tenía, la había llevado a una cúspide que jamás había soñado que existiese. Acució sus ansias de caricias…

Se tocó los labios, recordando el calor de sus besos, la manera en que sus manos la acariciaron, como si quisiese memorizar cada una de sus curvas. Algunas de las caricias fueron tiernas, otras osadas. Le había explorado cada pulgada del cuerpo. Sintió como le subía el calor a las mejillas al recordar que ella le había hecho lo mismo. Había sido una noche mágica. A pesar del frío y de la lluvia, había sentido el césped tibio y seco debajo de su cuerpo. En lo alto, los truenos y los relámpagos habían compuesto una sinfonía para ella, y las palabras tiernas y de amor que Roshan le susurró al oído fueron la lírica. Había visto prolongarse el arco iris entre las nubes. Realmente, una noche mágica, se repitió, pero sobre todo, había sucedido demasiado pronto.

Pensar en él la hizo anhelar que el sol se pusiese rápidamente. Se le aceleraba el corazón con sólo pensar en él. Un calor líquido la inundaba desde lo más profundo de su ser. Se agitó inquieta preguntándose cómo podría soportar las horas en su ausencia. Nunca antes se había sentido así, excitada y ansiosa al mismo tiempo.

Y luego, como un estallido, se dio cuenta de que él debió haber utilizado sus poderes preternaturales para seducirla. Era la única explicación posible para justificar como se sentía ahora, y para su conducta lasciva de la noche anterior. Estaba enfadada con él cuando se fueron del *Nocturno,* molesta con la manera arrogante en que le había prohibido volver a ver a Anthony. Y aun así, sin haber transcurrido ni una hora, había caído voluntariamente en los brazos de Roshan, le había permitido que le hiciera el amor desvergonzadamente al aire libre.

¿Pero cómo? ¿La habría seducido? ¿Y cuándo?

Frunció el entrecejo. Hasta ese momento, siempre se había dado cuenta cuando él trataba de usar sus poderes preternaturales contra ella. Los había sentido y bloqueado. ¿Qué había hecho diferente la noche anterior?

Bebió el té, intentando recordar todo lo que había sucedido después de abandonar el club.

Él la había observado bailar bajo la lluvia. Y luego la había besado. Un beso que le había robado el alma, y ella había dejado de luchar contra el deseo que sentía por él. Un beso, y ella había entregado su virtud sin ningún reparo, sin siquiera pensarlo. Ciega por el deseo que había resistido durante tanto tiempo, le había devuelto los besos con un fervor que desconocía poseer.

Sus besos. Eran tanto o más potentes que cualquier hechizo o encantamiento jamás conjurado. Un beso que consumió todo discernimiento entre el bien y el mal.

Se humedeció los labios, jadeando, se llevó la mano al cuello. Le había tomado la sangre. ¿Cómo pudo haberlo olvidado, o del exquisito placer que le había producido? Y ella había probado la suya. Accidentalmente, pensó en ese momento. Él le había clavado los colmillos en el labio inferior y ella había probado su sangre cuando la besaba. ¿Sería esa la razón por la cual no podía pensar en otra cosa más que en Roshan? ¿La causa por la cual estaba tan ansiosa para que la luna destronara al sol en el cielo?

¿Se convertiría en lo que él era, habiendo probado su sangre?

Se puso de pie y se dirigió rápidamente a la alcoba. Tomó una breve ducha, se vistió con pantalones negros, un grueso jersey, y un par de botas. Cogió el bolso y las llaves del Ferrari, y salió de la casa.

Poco después, estaba conduciendo hacia la ciudad, en dirección a la librería.

La lluvia había amainado cuando llegó a la ciudad, y ya no llovía cuando entró en la librería.

Myra elevó la vista desde el escritorio y le sonrió.

—Qué mal clima tenemos —dijo señalando con un gesto el lugar vacío—. Malo para el negocio también. ¿Entonces, qué te trae por aquí en un día como éste?

— ¿Tienes algún libro sobre vampiros? —preguntó Brenna, sacudiéndose las gotas de lluvia del cabello.

—Tenemos uno o dos. Están allí, en el estante de abajo. Probablemente, encontrarás más opciones en una biblioteca.

—Gracias —refunfuñó Brenna suavemente.

¿En qué había estado pensando? No necesitaba una biblioteca. Roshan tenía cientos de libros, quizás miles ¿Pero tendría un vampiro libros sobre vampiros?

— ¿Estás buscando algo en particular? —preguntó Myra, saliendo de atrás del escritorio.

—No. Yo…yo vi una película sobre vampiros y quería saber más sobre el tema —sonrió aturdida—. No es que piense que existan, ni nada por el estilo.

—Deberías hablar con Anthony. Está escribiendo un libro sobre ellos.

— ¿De verdad? Quizás lo haga. Gracias, otra vez.

Brenna encontró tres libros sobre vampiros, uno sobre hombres lobo, y uno referente a criaturas que podían cambiar de forma, ninguno de los cuales le resultaban de mucha utilidad. Dirigió un saludo con la mano a Myra, quien había vuelto tras el escritorio, se dirigió a la puerta, y se encontró cara a cara con Anthony Loken.

—Bueno, hola —dijo él.

—Hola.

—Debe ser mi día de suerte al encontrarla aquí.

—Ya me iba.

—No puede irse ahora —dijo con una sonrisa—. Acabo de llegar. Venga, permítame invitarla a una taza de café para templar el cuerpo antes de volver a la lluvia.

Al no hallar ninguna excusa plausible para rehusar, y porque realmente deseaba otra taza de café, le permitió guiarla hasta la cafetería. Se sentaron en la misma mesa junto a la ventana.

Anthony pidió dos tazas de café Amaretto con sabor a almendras. Luego se reclinó sobre la silla.

—Y, ¿qué está haciendo en un día como éste? Debería estar acurrucada junto al fuego con un buen libro.

—Myra me dijo que está escribiendo un libro sobre vampiros.

— ¿Se lo contó? Bueno, tiene razón.

— ¿Por qué está escribiendo sobre vampiros?

— ¿Por qué no? Son criaturas fascinantes.

— ¿Pero, seguramente, no creerá que son reales?

— ¿Y si lo fueran?

— ¿Lo son?

—Creo que lo son. Creo que tienen la llave para algo que el hombre ha estado buscando desde que Adán trajo la muerte al mundo. La vida eterna.

Con un murmullo agradeció a la camarera el pedido.

— ¿Puedo ofrecerle algo más, señor Loken?

—No, gracias, Darlene.

Brenna esperó a que la joven se retirase antes de seguir haciendo preguntas.

—Aunque existiesen, ¿cómo haría para encontrar uno?

Tamborileó los dedos sobre el borde de la mesa.

—Ahí reside el problema. —Se inclinó hacia ella, con mirada intensa. — ¿Usted no sabrá dónde puedo encontrar uno, no es así?

Todos los instintos de Brenna le aconsejaron ser cautelosa.

— ¿Yo? ¿Cómo podría saberlo? Soy nueva aquí.

—Aun así, la otra noche usted estaba en el *Nocturno*.

—También usted. —Levantó la taza y bebió un sorbo, luego la apartó. Ayer, el café le había parecido delicioso; hoy, sabía desabrido y amargo como la traición.

—Justamente por eso —contestó Loken—, cuénteme más sobre el hombre que la acompañaba.

—Es sólo un amigo —contestó, con cuidado de mantener un tono neutro—. Apenas lo conozco. —Sus palabras parecían una burla de lo que había sucedido entre ellos la noche anterior en el jardín.

— ¿Y por qué la llevó allí?

Se encogió de hombros. —Dijo que era un lugar interesante, lleno de gente que simula ser vampiro. Pensé que podía ser divertido.

No le creyó. Lo pudo ver en sus ojos.

—Y si encuentra un vampiro —preguntó ella—. ¿Qué haría?

—Pedirle su cooperación por supuesto. Necesitaríamos hacer algunos exámenes de sangre, aislar el agente, cualquiera que sea, que permite a un vampiro sobrevivir por cientos de años y le otorga la portentosa habilidad de curarse a sí mismo de cualquier herida. Una vez aislado, tendríamos que hacer más experimentos para tratar de duplicarlo. Piense en lo que significaría para la humanidad —dijo con aire de aparente honestidad—. Los cientos, quizás miles de vidas que podríamos salvar.

Al escuchar sus palabras, su tono de voz, supo que estaba mintiendo. No estaba interesado en ayudar a la humanidad. Estaba interesado en hallar la manera de lograr que Anthony Loken viviese para siempre. Estaba segura. Sin embargo, encontraba extraño que un hechicero deseara tal cosa. La abuela O'Connell siempre creyó que el único camino a la perfección para el alma era renacer, una y otra vez; y con cada vida, el alma sería capaz tanto de aprender como de enseñar algo necesario, algo que nadie más podría hacer. Vivir la misma vida eternamente sería permanecer estancado.

Brenna no estaba segura de creer en la reencarnación, aunque una parte de ella deseaba que fuese verdad, y así, algún día, podría estar con su abuela, en otra vida. Había quienes creían que las almas se trasladaban de una vida a otra entre los miembros de una misma familia, por lo tanto, si en una vida la abuela O'Connell había sido su abuela, en otra, podría ser su hija o su madre. Pero la reencarnación era una discusión para otro día.

— ¿Por qué no busca un vampiro simplemente publicando un aviso en el periódico? —preguntó Brenna.

Loken resopló. — ¿Se imagina la sarta de idiotas que podrían contestar tal aviso? Cada chiflado de la ciudad estaría aporreando mi puerta —sacudió la cabeza—. Es mejor frecuentar los lugares que pueden congregarlos, como el *Nocturno*, Si existen, encontraré uno.

—Bien —dijo Brenna—, le deseo suerte. Realmente debo irme ahora. Tengo… tengo un compromiso.

—No ha terminado su café.

— ¡Oh! —Levantó la taza y lo bebió de un sorbo—. Gracias.

Se puso de pie cuando ella se levantó.

—Buen día, Brenna Flanagan. Deseo poder verla pronto otra vez.

Con un gesto de asentimiento, huyó de la librería.

Fuera, aspiró una purificadora bocanada de aire. Roshan había tenido razón. Ver a Loken había sido un grave error. ¿Por qué nunca había percibido la energía negativa que emanaba del hechicero? ¿Había estado siempre allí? ¿Cómo podía no haber notado semejante cosa?

De regreso en casa, fue hasta la biblioteca para buscar cualquier cosa que pudiese encontrar sobre vampiros. Finalmente, la halló en uno de los estantes de la biblioteca de la planta alta. Allí, en el estante superior encontró docenas de libros sobre vampiros y otras criaturas sobrenaturales.

Sopló el polvillo de los lomos, los apiló junto a la silla, luego se sentó y comenzó a leer.

Roshan estaba de pie en el umbral, recorriendo con la mirada a Brenna. Ella estaba sentada en la silla, con una pierna recogida bajo el cuerpo, totalmente ensimismada en el libro que tenía sobre la falda. Examinó los títulos de los libros desparramados en el suelo, notó que todos versaban sobre vampiros, Morgana dormía bajo la silla moviendo la cola.

Hermosa Brenna, con sus ojos verde mar y la abundante melena rojiza.

Realmente era una bruja, pensó. Había caído bajo su hechizo la noche que la vio bailando fuera de su cabaña. ¿Lamentaría lo que había sucedido entre ellos la noche anterior?

Si cruzase la habitación y la cogiera en sus brazos ¿se abandonaría a él o lo abofetearía?

En ese momento, ella levantó la vista, abrió de par en par los ojos al verlo de pie en el umbral.

— ¡Roshan! ¿Desde cuándo estás ahí?

—No hace mucho. —Hizo un gesto hacia los libros—. ¿Estás buscando algo en particular?

—No realmente, pero no puedes culparme por ser curiosa.

Él no se parecía en nada a los vampiros descritos en los libros que acababa de leer. De acuerdo con aquellos que se declaraban entendidos, eran criaturas esqueléticas de piel pálida y hundidos ojos rojos. Con uñas largas, aliento intensamente fétido y la piel fría como una tumba al tacto.

— ¿De veras? ¿Y qué es exactamente lo que despierta tu curiosidad?

—Todo.

—Supuse que al vivir aquí, bajo mi techo, tendrías todas las respuestas que necesitas.

El recuerdo de cuando hicieron el amor le llameó en los ojos y le ruborizó las mejillas, pero no estaba lista para darse por enterada de lo que había sucedido, ni mucho menos, discutirlo con él, o, muy a su pesar, repetirlo.

Se movió en la silla.

—No pareces un vampiro.

— ¿No?

—No ¿Eres realmente como yo te veo?

Él rio suavemente. — ¿Crees que tengo una especie de encanto de vampiro, pero que bajo mi apariencia exterior no soy más que un cuerpo en putrefacción?

Sus ojos se agrandaron. — ¿Es así?

Desestimó su temor con un ademán. —No, en lo absoluto

—No, tampoco lo creí así —dijo, con un tono de evidente alivio, igual al que mostró su expresión—. Mucho de lo que leí me parecen tonterías.

— ¿Por ejemplo?

Apoyó un hombro en el quicio de la puerta, dispuesto a brindarle todo el tiempo que necesitara.

—Bueno, uno de los libros señaló que si quieres encontrar un vampiro, debes coger un caballo, tanto blanco como negro, ir al cementerio y dejarlo caminar sobre las tumbas. Si el caballo se rehúsa a pisar alguna de ellas, el cuerpo que está en su interior pertenece a un vampiro.

Roshan asintió. No sabía si era verdad o no, pero sabía por experiencia propia que los animales lo evitaban

Brenna movió la cabeza. —El libro también sugiere que el caballo debería ser montado por un joven virgen, y así ambos, joven y bestia, reconocerían con horror al demonio que yace en la tumba.

—Otro de los libros dice que si se diseminaran semillas en la tierra, tú tendrías que detenerte para contarlas, o levantarlas a todas. Y este otro —señaló el libro que tenía en la falda—…sostiene que si un vampiro encuentra una soga con nudos, deberá desatarlos a todos. —Frunció el entrecejo—. En otra parte dice que los vampiros no se pueden verse a sí mismos en espejos porque no tienen alma. —Elevó la vista para mirarlo con expresión preocupada—. ¿Es verdad?

—No lo sé. Algunos afirman que es porque ya no somos mortales; es decir, esencialmente, ya no existimos en el mundo real, en consecuencia, no nos reflejamos.

— ¿Te molesta, no poder verte a ti mismo?

—Ya no.

— ¿Antes sí?

—Era un tanto perturbador al principio —confesó—. A decir verdad, casi he olvidado cómo me veo.

— ¿Te hace sentir como si no existieses?

El asintió.

—Así lo pensé.

— ¿Pensaste sobre ello? —preguntó sorprendido.

—Pensé en comprar un espejo unos días atrás, y me pregunté cómo me sentiría si fuese tú, si no pudiese ver mi reflejo. —Lo miró con expresión pensativa— ¿Realmente has olvidado cómo te ves?

—Bastante. No es que me importe demasiado.

—Quizás podríamos encontrar a alguien que pinte tu retrato —dijo pensando en voz alta—. O quizás podríamos comprar una de esas cámaras que se anuncian en la televisión.

Roshan rezongó.

—No creo que los vampiros salgan en fotografías.

—Oh. Bueno, eres muy apuesto, ¿sabes?

— ¿Lo soy?

Ella asintió.

—Me complace que así lo creas.

Nerviosa por el giro de la conversación, fijó la mirada en el libro que tenía en la falda. — ¿Puedes convertirte en un lobo? ¿O en un murciélago?

—En un lobo, si así lo desease. No estoy seguro de poder convertirme en algo tan pequeño como un murciélago, ni creo entender la razón por la que querría hacerlo.

—Pero puedes convertirte en bruma. Pude verte la noche en que la turba vino por mí.

—Sí. Aunque supone varios años dominar ese truco en particular,

— ¿Y el sol te convertiría en cenizas?

El asintió, recordando su reciente encuentro con el amanecer, el dolor agónico que le había lacerado la piel y quemado los ojos.

Ella señaló el libro nuevamente. — ¿Cómo puedo saber qué es cierto y qué es fábula?

— ¿Importa? No soy mortal, no soy realmente inmortal, ni soy humano en el sentido estricto de la palabra. Pero aún soy un hombre, capaz de sentir alegría, pena y placer.

— ¿Si le das tu sangre a alguien que esté enfermo, harías que se cure?

—No lo sé. ¿Por qué lo preguntas?

Se encogió de hombros y apartó la mirada de la de él. —Sólo … sólo curiosidad.

—No sabes mentir, Brenna Flanagan. ¿De qué se trata todo esto?

— ¿Es doloroso convertirse en vampiro?

—No exactamente.

— ¿Qué quiere decir, no exactamente? ¿Lo es o no?

—No es demasiado doloroso, pero puede ser atemorizante si no sabes qué está sucediendo o qué debes esperar. ¡Demonios, Brenna! ¿Qué intentas descubrir? ¿Estás enferma? ¿Qué quieres que te explique?

— ¿Has convertido a alguien en vampiro?

—Sólo en una ocasión.

Era algo que rara vez se permitía recordar.

— ¿Dónde está? ¿Era un hombre o una mujer?

—Era una mujer.

Levantó una mano, con el deseo de no ahondar en más preguntas.

— ¿La amabas?

—No, pero ella creyó estar enamorada de mí. Hasta el día de hoy no sé cómo hizo para descubrir mi verdadera naturaleza. Desde ese momento, me rogó que la convirtiera en lo que yo era. —Comenzó a caminar por la habitación—. Traté de evitarla, pero vivía en una villa pequeña. Yo era un vampiro joven, impulsivo, necio. Una noche, de la cual siempre me lamentaré, hice lo que me pedía. —respiró profundamente—. Fue un error, que jamás quise repetir.

— ¿Por qué fue un error? ¿Se arrepintió de lo que había hecho?

—No cualquiera es lo suficientemente fuerte como para soportar el Oscuro Truco. Lilly Anna no lo fue. Era una criatura tan gentil. No tuvo valor para vivir la vida de un vampiro. No pudo disfrutar la cacería. Se angustiaba con cada gota de sangre que tomaba, lamentaba cada acto de violencia. Al cabo de algunos años enloqueció.

— ¿Qué le sucedió?

Era algo que había deseado que no le preguntara, la única pregunta que no deseaba contestar.

—La liberé.

— ¿La mataste?

El dolor le ensombreció los ojos.

—Me encargué de ella. Era mi responsabilidad.

Brenna lo miró fijamente, sin pestañear. Sin poder creerlo.

— ¿Cómo pudiste?

— ¿Cómo podía evitarlo?

Sintió la angustia en su voz.

—Lo siento realmente, Roshan. Debió de ser muy difícil para ti.

—Sí.

—Dijiste que ella no podía disfrutar de la cacería. ¿Tú puedes?

Le miró fijamente con sus ojos verde esmeralda muy abiertos a la espera de una respuesta.

El dejó escapar un profundo suspiro, deseando que no fuese tan curiosa, que sus preguntas no tocaran temas que preferiría no discutir, facetas de un vampiro que sería mejor que desconociese. Pero no podía mentirle.

—Soy un depredador —dijo inocentemente— todos disfrutamos de la cacería.

— ¿Y de matar? —aferró el lomo del libro que tenía sobre la falda hasta que los nudillos se le emblanquecieron—. ¿También disfrutas de ello?

La miró fijamente, analizando cuál sería la mejor manera de responder tal pregunta, ponderando si la verdad la alejaría de su lado. Pero no quería mentiras interponiéndose entre ellos, no después de la otra noche.

—He matado en el pasado —contestó quedamente—. Para un vampiro joven es casi imposible de evitar: la emoción de la caza, el olor del miedo que emana de la presa, el sentirte invencible es embriagador, algo muy difícil de comprender a menos que lo experimentes por ti mismo. Y cuando aprisionas tu presa, y su sangre se acelera, es difícil recordar que ese simple mortal bajo tu dominio es algo más que una presa, es difícil recordar que una vez fuiste tan débil y humano como la criatura que tiembla ante ti.

La miró, con ansias que se agitaban ante las imágenes conjuradas por sus palabras. Se llenó de su olor que le recordaba la noche anterior, cuando tomó más que unos pocos sorbos para menguar su sed y aliviar el dolor. Pero jamás había matado a alguien inocente o desprotegido, jamás había atrapado niños o a aquellos que eran jóvenes y vulnerables.

Respiró profundamente para calmarse y luego se le acercó.

— ¿Qué demonios es todo esto?

Ella lo miró fijamente. Se veía imponente e intimidante, con los ojos oscuros clavados en su rostro.

—Anthony Loken —dijo ella— está escribiendo un libro sobre vampiros.

— ¿Estuviste con él hoy?

No era necesario que lo confirmara, podía percibir el olor del otro hombre. Se preguntaba por qué no lo había sentido antes.

—Fui a la librería a buscar un libro sobre vampiros. Pero en cuanto Myra me dijo que probablemente tendría más suerte en una biblioteca, pude recordar cuántos libros tienes aquí.

— ¿Y dónde te reuniste con Loken?

—No me reuní con él. Él llegó cuando me estaba yendo e insistió en que tomara una taza de café con él

— ¿Y no pudiste negarte?

Elevó el mentón desafiante.

—En ese momento, no quise.

— ¿Por qué está escribiendo sobre vampiros?

—Dijo que son criaturas fascinantes. Piensa que la sangre de vampiro podría ser la cura para muchas enfermedades, y que podría haber algún modo de prolongar la vida humana, incluso quizás, vencer a la muerte.

—Ya veo. ¿Y él quiere hacerlo por el bien de la humanidad?

—Eso es lo que dijo, pero yo no creo que le preocupe nadie más excepto él mismo. Creo que quiere encontrar la manera de vivir eternamente. Aduce que está buscando un vampiro para que lo ayude en la investigación. Esa fue la razón por la cual fue al *Nocturno* la otra noche.

Al recordar al joven vampiro del club, Roshan maldijo suavemente, deseando que el joven fuese lo suficientemente inteligente como para mantener su identidad en secreto. Una vez convertido, la mayoría de los vampiros parecen saber instintivamente que, por su propio bien, no deben revelar su verdadera naturaleza. Desde luego, también saben que deben mantenerse alejados del territorio de otro vampiro. De haber estado solo la otra noche, habría invitado al joven vampiro a dejar la ciudad o a enfrentarse a las consecuencias.

Brenna lo miró un momento, luego agrandó los ojos.

— ¿Crees que Loken sabe sobre el otro vampiro? ¿Piensas que lo quiere usar para algún tipo de investigación?

—Era el único otro vampiro en el lugar.

—Loken me preguntó sobre ti — le dijo preocupada—. ¿Piensas que sabe lo que eres?

—No.

—Deberíamos advertir al otro vampiro —dijo Brenna convencida— antes de que sea demasiado tarde.

—Ya podría ser demasiado tarde.

—Entonces debemos ir al *Nocturno* ahora, esta noche. — Se puso de pie, el libro que tenía en la falda cayó al piso—. ¡Deprisa!

❖ ❖ ❖

Había tan sólo unos pocos clientes en el *Nocturno* cuando llegaron. Una pareja sentada en la barra hablando con él camarero, otra sentada en una de las mesas, absortos uno en el otro.

El joven vampiro estaba sentado en un reservado en una esquina apartada. Tenía el cabello castaño al igual que sus ojos. De labios finos y nariz aguileña, contextura mediana y figura esbelta como un corredor. Sostenía un vaso en las manos. Le bastó olerlo para saber que no era vino.

El otro vampiro sintió la presencia de Roshan tan pronto como entró en el club. Levantó la vista, entrecerró los ojos y lo miró. Alzó la copa, bebió un largo trago, mientras miraba a Roshan por el rabillo del ojo.

Roshan se deslizó en el reservado contiguo al del joven vampiro. Brenna se sentó a su lado, con las manos sobre la falda.

— ¿Qué quiere? —preguntó el vampiro malhumoradamente, miró a Roshan, luego a Brenna, y volvió a mirar al vampiro.

—Podría preguntarle lo mismo —contestó Roshan calmadamente.

— ¿Qué quiere decir?

—Esta es mi ciudad. ¿Qué hace aquí?

—Eh, hombre. No sabía que estaba aquí.

—Ahora lo sabe. ¿Quién es usted?

—Jimmy Dugan.

— ¿De dónde es?

—Nací en La Florida. Ahí es dónde me convirtieron.

— ¿Quién lo hizo?

—Mara.

Roshan gruñó suavemente. Si bien nunca la había conocido, su nombre era una leyenda entre los vampiros. Si los de su casta tuviesen una reina, Mará habría de tener la corona.

— ¿Por qué está aquí?

Dugan miró fijamente el interior del vaso.

—Quería alejarme lo más posible de mi hogar.

— ¿Desde cuándo es uno de nosotros?

—Sólo unos pocos meses.

Roshan asintió.

— ¿Conoce a un hombre llamado Loken?

Dugan levantó la vista.

—Sí, lo conocí la otra noche ¿Por qué?

—No confíe en él —dijo Roshan cortante—. Y lárguese de mi ciudad.

— ¡Espere! Se supone que debo encontrarme con él esta noche, más tarde.

—Si es lo suficientemente inteligente, se habrá ido para cuando él llegue. —Roshan miró a Brenna—. Vamos.

Ella se deslizó fuera del reservado, él la siguió.

— ¡Espere! —Gritó Dugan con una nota de pánico en la voz—. Necesito ayuda.

— ¿De verdad?

—Hay tantas cosas que no sé. Mara no me dijo casi nada.

—Entonces pídale ayuda.

—Demonios, hombre, no me puede dar la espalda así. Somos … somos hermanos.

— No —respondió Roshan fríamente—. Somos enemigos. Y usted está en mi territorio.

— ¡No quiero esta vida!

—Acabe con ella entonces.

—Roshan. —Brenna le colocó la mano sobre el brazo—. Necesita tu ayuda. Recuerda cómo te sentiste tú.

El la miró fijamente y luego se detuvo.

—Acompáñeme, Dugan.

Roshan no esperó la respuesta, ni se detuvo para ver si el joven vampiro lo seguía. Sujetó a Brenna de la mano y abandonó el club.

Capítulo 15

Jimmy Dugan cogió la chaqueta y salió deprisa tras el vampiro y su mujer. Supo que Roshan era una de los no muertos en el mismo momento en que el hombre había entrado en el *Nocturno*. Lo había percibido en lo más profundo de su ser. Pero la mujer… lo desconcertaba. No era un vampiro y aun así, había sentido algo diferente en ella, un tono sutil de poder sobrenatural similar, pero no tan fuerte como el poder que había percibido en el hechicero que lo había abordado la noche anterior. ¿Acaso era ella también una bruja?

Aminoró el paso al salir a la acera. ¿Estaba acaso cometiendo otro error? ¿Cómo sabría si podía confiar en Roshan? Confiar en la gente era lo que le había puesto en aprietos en primer lugar. Su madre siempre le había advertido que era muy crédulo, que pensaba bien de todo el mundo. ¡Dios, si pudiese verlo ahora! Ella había llorado cuando la llamó la noche anterior. Le había implorado que regresara a casa, le había prometido que lo ayudaría a sortear cualquier problema que tuviese. ¿Pero cómo podría regresar? No confiaba en sí mismo para estar cerca de aquellos que amaba, no ahora, cuando el deseo de sangre era tan intenso, cuando desconocía su propia fuerza. Había pasado una noche con una hermosa mujer y le había costado la familia, el empleo y la novia. ¡Maldición! No quería ser un vampiro. Había ido al *Nocturno* con la esperanza de encontrar la manera de recuperar su humanidad.

¿De qué servía vivir por siempre si no se podía vivir con las personas que uno más amaba?

Miró hacia ambos lados de la calle, sus sentidos preternaturales lo dirigían hacia Roshan.

Halló al vampiro en el aparcamiento, de pie tras un flamante Ferrari negro. La mujer ya se encontraba en el coche. Lo miró por la ventanilla con una sonrisa tranquilizadora.

— ¿Dónde está tu coche? —preguntó el vampiro.

—Allí—contestó Jimmy señalando un *Intrepid* plateado.

—Sígueme.

— ¿Adónde vamos? —inquirió Jimmy, pero el vampiro no contestó.

Dirigiéndose hacia el lado del asiento del conductor, el vampiro abrió la puerta y se deslizó detrás del volante. Un momento después, el motor se encendió.

Con un suspiro exasperado, Jimmy se dirigió deprisa hacia su coche, seguro de que el vampiro no lo esperaría.

Siguió al Ferrari durante aproximadamente cuarenta minutos hasta que se detuvo a un lado del camino.

Jimmy se detuvo detrás del otro automóvil, echó un vistazo hacia ambos lados. Se encontraban en una zona de descanso al sur del límite de la ciudad. Refunfuñó con burlona diversión, pensando que se sentía como un joven bandido al que escoltaban fuera de Dodge.

—No hay nada que temer —murmuró Jimmy al descender del coche— ¡Eres un vampiro, por Dios!

El otro vampiro ayudó a la mujer a descender del Ferrari. Lo esperaron de pie uno al lado del otro.

— ¿Ahora qué? —preguntó Jimmy. Miró en derredor. No había nadie más a la vista. Nuevamente se cuestionó si había cometido un error al venir.

—Hablemos —respondió el otro vampiro— ¿Qué deseas saber?

—Sé que la luz del sol me matará. Y el fuego también, ¿son esas las únicas cosas de las que debo cuidarme? Es decir, he visto todas las películas, pero todas las demás cosas son un montón de basura, ¿verdad?

—Error. Una estaca clavada en medio del corazón te destruiría, un buen cazador te la clavaría, te decapitaría y sepultaría las partes de tu cuerpo en diferentes tumbas rociadas con sal o con agua bendita.

— ¿Quieres decir que los cazadores de vampiros en realidad existen? —Jimmy se llevó una mano al cuello. Le agradaba su cabeza justo donde estaba, por cierto.

—Será mejor que lo creas. Uno de los mejores es Tom Duncan. Si aparece donde te encuentras, vete del lugar lo más pronto que puedas.

Jimmy escuchó atentamente mientras el otro vampiro le explicó más cosas que necesitaba saber. Mucho de lo que dijo eran cosas sobre las cuales había oído hablar o había visto en películas.

Curioso, nunca había considerado que los mitos sobre vampiros se basaban en hechos reales. Demonios, nunca había creído siquiera que existían los vampiros o los cazadores de vampiros. Y ahora, por imposible que pareciese, era uno de los No Muertos, y todo porque se había dejado seducir por una hermosa mujer. Eso le había pasado por serle infiel a Cathy, pensó amargamente.

Jimmy le echó un vistazo a Brenna. No parecía mayor que él, ni más experimentada. Movió la cabeza pensando que estaban involucrados en algún tipo de relación, que sería mejor no la tuviesen.

— ¿Hay algo más que desees saber antes de dejar la ciudad? —preguntó el vampiro.

Jimmy negó con la cabeza, tambaleándose por el peso de todo lo que acababa de descubrir.

— ¿Por qué ibas a reunirte esta noche con Loken? —preguntó el vampiro.

—Nunca quise ser un vampiro. Me iba a ayudar a revertir los efectos del Oscuro Truco.

El vampiro miró a la mujer.

—Pensé que habías dicho que buscaba el secreto de la vida eterna.

—Es lo que me dijo. Tal vez también halló una cura —miró a Jimmy—. ¿Te dijo que podía hacerlo, volver a convertirte en mortal?

Jimmy asintió.

—Dijo que había que hacer exámenes de sangre, y luego un intercambio de sangre, una transfusión, ¿sabes? Fuera la sangre mala, dentro la buena.

La mujer y el otro vampiro intercambiaron una mirada.

—No existe la cura para el vampirismo —dijo rotundamente el vampiro.

Jimmy se lo quedó mirando.

—No te creo.

—No importa si lo crees. No existe una cura excepto la destrucción del cuerpo.

Jimmy hundió los hombros en señal de derrota.

—Loken era mi única esperanza —murmuró en tono grave preñado de desesperación—. Nunca volveré a ver a Cathy.

— ¿Cathy es tu esposa? —inquirió Brenna.

—Mi novia. Íbamos a casarnos a fin de año pero le dije que tendríamos que posponerlo por un tiempo. Ella cree que me encuentro en Chicago buscando un nuevo empleo.

Eso era lo que le había dicho a su madre también, pero ella siempre había podido descubrir cuando mentía y no la había engañado ni por un instante.

— ¿Por qué no puedes volver a verla? —preguntó Brenna.

— ¿Por qué no? —Chilló subiendo el tono de voz— ¿Por qué no? ¡Soy un vampiro, por eso!

Brenna se encogió de hombros.

—Roshan es un vampiro.

Jimmy se la quedó mirando.

— ¿Y?

—Que se mezcla con la gente y no lo notan, ¿no puedes hacerlo tú también?

Jimmy negó con la cabeza.

—No, vi a Cathy poco después de que Mara me iniciara. Cuando miré a Cathy, en lo único en que podía pensar era en cuánto deseaba —miró a Roshan—…tú sabes cómo es, amigo. No confío en mí mismo al estar a solas con ella.

El vampiro asintió.

—Es difícil al principio. Pero se vuelve más fácil con el tiempo.

—No podemos tener una vida juntos —dijo Jimmy tristemente—, ella desea casarse, tener hijos. Es más fácil terminar ahora antes de que yo —observó al otro vampiro, se le llenaron los ojos de desdicha y amargo pesar —…antes de que la mate también.

— ¿Has matado a alguien?—preguntó Brenna.

Jimmy asintió con la cabeza.

—No quería —miró implorante al otro vampiro—. Sabes cómo es. Intenté detenerme, amigo ¡Pero no pude!

Roshan asintió.

A juzgar por la expresión en el rostro de Roshan, Jimmy supo que el otro vampiro comprendía todo demasiado bien.

—Te he dicho todo lo que puedo —dijo Roshan—, el resto corre por tu cuenta.

—No sé qué hacer, amigo, adónde ir. No tengo empleo. Casi me he quedado sin dinero ¿Cómo se supone que viviré? —una breve risa irónica—. ¡Vivir! ¡Esa sí que es buena!

—Si necesitas dinero, puedes encontrar un empleo trabajando de noche —dijo Roshan, molesto por la autocompasión del joven—. Puedes vivir tu vida como vampiro de igual manera en que vivías como mortal, si eso es lo que deseas. Muchos humanos trabajan de noche y duermen de día. Es un ajuste que tienes que hacer. Con el tiempo, el deseo de sangre se vuelve más fácil de controlar.

—Me siento tan perdido.

—Como todos los demás —dijo Roshan sin ser descortés—, pasará con el tiempo.

Roshan metió la mano en el bolsillo y extrajo un par de billetes de cien dólares y los colocó en la mano de Dugan.

—Eh, hombre, no quiero tu caridad.

—Considéralo un préstamo. Entre hermanos.

—Gracias hombre —dijo Jimmy dándose la vuelta antes de que el vampiro pudiese ver las lágrimas de gratitud en sus ojos—. Te los devolveré.

Desalentado, Jimmy caminó hacia el coche y se deslizó tras el volante. No podía continuar viviendo así. Extrañaba a Cathy. Extrañaba a su madre y a su padre. Si existía alguna posibilidad de que pudiese volver a ser humano, estaba dispuesto a arriesgarse, aun si implicaba tener que ver a Anthony Loken una vez más.

Podía ser riesgoso ver al hechicero nuevamente, pero era un riesgo que estaba dispuesto a correr.

Capítulo 16

Brenna miró por la ventanilla cuando Roshan volvió al camino.

— ¿Piensas que estará bien?

—Depende de él.

— ¿Cómo puede no importarte lo que le suceda? —le preguntó frunciendo el ceño.

—No puedo pretender ser la niñera de todo el mundo. Si tiene en cuenta lo que le dije, estará bien. De lo contrario —se encogió de hombros—…ya tengo suficiente preocupándome por ti.

No estuvo segura de qué contestar a esa afirmación. La había salvado de una muerte horrible, le había hecho el amor de la manera más tierna e increíble, pero nunca se le había ocurrido que se preocupaba por ella. Era una sensación agradable. Nadie se había preocupado por ella desde que su abuela había muerto.

— ¿Y si fuese posible? —Musitó Brenna— ¿Y si Loken ha encontrado realmente una manera para que Jimmy sea nuevamente mortal?

—Es imposible —replicó Roshan—. Ser un vampiro no es una enfermedad. No puedes curarlo como una infección.

— ¿Pero si se pudiese? ¿No te gustaría ser mortal nuevamente?

Era una cuestión que en realidad nunca había considerado. Sabía que la única cura para el Oscuro

Truco era terminar con su vida voluntariamente. Había aceptado el hecho y seguido adelante. No tenía sentido albergar esperanzas sobre algo que no podría ser. Ahora se hallaba a sí mismo haciéndose la pregunta. ¿Y si deseaba ser mortal nuevamente? ¿Aceptaría dicha transformación si se la ofreciesen? ¿Cómo se sentiría al caminar a la luz del sol después de tantos años de oscuridad, disfrutar de una comida completa en un lujoso restaurante, llevar una vida normal, tener un hijo? Como vampiro, esas expectativas tan comunes se encontraban fuera de alcance para siempre. Por otra parte, no tenía que preocuparse por males y enfermedades, por envejecer o morir, ni por cualquiera de las otras desventuras que aquejaban a la humanidad.

— ¿Y bien? —inquirió Brenna.

—No lo sé.

¿Estaría dispuesto a renunciar voluntariamente a los poderes sobrenaturales que ahora formaban parte de su segunda naturaleza? Ser mortal implicaba ser débil, vulnerable.

—No comprendo tu vacilación —dijo Brenna.

—Dudo poder explicártelo. Ser vampiro es tanto una maldición como una bendición. En los siglos pasados se nos cazaba como a animales, se nos mataba sin culpa ni remordimiento. Como no nos consideraba humanos, suponían que carecíamos de sentimientos. Las cosas han cambiado para mejor con el paso del tiempo. La mayoría de la gente ya no cree en vampiros, y vivimos en las sombras de la noche, con cuidado de ocultar nuestra verdadera naturaleza al resto del mundo.

—Sigue pareciéndome una vida solitaria —dijo Brenna—. ¿Qué tiene de bueno una larga vida sin amor, sin familia, sin hijos?

Roshan asintió lentamente. Todo lo que le había sido arrebatado con la muerte de Atiyana, se le había negado para siempre cuando sucumbió al beso oscuro de Zerena. Observó a Brenna, tan joven y llena de vida, su piel irradiaba buena salud. Le había hecho el amor la noche anterior, se había perdido en su dulzura. Ahora, repentinamente, parecía un sacrilegio que alguien como él se hubiese atrevido a tocarla, a pretender amarla y que ella, quizás, correspondiese ese amor. ¿Qué derecho tenía de obtener placer de su abrazo? ¿Qué derecho tenía a deshonrarla?

Recordó a Jimmy Dugan. ¿Qué sucedería si el joven tenía razón? ¿Y si el hechicero había hallado la manera de retrotraer a los vampiros a la mortalidad? En su corazón, Roshan estaba seguro de que era imposible, pero ¿y si estaba equivocado?

Observó a Brenna nuevamente y supo que estaría dispuesto a renunciar a sus poderes oscuros si existiese la posibilidad de compartir una vida en sus brazos.

La atracción siempre presente entre ellos creció cuando llegaron al hogar.

Brenna permaneció de pie en la sala, temblando levemente. Estaba a punto de encender el fuego por medio de un hechizo cuando Roshan lo hizo mediante un movimiento de la mano.

Se puso tensa cuando la rodeó por detrás, profundamente consciente de su cercanía mientras le retiraba la capa de los hombros y la colocaba sobre el respaldo de la silla. Su respiración le rozó la mejilla, le posó las manos suavemente sobre los hombros y luego, las deslizó por los brazos. Ella experimentó un escalofrío de placer cuando la tocó, y sintió una aguda pena cuando él se apartó.

Lentamente, se dio la vuelta para mirarlo de frente, deseando tener el coraje para preguntarle si volverían a hacer el amor.

—Es tarde —dijo él tranquilamente—. Debes dormir un poco.

Ella asintió, pesándole la desilusión como un plomo en el corazón.

—Prométeme que no te acercarás a la librería ni a Loken a menos que me encuentre contigo.

—Lo prometo —dijo ella—, pero sólo si me prometes ayudar a Jimmy Dugan.

— ¿Qué más quieres que haga?

—No lo sé. No lo rechaces si vuelve a acudir a ti.

—Bien, haré lo que pueda. La recorrió con la mirada, excitado y hambriento. Y luego, al no poder resistir la cercanía de Brenna, la cogió en sus brazos y la besó. El hambre se acrecentó dentro de él, estrujándole las entrañas, recordándole que no se había alimentado esa noche. Una voz seductora en lo profundo de la mente le susurraba que no había necesidad de salir por sustento ya que ella se encontraba en sus brazos, cálida, vibrante y llena de vida.

Abruptamente, la liberó y le dio la espalda.

—Voy a salir —dijo con voz áspera—, cierra con llave después de que me haya ido.

Antes de que ella pudiese responder, ya había desaparecido de su vista.

Cazó sin pensar en otra cosa, rehusando pensar en Brenna, rehusando pensar en nada que no fuese el hambre que debía ser satisfecha.

Un grito proveniente de la entrada de un apartamento le llamó la atención. Cuando se acercó vio que un hombre y una mujer se revolcaban en el suelo. A primera vista daban la impresión de encontrarse en el fragor de la pasión, pero la mujer gritó nuevamente, con la voz cargada de temor y odio.

— ¡Cállate ramera! —El hombre se sentó sobre sus tobillos y golpeó a la mujer en el rostro, partiéndole el labio inferior. El olor a sangre fresca se propagó por el aire.

— ¡Déjame ir! —chilló ella—. ¡Ayuda! ¡Por favor que alguien me ayude!

El hombre profirió un insulto cuando Roshan le ciñó el hombro. Después de apartar al hombre y darle la vuelta, Roshan le propinó un puñetazo en el rostro. Hubo un crujido satisfactorio cuando la nariz del hombre se rompió. La sangre brotó. Roshan aspiró profundamente, luego hizo al hombre a un lado como si fuese basura.

La mujer se le quedó mirando, con los ojos bien abiertos, sin duda preguntándose si había venido a rescatarla, o si tenía la intención de terminar lo que el otro hombre había empezado.

— ¿Te encuentras bien? —preguntó Roshan
Ella asintió.

—Yo…sí, creo que sí.

La recorrió con la mirada. Tenía cerca de treinta años, cabello castaño y ojos azules, uno de los cuales se estaba poniendo negro debido al golpe. Tenía un desagradable moretón en la mejilla izquierda, le brotaba sangre del labio herido…

— ¿Vives aquí? —le preguntó haciendo un ademán con la cabeza en dirección al apartamento detrás de ella.

—Sí. Regresaba del trabajo. Soy enfermera…—Se echó hacia atrás cuando le ofreció la mano.

—No te haré daño. —Hablaba en un tono de voz bajo, tranquilizador, hipnótico—. ¿Vives sola?

Era un extraño. Pensó en mentir, decir que vivía con otra persona, pero no podía mentirle, no cuando sentía su mirada clavada en ella.

—Sí, vivo sola.

La cogió de la mano y la ayudó a incorporarse, luego levantó el bolso y se lo dio.

—Ven —dijo— veré que llegues segura a tu casa.

—Sí —dijo ella— segura a casa.

Vivía en un modesto apartamento de una habitación que, aunque pequeño, estaba limpio y prolijo. Había varias pinturas en las paredes. Jarrones con flores secas en la repisa de la chimenea y sobre la mesa.

Una vez que se encontró dentro, Roshan echó el cerrojo a la puerta, luego la cogió de la mano y la condujo a la alcoba. Hizo que se sentara en la cama y se dirigió al cuarto de baño. Cogió una toalla, la humedeció, luego volvió a la alcoba y le limpió la sangre del rostro. Le ofreció whisky que había encontrado en la alacena de la cocina, luego la cogió entre sus brazos, fundiéndose las mentes, haciendo desaparecer el temor. Se alimentó rápidamente, luego borró su recuerdo de la memoria de la mujer. Mañana, ella sólo recordaría haber luchado y haberse librado de un atacante.

Dejándola plácidamente dormida, salió del edificio y regresó al *Nocturno*. Se detuvo en la entrada, olfateando el aire hasta detectar el olor de Anthony Loken.

Lo condujo a un edificio de ladrillos de dos pisos ubicado en un descampado en las afueras de la ciudad. Las ventanas estaban cubiertas por dentro con tablas y había rejas del lado de afuera. No se veía luz por las hendiduras.

El olor de Anthony Loken era fuerte allí, también el de Jimmy Dugan.

Roshan rodeó el edificio y notó que había sólo una entrada, que también tenía rejas. De haber sido aquel el hogar de Loken, Roshan no podría haber cruzado el umbral sin ser invitado, pero se trataba de un local comercial abandonado y el umbral no tenía poder sobre él.

Volviéndose bruma, Roshan se deslizó por una angosta hendidura debajo de una de las tablas. Una vez dentro, adoptó nuevamente su forma. Aunque estaba oscuro, su vista de vampiro le permitió ver todo con claridad, a pesar de que no había mucho por ver: una silla de madera, un escritorio de metal, un mueble fichero.

Una puerta abierta daba a un pasillo largo flanqueado a ambos lados por puertas que conducían a habitaciones vacías. Al final del pasillo había una angosta escalera.

Roshan se detuvo en la parte superior de la escalera. El olor de Loken aún era intenso y se mezclaba con el olor a sangre y miedo. Y, a muerte violenta.

Pisando suavemente, Roshan descendió por las escaleras.

Y el olor a muerte se tornó más intenso.

Sólo había una puerta al final de la escalera. Roshan tanteó el picaporte, sabiendo instintivamente que se encontraría cerrada con llave.

Convirtiéndose nuevamente en bruma, se deslizó por debajo de la puerta. Aguardó un momento antes de volver a su forma.

El olor a sangre era abrumador ahora, despertaba su hambre a pesar de haberse alimentado recién.

La habitación era un laboratorio. Los estantes de metal estaban abarrotados de frascos de vidrio, tubos de ensayo, vasos de laboratorio, ampolletas, embudos, portaobjetos y frascos acomodados contra la pared. Había varios tubos de ensayo con sangre en un bastidor. En otro estante había varios libros de brujería, anatomía y hematología. Había un pequeño frigorífico sobre un largo mostrador. También, un microscopio y una incubadora. A un lado de la puerta, un fichero de metal, al otro lado, un escritorio con una impresora y un ordenador modernos. En el medio de la habitación había dibujado un círculo de poder. Y en el centro del círculo, había una mesa de operaciones de acero, en la que se hallaba Jimmy Dugan. Tenía las extremidades atadas a la mesa con abrazaderas de plata. Una gruesa estaca de madera le salía del pecho. Del brazo izquierdo del joven salía un largo tubo de goma que, lentamente, le extraía la sangre del cuerpo para depositarla en un gran recipiente de vidrio.

Al caminar en dirección a la mesa, Roshan percibió un hálito de energía oscura al pisar dentro del círculo. Así que, Anthony Loken no era sólo un hechicero, era también, en cierta forma, científico.

Roshan se quedó mirando el cuerpo de Dugan.

—Muchacho insensato —masculló—. ¿Por qué demonios no dejaste la ciudad mientras tenías la oportunidad?

Roshan se alejó de la mesa y se dirigió hacia el escritorio dando un rápido vistazo a las anotaciones del hechicero, muchas de las cuales le resultaron indescifrables.

Miró lo que quedaba de Jimmy Dugan. ¿Habría la sangre del muchacho provisto a Loken de alguna de las respuestas que buscaba? ¿Le permitiría hallar una fórmula para la vida eterna?

Disolviéndose en bruma nuevamente, Roshan salió del laboratorio. Dugan había confiado en el hombre equivocado y le había costado la vida.

Roshan se materializó fuera del laboratorio y luego miró al cielo, a los millones de estrellas brillantes que desaparecían en el infinito. Aunque sabía que era imposible, hasta ahora no se había dado cuenta de cuan intensamente había esperado que Jimmy Dugan tuviese razón en cuanto a la posibilidad de que Loken hubiese encontrado una cura para el hambre que lo poseía.

Inconscientemente, siguió el olor del hechicero por la ciudad hasta una casa ubicada en una colina. Un alto vallado de hierro rodeaba el jardín. Había luz en la ventana. De la chimenea de ladrillos rojos salía una bocanada de humo azul grisáceo. Roshan observó la casa durante varios minutos, luego, perdido en sus pensamientos, dio la vuelta y se encaminó a su hogar.

Le había dicho a Brenna que se fuese a dormir, pero la encontró acurrucada en el sofá de la sala, esperándolo. Morgana dormía contra su brazo.

—Te has quedado despierta hasta tarde —dijo, dejándose caer en la silla al lado del sofá.

—No podía dormir. No dejaba de pensar en Jimmy Dugan. ¿Piensas que seguirá tu consejo y dejará la ciudad?

—Está muerto.

Ella abrió los ojos.

— ¿Muerto? ¿Cómo lo sabes?

—Vi su cuerpo.

—Pero … ¿Qué sucedió? ¿Cómo murió?

—No estoy seguro, pero Loken está drenando la sangre del cuerpo del muchacho.

Ella empalideció. Por un momento pensó que iba a desmayarse.

— ¿Lo viste?

El asintió lacónicamente.

—Pobre señor Dugan. Si sólo te hubiese escuchado.

Roshan gruñó suavemente, sorprendido por lamentar la muerte del muchacho. Generalmente, las vidas ajenas, especialmente las de los mortales, significaban poco para él. Se alimentaba de ellos cuando era necesario. Hasta que Brenna entró a su vida, le había importado poco las desgracias ya fuesen particulares o colectivas. Pero Jimmy Dugan no era mortal. Era vampiro, y aunque a Roshan le había desagradado la idea de Jimmy sobre ser hermanos, sintió una extraña necesidad de vengar la muerte del muchacho.

—Bueno, —dijo Brenna, cogiendo a Morgana en los brazos—. Creo que iré a dormir. Buenas noches.

—Buenas noches.

La observó retirarse admirando el movimiento de sus caderas. Su pequeña bruja le había cambiado la vida de una forma que nunca había imaginado, lo había hecho añorar cosas que él había dejado atrás para siempre. Ahora, al mirarla, se encontraba deseando pasar la vida con ella, plantar su semilla dentro de ella, ver como su vientre crecía con la nueva vida.

Sueños simples para un hombre mortal.

Sueños imposibles para un vampiro.

Capítulo 17

Caminaba por la calle frente a la tienda de libros y cafetería de Wiccan cuando Anthony Loken apareció detrás de ella. Sonriendo, le cogió la mano y la condujo calle abajo. Caminaron hasta que la ciudad quedó atrás. Ella frunció el ceño cuando se aproximaron a un gran edificio de ladrillos. A medida que se acercaban, comenzó a temblar ya que todos sus instintos le advertían que no debía entrar al edificio. La puerta era de acero. Las ventanas estaban tapiadas desde el interior y tenían rejas en la parte externa.

Podía oler la muerte dentro.

Con un grito, intentó liberar su mano de la de Loken pero sus dedos la aferraron mientras la arrastraba al interior del edificio y cerraba la puerta. Desesperada por escapar, intentó reunir su poder en derredor de sí misma para repelerlo, pero su magia era inútil contra él.

Una risa maligna le brotó de la garganta mientras la arrastraba escaleras abajo hacia el sótano. Abrió una puerta y accionó el interruptor, inundando la habitación de luz, una luz que hacía poco por disipar la oscuridad alrededor de ella, una oscuridad tan densa que podía sentirla arrastrándose sobre su piel.

Había una larga mesa de metal en el centro de un círculo mágico. El cuerpo de Jimmy Dugan yacía sobre la mesa, obsceno y sumido en muerte. Le había enterrado una estaca en el corazón. Le había drenado la sangre.

Se volvió para mirar a Loken, se congeló de terror al verlo, al verlo verdaderamente, por primera vez. No era ni hombre ni hechicero sino una criatura salida de una pesadilla. Tenía los ojos inyectados en sangre, las orejas largas y puntiagudas, más como cuernos que como orejas humanas. Los dientes blancos y filosos.

Volvió a mirar la mesa, abrió más los ojos cuando se encontró a sí misma mirando los ojos de Jimmy Dugan. Y luego, para su horror, la apariencia del joven vampiro comenzó a cambiar. Su cabello pasó del castaño al negro, sus ojos del marrón oscuro al azul profundo de la media noche. Se le ensancharon los hombros, se le alargaron las piernas y, repentinamente, no era el cuerpo de Jimmy Dugan el que estaba encadenado a la fría mesa de metal sino el de Roshan.

Un grito brotó de su garganta, haciendo eco en las paredes, el piso, el techo. Gritó hasta que le dolió la garganta. Gritó de terror y repulsión. Y con sus gritos se mezclaba el sonido de la risa satánica de Anthony Loken…

Despertó sobresaltada, con el rostro y el cuerpo bañados en sudor.

Se levantó, corrió las cortinas y abrió la ventana, luego permaneció allí de pie inhalando profundamente el aire fresco. Un sueño, no había sido más que un sueño y aun así, no podía deshacerse de la sensación de destino funesto. Algunas veces los sueños no eran más que eso, y otras, eran destellos del futuro.

Bajo rápidamente las escaleras y se dirigió a la cocina. Cogió un pesado recipiente de plata de la alacena y lo llenó de agua, luego lo colocó sobre la mesa, tamborileando los dedos con impaciencia mientras esperaba que el agua formase una superficie plana.

Pasando la mano sobre el recipiente, observó el agua y recitó como un murmullo…

—Secretos ocultos, oscuros y profundos, mostradme donde duerme mi amor.

Del fondo del recipiente brotaron espirales de color arremolinándose en la superficie del agua hasta formar el rostro de Roshan. Yacía boca arriba sobre una gran cama con la cabecera de madera tallada. Estaba cubierto de la cintura hacia abajo con una sábana azul oscuro. La piel se le veía muy pálida en contraste con las sábanas. Lo observó con los ojos entrecerrados. No se movía, no se contraía, no respiraba. Ella tembló sin quererlo. Él, verdaderamente, dormía como si estuviese muerto, ¡pero al menos estaba a salvo!

Ahora bien, si ella tan sólo pudiese saber el lugar de su refugio.

Cuando el pensamiento cruzó por su mente, el agua se agitó, los colores se mezclaron y produjo una nueva imagen en la superficie del agua, ahora veía el pasillo que conectaba la puerta de entrada con la sala. El foco de la imagen se redujo hasta mostrar una pequeña puerta cercana a la entrada a la sala.

Brenna frunció el ceño. Había registrado la casa de arriba a abajo intentando hallar dónde dormía. ¿Cómo no había notado esa puerta?

Tras memorizar la ubicación, deslizó los dedos por el agua, borrando la imagen. Echó el agua al fregadero y se dirigió al pasillo. Caminó a lo largo del corredor pero no había señal alguna de una puerta.

De pie al final de la entrada, hizo acopio de sus poderes en derredor de sí.

—Hay una puerta oculta aquí hoy, traedme la visión, mostradme el camino.

Se produjo una ondulación en el aire, se juntaron motas azules a su alrededor que señalaron una pequeña puerta angosta sobre el lado izquierdo del pasillo. Se detuvo frente a ello. No tenía picaporte. Se arrodilló, deslizó las manos por la puerta y murmuró: — ¡Aja!

Cuando la puerta abrió hacia adentro, pudo ver una larga escalera que descendía hacia la oscuridad. Al tocar Brenna las motas, se esfumaron hasta desaparecer.

Regresó a la cocina, cogió una vela, y luego retornó a la puerta oculta. Con un rápido conjuro encendió la vela.

Dudó durante un momento, luego colocó una mano sobre la puerta y con la otra sostuvo la vela frente a sí, cruzó la puerta a rastras y luego bajó por la escalera. Se detuvo al final. Al principio, pensó que se encontraba en el sótano, pero el sótano era mucho más grande y estaba atestado de muebles viejos y cajas. Miró a su alrededor sin poder ver nada al principio, hasta que su vista se acostumbró a la oscuridad. Y luego vio el contorno apenas perceptible de otra puerta. Esta era de tamaño normal. Tampoco se distinguía picaporte alguno; nuevamente deslizó las manos por el frente y los costados pero no cedía. Intentó con varios conjuros, pero fue en vano. La puerta no se abría.

Con un suspiro de desaliento, se dio la vuelta y regresó. ¿Qué habría hecho si la puerta se hubiese abierto? ¿En realidad quería ver a Roshan allí, inmóvil? De haber podido acercársele, ¿habría podido resistirse a tocarlo? Su piel, ¿se sentiría fría, sin vida? Y él, ¿hubiese sabido que ella se encontraba allí?

Al llegar a la parte superior de la escalera, encontró a Morgana sentada, esperándola. La gata la miraba con los ojos amarillos entornados y con su expresión le decía claramente que ya había pasado la hora del desayuno.

Después de cerrar la puerta, Brenna se inclinó para acariciarle las orejas, luego se dirigió a la cocina para preparar el desayuno, para ella y para la gata.

En la profundidad de su refugio, una percepción sacudió al vampiro mientras dormía, agudizada por la extraña sensación de que alguien lo había estado observando. Aun así, no percibió ninguna amenaza a su existencia, ningún peligro inminente. Y luego una ráfaga de aire le llevó el aroma de Brenna. Ella había estado en la antecámara de su refugio. Pudo ponderar tal notable suceso durante solo un momento antes de que el oscuro Sueño lo arrastrara al olvido nuevamente.

Anthony Loken se hallaba de pie en la puerta del laboratorio, frunció el ceño al observar el cuerpo en la mesa. Qué joven tan tonto como para pensar que alguien podría revertir el Oscuro Truco.

Con un gesto de desaprobación, quitó los tubos de los brazos pálidos y con cuidado, asegurándose de que la estaca clavada en el pecho del joven se mantuviese firme, alzó el cuerpo sin sangre y lo llevó escaleras arriba. Al abrir la puerta de entrada, miró hacia ambos lados para cerciorarse de que no hubiese nadie y arrojó el cuerpo al jardín. Cuando la luz del sol se posó sobre la carne preternatural se produjo un débil chisporroteo; luego, en un abrir y cerrar de ojos, el cuerpo de Jimmy Dugan se consumió en llamas.

Loken miró el parche de tierra quemada en el que había estado el cuerpo del muchacho. No había quedado nada que evidenciara que Jimmy Dugan hubiese existido alguna vez.

—Eficiente —musitó Loken—. Muy eficiente.

Tras cerrar la puerta, retornó al laboratorio. En todos sus años de búsqueda, Dugan era el único vampiro genuino que había hallado. Un buen signo, pensó. Finalmente, la suerte le sonreía.

Abrió el pequeño frigorífico donde había guardado la sangre del vampiro y cogió uno de los frascos. Ahora que tenía lo que necesitaba, quizás podría finalmente descubrir qué era lo que contenía la sangre de los No Muertos que les permitía a los vampiros sanar casi inmediatamente de cualquier herida, cambiar de forma, viajar grandes distancias con sólo un movimiento. Pero era la habilidad del vampiro de sobrevivir por siglos lo que Loken ansiaba. ¿Por qué habría de estar sujeto a un período de tiempo de unos cuantos años de vida mortal? Era un hombre inteligente y con poder, un hechicero sin par, aun así, estaba a merced de los estragos del paso del tiempo, las enfermedades y la muerte. Ciertamente, algunos hechiceros alcanzaban edades avanzadas, pero no tenía la intención de envejecer y debilitarse. El objetivo de su vida había sido encontrar la manera de disfrutar del poder de un vampiro sin sus sufrimientos y limitaciones. Y ahora, por fin ¡ese objetivo estaba a su alcance!

Cogió el microscopio del estante y lo colocó sobre el escritorio. Extrajo un par de guantes y preparó varios portaobjetos con la sangre del vampiro.

Colocó el primero bajo el microscopio y luego, temblando de excitación, inclinó la cabeza sobre el instrumento. Durante varios instantes, se abstuvo de respirar y se limitó a observar. Había estudiado hematología por años y, aun así, nada de su experiencia le permitía interpretar lo que ahora veía. Una masa de glóbulos en constante movimiento, tan oscuros que eran casi negros, glóbulos que parecían devorarse los unos a los otros hasta que sólo quedaban unos cuantos y éstos, para su absoluta sorpresa, rápidamente comenzaban a multiplicarse, y luego toda la secuencia comenzaba nuevamente.

Agitó la cabeza, quitó el portaobjetos y lo reemplazó por un segundo, y luego por un tercero.

¿Qué significaba? Si se inyectase la sangre ¿lo dotaría de los poderes del vampiro? ¿O la sangre del vampiro le consumiría la propia hasta que no quedase nada?

Un conejillo de indias, eso era lo que necesitaba.

Guardó todo rápidamente, limpió un resto de sangre seca que había sobre la mesa, se quitó los guantes y apagó la luz. No debería resultarle tan difícil encontrar un conejillo de indias. Uno de los crédulos pseudo – vampiros del *Nocturno*. Un vagabundo. Un adolescente que haya escapado de su casa. Uno de los jóvenes desempleados que se reunían cerca de la parada de autobús al sur de la ciudad en busca de empleo. Sólo tenía que elegir.

Silbando suavemente, se fue del laboratorio, cerciorándose de cerrar la puerta detrás de sí.

Roshan encontró a Brenna en la cocina preparando la cena y hablándole a la gata. Permaneció de pie allí durante un momento, admirando la figura curvilínea de la mujer, el sedoso brillo de su cabellera, la manera en que los vaqueros moldeaban su esbelta figura, el sonido de su voz.

Ella se sonrojó cuando miró hacia atrás y lo vio de pie en el umbral.

—No dejes que interrumpa tu conversación —dijo—. Morgana parecía interesada en lo que decías.

— ¿Cuánto tiempo llevas parado ahí? —preguntó Brenna acentuándosele aún más el rubor.

—No lo suficiente.

Morgana paseaba la vista de Brenna a Roshan, luego salió deprisa de la cocina.

—No creo que le agrade —musitó.

—Le agradarás, con el tiempo.

—Lo dudo. Pocos animales toleran a los de mi clase.

—Lo siento. No sé qué haría sin Morgana. Es toda la familia que tengo —dijo melancólicamente—. Es todo lo que me queda de mi pasado.

—Hoy me buscabas —no era una pregunta—. Estuviste en mi refugio.

Ella lo miró, su silencio era admisión de culpa.

— ¿Por qué?

Ella levantó el mentón desafiante, rehusando ser intimidada, aunque sabía que lo que había hecho estaba mal.

—Tenía curiosidad —dijo y luego frunció el ceño—. ¿Cómo supiste que estuve allí?

—Sentí tus ojos mirándome.

— ¡No es posible!

Levantó una ceja.

— ¿No?

Ella meneó la cabeza.

— ¿Cómo pudiste?

— ¿Entonces lo admites? ¿Me estabas espiando?

—Invoqué tu imagen en mi espejo de adivinación.

—Niña astuta —musitó—. ¿Y qué utilizaste como espejo?

—Un recipiente con agua.

Recordó la conversación que habían mantenido anteriormente cuando ella le había comentado su intención de comprar un espejo. Había supuesto que quería un espejo por la misma razón que cualquier otra mujer. Pero ella no era como cualquier otra mujer. Aun así, no había ninguna razón para que no tuviese un pequeño espejo de adivinación, si era lo que deseaba. Tampoco la había para que no tuviese un espejo de cuerpo entero en su habitación. Sólo porque él los evitaba, no había razón para que ella no pudiese tener un par si así lo quería.

Y luego, atrapado por su aroma, por la calidez de su carne fresca, olvidó todo lo referente a espejos y a brujería. Acortando la distancia entre ambos, la cogió en sus brazos. Su cuerpo se aceleró de inmediato, cada célula y cada nervio le recordó la noche en que habían hecho el amor.

Lo miró, sus verdes ojos, iluminados.

—Ah, Brenna —murmuró entregado, e inclinando la cabeza la besó. Ella se puso de puntillas, le rodeó el cuello con los brazos moldeando su cuerpo contra el de él.

El calor de su cuerpo lo incitó, la dulzura de sus labios lo enardeció. La acercó, la sostuvo con más fuerza, sintió cómo se le alargaban los colmillos cuando el hambre cobró vida. Ante el recuerdo de cuando le había hecho el amor, se vio tentado de abrazarla, llevarla arriba, depositarla en la cama y hacerle el amor hasta que se pusiera el sol en el horizonte. Tentador, muy tentador. Sólo la culpa por haberla deshonrado y el temor a sucumbir a algo más que al placer de su dulce carne, evitó que llevara a la práctica tales pensamientos.

Murmurando un insulto, la liberó.

Ella pestañeó y lo miró, con la mirada pérdida, los labios hinchados, manchados con una gota de sangre donde los colmillos le habían lastimado la tierna piel.

Un suave gruñido trepó por su garganta cuando ella se limpió la sangre del labio con la lengua.

—Volveré más tarde —dijo ásperamente y salió presto de la casa hacia la noche.

Brenna se llevó la yema de los dedos a los labios y se quedó mirándolo. Un beso, eso era todo lo que necesitaba pensó. Un beso y estaba dispuesta a dejar que la llevara a la cama. Hacía poco tiempo que lo conocía, aun así, no podía imaginar la vida sin él. Era como si lo conociera de siempre, como si estuviesen unidos por lazos invisibles, como si por alguna extraña metamorfosis, él se hubiese convertido en parte esencial de ella y ella en parte esencial de él. ¿Era eso lo que sucedía cuando dos personas hacían el amor? ¿Sentirían todos lo mismo, esa sensación de pertenencia? Sabía que haber hecho el amor con Roshan sin el consentimiento de la iglesia estaba mal. Era inmoral, un pecado terrible y, sin embargo, estuviese bien o mal, en todo lo que podía pensar era en volver a estar en sus brazos, haciéndole el amor. Incluso ahora, se sentía despojada, perdida sin él. Incluso la casa se sentía diferente Cuando no estaba.

¿Sería tan malo, estar casada con un vampiro?

Era cierto que había mucho que no podían compartir, pero había muchas otras cosas que podían hacer. Disfrutaba de su compañía, su cuidado. Era gentil y paciente, la protegería, la ayudaría a encontrar su camino en este nuevo lugar. Aunque sus días le serían propios, sus noches le pertenecerían a él. Lo que era aún mejor, no le temía a su brujería ni lo intimidaba su poder. Por el contrario, parecía complacerlo, estar orgulloso de sus habilidades, aunque pareciesen limitadas.

Desde luego, daba mucho por sentado. Sólo porque habían hecho el amor, no significaba que quisiera casarse con ella. Si algo había aprendido, era que un gran número de personas en este siglo no tenían remordimientos por vivir juntos, o por tener hijos fuera de los votos del matrimonio. Pero, aceptado o no, sabía que estaba mal. Los niños merecían tener una madre y un padre, un hogar asegurado por los lazos del matrimonio.

Quizás sea hora de que te conviertas en uno de ellos, le susurró una voz insidiosa en la profundidad de la mente. *Si no existe cura, si nunca puede ser mortal, entonces, quizás, debas abrazar el Oscuro Don. Es la única manera en que podrás verdaderamente compartir su vida, la única manera en que él podrá compartir la tuya.*

Alejó el inquietante pensamiento de su mente. Ser vampiro era vivir contra la naturaleza. Significaba renunciar a la luz del sol y a toda esperanza de tener un hijo. Significaba renunciar a su humanidad, vivir en las sombras, subsistiendo gracias a la sangre ajena.

No era una vida que elegiría voluntariamente ni para sí misma ni para nadie más.

Y, aun así, la semilla había sido plantada. Por repelente que fuese, se arraigó en un recóndito lugar de su mente.

Al dejar la casa, Roshan se dirigió al *Nocturno*. Vestido completamente de negro, rápidamente se mimetizó con el resto de la multitud, el hambre se acrecentaba en su interior a medida que un centenar de corazones palpitantes lo llamaban. Sus fosas nasales se llenaron con el olor de la presa, madura y lista para ser tomada.

Una joven mujer, de cimbreantes caderas y erguidos pechos se le acercó, abriéndose camino entre la multitud al borde de la pista de baile. La negra cabellera le caía recta sobre los hombros.

— ¿Bailas conmigo? —Su voz era grave y ronca. Lo miró con ojos que prometían más que un mero baile, luego se deslizó una uña pintada de negro por el pecho—. ¿Y bien?

—Seguro. —La cogió en sus brazos y la condujo a la pista de baile.

—Ya te he visto aquí antes —ronroneó ella.

— ¿Sí?

—Esperaba que vinieses esta noche, solo.

Le sonrió.

—Entonces me alegra haber venido.

—A mí también. —Lo estudió intensamente por un momento—. No te pareces a los demás hombres que frecuentan este lugar —comentó— ni te comportas como ellos.

— ¿Oh?

Ella negó con la cabeza y frunció el entrecejo, pensativa.

—Quizás sea porque son sólo niños de corazón. Pero tú, tú pareces mucho mayor.

Él rio suavemente.

—No tienes idea, Carrie querida.

Los ojos se le agrandaron. — ¿Cómo sabes mi nombre?

—Como dijiste, no soy como los demás. —La atrajo hacia él retirándole el cabello del cuello con la mano—. Mírame, Carrie, sólo a mí.

Ella lo observó, con los labios entreabiertos y un atisbo de temor en los ojos.

—Mírame sólo a mí —murmuró—, escucha mi voz, sólo mi voz.

—Sí—susurró ella—. Sólo a ti.

Lentamente bajó la cabeza. Para cualquiera que estuviese observando parecería que le estaba besando el cuello mientras bailaban en la pista. Bebió deprisa, tomando sólo lo que necesitaba y rápidamente selló las dos pequeñas marcas que habían dejado sus colmillos.

Levantó la cabeza al momento en que terminó la música.

— ¿Carrie?

Ella pestañeó con la vista nublada.

—Gracias por el baile.

—De nada. —Frunciendo el ceño se llevó la mano al cuello y volvió a pestañear.

Él la seguía cogiendo por la cintura.

— ¿Te encuentras bien?

—No lo sé, me siento un poco mareada.

—Ven —dijo aferrándola de la mano— deja que pida algo de beber.

Roshan estaba guiando a Carrie hacia la barra cuando vio a Anthony Loken sentado en una de las mesas del fondo. El hechicero lo vio al mismo tiempo y la animosidad surgió entre ellos, un sentido palpable de malicia tan intenso que Roshan estuvo seguro de que las demás personas del lugar podían sentirlo sin saber lo que era.

En la barra, Roshan pidió un vaso grande de zumo de naranja para Carrie. De pie detrás de la mujer se preocupaba por no perder de vista a Loken,

El hechicero le dio la espalda, dirigió nuevamente la atención al hombre con quien compartía la mesa.

Valiéndose de su audición preternatural, Roshan escuchó secretamente la conversación. El hombre estaba cansado de fingir ser un vampiro y había venido al *Nocturno* esperando hallar a uno de los No Muertos. Loken asintió comprensivamente con la cabeza. Inclinándose hacia el hombre, le dijo que la búsqueda había llegado a su fin. Que él, Loken, era un vampiro. Si el joven era sincero, sólo tenía que ir a su refugio para comenzar la transformación. El joven, cuyo nombre era Roger West, aceptó rápidamente. Loken pagó la cuenta y los dos hombres dejaron la mesa y se dirigieron a la salida trasera.

Roshan profirió un insulto casi imperceptible al ver que dejaban el club. Había visto los resultados del último experimento de Anthony Loken.

Permaneció allí un momento, indeciso. No le importaba que Loken matase a West. El joven no significaba nada para Roshan. Los mortales, en general, no significaban nada para él más allá de su capacidad para satisfacer su sed infernal.

Bailó con otra de las mujeres del club, bebiendo de ella como lo había hecho con la primera. Después de dejarla en la barra, estaba a punto de volver a su hogar cuando, por un impulso totalmente inexplicable, se encontró en dirección al laboratorio de Loken en las afueras de la ciudad.

Capítulo 18

Roger West silbó suavemente cuando vio el coche de Anthony Loken.

—Fabuloso —dijo mientras deslizaba la mano sobre la capota del Lexus.

Con una sonrisa burlona, Loken abrió la puerta y se sentó detrás del volante. En cuanto West estuvo dentro, salió del aparcamiento haciendo chillar las llantas al tomar el camino en dirección a su casa.

—Eh, amigo, ve más despacio —dijo West aferrándose del apoyabrazos—. No soy inmortal aún.

Loken le sonrió.

—Todo a su debido tiempo.

Un encantamiento que había susurrado le otorgó luz verde todo el camino.

— ¿Vives aquí? —preguntó West cuando Loken aparcó frente a una gran casa y luego apagó el motor.

—En efecto. —Abrió la puerta y salió del coche.

—Debes de ser endemoniadamente rico —murmuró West mientras seguía a Loken escaleras arriba hacia la puerta de entrada.

—Casi —dijo Loken, y sonrió con rapacidad al abrir la puerta—. Entra ¿quieres?

—Entonces —dijo West mientras cruzaba el umbral— ¿Cuánto tarda, convertirse en vampiro?

—No mucho.

West asintió. Suspiró, atónito, cuando las luces comenzaron a encenderse en la sala.

Loken le sonrió burlonamente.

—Un poco de magia, nada de qué preocuparse.

West tragó con dificultad.

—Magia de vampiro ¿no es así?

—No exactamente.

— ¿No? —West frunció el ceño—. ¿De qué clase, entonces?

—Soy un hechicero, en realidad. Un brujo, si lo prefieres.

—Pero pensé… dijiste que eras un vampiro.

—Sí, lo hice ¿no es cierto? Me temo que mentí.

— ¿Qué demonios sucede aquí?

—Lo siento, señor West, pero seguramente usted también miente de vez en cuando. Es un hecho de la vida que algunas veces tenemos que mentir para obtener lo que deseamos.

Le echó una mirada a la puerta de entrada.

— ¿Qué es lo que quiere?

—A usted. Para un pequeño experimento.

— ¡De ninguna manera! ¡Me largo de aquí! —Con un ademán de la cabeza, Roger West quiso encaminarse hacia la puerta pero se dio cuenta de que ya no poseía control sobre su cuerpo. Miró a Loken con ojos salvajes y temerosos.

—Ven —dijo Loken haciendo un movimiento con el dedo índice.

West negó con la cabeza.

—No iré a ninguna parte contigo —contestó, pero sus pies seguían al hechicero a lo largo de un oscuro pasillo, escaleras abajo hasta el sótano.

—Súbete a la mesa —dijo Loken

—Maldito seas —gritó West mientras obedecía la orden del hechicero— ¡Déjame ir!

—Recuéstate. No llevará mucho tiempo.

Roger West se recostó sobre la mesa con el corazón latiéndole fuertemente. Sin importar cuán vigorosamente lo intentase, no podía moverse, carecía de control sobre sus movimientos. Comenzaron a sudarle la frente y las axilas.

—Por favor, déjame ir.

—Demasiado tarde. —Loken extrajo un frasco del bolsillo y le quitó el sello.

Cogió una jeringa de uno de los cajones de un gran mueble de herramientas y la llenó con sangre.

West lo observaba horrorizado.

— ¿Qué... qué harás con eso?

—Es un experimento. Por lo que sé, puede que te convierta en vampiro. Pero puede que te mate —dijo con una malvada sonrisa—. O puede darte vida eterna. Pero no lo sabremos hasta probar.

Loken ató una cinta de látex alrededor del brazo de West, insertó la aguja y lo inyectó.

West observó la sangre ingresándole en el brazo, y luego miró a Loken. Entonces gritó, con el cuerpo sumido en agonía a medida que la sangre de vampiro se incorporaba a su torrente sanguíneo.

— ¡Calla! —Dijo Loken—. Dime lo que sientes.

—Quema, quema —dijo el hombre entre sollozos—. Haz que se detenga... haz que...

Miró a Loken. Un hilo de saliva le escurría por la comisura de los labios. Su cuerpo se convulsionó por última vez y luego permaneció inmóvil.

— ¡Maldición! —Cogiendo al muchacho de la muñeca, le buscó el pulso. Era fuerte pero irregular.

Loken dejó caer el brazo del muchacho y se sentó a esperar el resultado final.

Roshan merodeó por los alrededores del laboratorio del hechicero, examinando la noche con sus sentidos. Loken había estado allí antes esa misma noche, pero no había indicios de que Roger West hubiese estado con él.

¿Adónde había llevado Loken al joven?

Frunció el ceño, se disolvió en bruma e ingresó al edificio. El laboratorio estaba vacío. El cuerpo de Jimmy Dugan ya no estaba aunque, el olor a miedo, sangre y muerte permanecía en el aire.

Al dejar el edificio, Roshan recuperó su propia forma. Si Loken no estaba allí, entonces debía haber llevado a Roger West a su casa. ¿Pero por qué allí y no aquí?

Un pensamiento lo llevó a la morada de Loken. Tan pronto como se acercó a la puerta de entrada, percibió el denso olor a miedo del joven. Estaban allí.

Se preguntaba cómo accedería a la casa cuando escuchó un débil grito proveniente del sótano. Roshan maldijo en voz baja al tiempo que otro grito llegaba a sus oídos. Era un quejido de tormento tal que le abrasó el alma. Y luego otro más, un quejido de agonía, un corazón que imploraba por ayuda.

Incluso a sabiendas de que no podía ingresar a la casa del hechicero sin ser invitado, Roshan no pudo resistir la necesidad de acudir en ayuda del joven. Hizo uso de sus poderes preternaturales para quitar el cerrojo, dio un paso hacia adelante, pero fue repelido por el poder del umbral y de las protecciones que el hechicero había colocado alrededor de la entrada.

Roshan maldijo suavemente, luego, sabiendo que no había nada que pudiese hacer para salvar al joven, se transportó de regreso al *Nocturno* donde llamó a la policía.

La cabeza de Roger West se balanceaba hacia adelante y hacia atrás mientras Loken le cortaba la carne con un cuchillo. El hedor de sus desperdicios le llenaba las fosas nasales, mezclándose con el olor a sangre. West sintió nauseas en el estómago. Tanta sangre. Tanto dolor. Intentó reunir energía para moverse, la fuerza para liberarse del poder del hechicero, pero fue en vano. Sólo podía permanecer allí, indefenso y temeroso.

Loken observó sin pestañear mientras la sangre fluía de la profunda cortadura que había infligido en el antebrazo del muchacho.

—La herida no sana. Parece que una inyección no basta —dijo pensando en voz alta—. Quizás la sangre deba ser ingerida.

Extrajo otro frasco del bolsillo del abrigo, alzó la cabeza del joven y le acercó el frasco a los labios.

—Bebe esto.

Incapaz de resistirse, Roger West abrió la boca y tragó el espeso fluido rojo y luego vomitó nuevamente. Se le escurrió por el mentón y el pecho, se esparció por la camisa de Loken, goteó de la mesa al suelo.

Maldiciendo, Loken se apartó de un salto.

—Lo tragarás —dijo mientras extraía un tercer frasco del bolsillo y lo sostenía contra los labios del joven.

—Maldito —dijo West débilmente. Pero bebió el contenido del frasco.

—Le daremos un tiempo para que funcione —dijo Loken mientras miraba el reloj—. Quizás uno hora o dos.

Desgarró la camisa del joven para obtener un jirón de tela y con eso amordazarlo, luego le ató las manos y las piernas a la mesa.

—Descansa mientras puedas —dijo Loken, y abandonó el sótano después de apagar las luces.

Al volver a la sala, estaba a punto de ir a la cocina por una botella de cerveza cuando sintió una ráfaga. Al dirigirse hacia la entrada pudo ver que la puerta estaba abierta. Frunció el ceño, hizo acopio de sus poderes y murmuró un encantamiento. Un momento después una imagen nebulosa cobró vida en el recibidor. La reconoció de inmediato. Roshan DeLongpre.

Loken refunfuñó suavemente. ¿Qué había estado haciendo DeLongpre allí?

Aún se hallaba considerando las posibilidades cuando una patrulla de policía se detuvo frente a la puerta. Dos policías, ambos jóvenes, descendieron del vehículo.

Loken salió al recibidor.

—Buenas noches oficiales —dijo con una sonrisa afable.

— ¿Señor Anthony Loken?

—Sí.

—Recibimos un aviso sobre gritos provenientes de esta casa.

—Debe haber un error. He estado aquí toda la noche y no he oído nada.

— ¿Vive usted solo, señor?

—Sí, así es —sonrió nuevamente—. Los únicos gritos que se escucharon aquí esta noche fueron los provenientes de la televisión.

— ¿Le importa si echamos un vistazo?

Loken negó con la cabeza.

—Adelante —dio un paso hacia atrás para permitirles la entrada.

Uno de los oficiales procedió a registrar la casa. El segundo permaneció con Loken con la mano apoyada sobre la culata de su revolver.

— ¿Puedo ofrecerle algo para beber? —Dijo Loken— ¿Una taza de café o un refresco?

—No, gracias.

Loken asintió con la cabeza. Escuchó los pasos del primer oficial a medida que se desplazaba dentro de la casa. No había nada de qué preocuparse. La puerta que conducía al sótano era invisible, estaba protegida por un encantamiento reciente que ningún mortal podría detectar.

Habían pasado cinco minutos cuando el primer oficial regresó a la sala.

—Vamos Frank, no hay nada aquí. Perdón por haberlo molestado Señor Loken.

—No hay problema. —Anthony acompañó a los dos oficiales hasta la puerta de entrada y los observó marcharse. Incluso los saludó con la mano cuando arrancaron el coche y se alejaron.

Y luego cerró la puerta y echó el cerrojo.

—Habrá que hacer algo con el señor Roshan DeLongpre —murmuró—. Algo permanente. Y doloroso.

Y luego sonrió. Quizás el señor DeLongpre podría tomar el lugar del joven en el sótano.

Silbando suavemente, bajó las escaleras para ver cómo marchaba su último experimento.

Capítulo 19

Brenna esperó despierta hasta pasada la medianoche y todavía Roshan no había llegado. Nunca había tardado tanto en alimentarse. ¿Dónde estaba? No le agradó la respuesta que le vino a la mente. Era un hombre atractivo dotado del encanto preternatural de un vampiro. Las mujeres le miraban dondequiera que fuese… Negó con la cabeza rehusando alentar el pensamiento de que pudiese estar con otra mujer.

Recorrió todas las habitaciones de la planta baja, apagó todas las luces menos una, luego subió para prepararse para ir a la cama. Morgana la seguía entre los talones, maullando tranquilizadoramente.

Se desvistió y se puso el camisón, luego se deslizó dentro de la cama. Morgana se acurrucó a su lado, con una pata sobre su brazo.

Brenna giró sobre un costado y observó a través de la ventana mientras acariciaba ociosamente la cabeza de la gata. Aunque se estaba acostumbrando a la vida en este siglo, algunas veces deseaba estar en su hogar. La vida era tanto más simple allí. Más dura de muchas maneras, pero aun así, más simple. Todavía había tanto en este siglo que no comprendía por completo. Guerras en lugares de los que nunca había oído hablar. Enfermedades que eran desconocidas en su época. Inventos como la lavadora que facilitaban la tarea pero que, de alguna manera, le privaban de la satisfacción de lavar su ropa a mano. La secadora escurría su ropa rápidamente, pero carecía del fresco aroma de las prendas secadas al sol. Con tan poco que hacer, los días parecían más largos.

Quizás necesitaba encontrar un empleo.

Cuanto más lo pensaba, más le agradaba la idea de ganar su propio dinero ¿Pero qué podía hacer? No estaba cualificada para trabajar en una oficina. Carecía de educación, formación académica, pero seguramente había algo que podría hacer.

— ¿Qué opinas Morgana?

La gata sacudió la cabeza y rodó sobre su lomo.

—Quizás Myra me dé empleo en la librería —dijo pensando en voz alta—. Quizás pueda vender libros o servir las mesas. Por supuesto, a él no le gustaría. —Le acarició la panza a la gata y luego esbozó una sonrisa cómplice—. Por supuesto que no hay necesidad de contárselo al señor DeLongpre. —Su sonrisa se desvaneció—. Quizás la librería no es el lugar indicado para buscar empleo. El Señor Loken va allí demasiado a menudo.

Pensar en Anthony Loken le trajo a Jimmy Dugan a la memoria. Estaba segura de que el joven vampiro había muerto por la búsqueda de Loken del secreto de la vida eterna.

El recuerdo de Jimmy Dugan le llenó los ojos de lágrimas. Aunque sabía muy poco de él, era triste pensar que había muerto tan joven.

Resopló y cerró los ojos, los abrió nuevamente, segura de que ya no estaba sola en la alcoba.

— ¿Roshan?

Se materializó junto a la cama, su ropa de color negro se mezclaba con la oscuridad de la habitación. —Pensé que ya estarías dormida.

Negó con la cabeza. —Pensaba en el señor Dugan.

Roshan gruñó suavemente.

—Me temo que Loken tiene otra víctima.

— ¡Oh, no! ¿Quién?

—Un joven a quien conoció esta noche en el *Nocturno*.

Alzó la mirada con los ojos verdes llenos de preocupación.

— ¿No puedes hacer nada?

—Llamé a la policía, aunque no sirvió de mucho. Registraron la casa pero no hallaron nada. Debería haberlo imaginado.

—Al menos lo intentaste. Es todo lo que puedes hacer.

Asintió con la cabeza, sus pensamientos acerca de la suerte del joven desconocido comenzaron a diluirse a medida que la proximidad de Brenna exacerbaba sus sentidos. Ella estaba aquí, en su casa, en su cama, y la deseaba.

Se sentó en el borde de la cama, murmuró su nombre.

Brenna sintió un escalofrío cuando su voz la recorrió. Escuchó la pregunta que él nunca hizo. Se incorporó y lo acercó hacia sí, su beso fue la respuesta tácita a la implícita pregunta de él.

Roshan se echó sutilmente hacia atrás.

— ¿Estás segura?

—No creo haber estado más segura de algo en mi vida.

— ¡Cariño!

La colocó en su regazo, le cubrió la boca con la suya, la aferró tan fuertemente que ella pensó que sus costillas corrían riesgo de romperse, pero luego le estaba devolviendo el beso, el dolor y el placer se entremezclaban, hasta que no había nada más que no fuese su boca en la de ella. Sintió la excitación anudándole el estómago. La expectativa le aceleró el pulso. Sentía su lengua tibia en la garganta, y sus manos suaves al acariciarla.

Cerrando los ojos, se rindió al caudal de sensaciones que despertaba en ella. De alguna manera, sus manos hábiles se ingeniaron para desvestirlos a ambos y, luego, se recostó a su lado en la cama. Si bien no había tenido intención de que esto sucediese nuevamente, sabía en lo más profundo de su corazón, que era tan inevitable como el amanecer.

Colores e imágenes le inundaron la mente, fragmentándose en un arco iris de cristales brillantes cuando su cuerpo se fundió con el de ella. Se arqueó para recibirlo plenamente. Le arañó la espalda. Sintió sus dientes rasguñándole el cuello y ladeó la cabeza ofreciéndole la garganta. Gimió suavemente, sus sentidos abrumados por esa sensación. ¿Cómo algo que debían repugnarle podía producirle una sensación tan maravillosa? En un lugar recóndito de la mente se dio cuenta de que estaba sintiendo lo mismo que él sentía, sus ansias, no sólo por la unión física, sino por la sensación de pertenencia que encontraba en los brazos de ella, y ella en los de él. El placer se apoderó de Brenna hasta que sintió como si se ahogase inmersa en dicha plena, un placer tan intenso que resultaba casi doloroso, y luego, se dejó llevar al límite del éxtasis, hasta alcanzar una consumación distinta a cualquiera que alguna vez hubiese experimentado.

Roshan se dejó caer de espaldas y arrastró a Brenna a su lado, manteniéndola abrazada. No tenía necesidad de preguntarle si se encontraba bien, no cuando lo miraba con los ojos entreabiertos, con la expresión de una mujer que había sido bien y plenamente amada.

— ¿Es así siempre? —preguntó ella.

—No.

— ¿Cómo lo sabes? ¿Has llevado a muchas mujeres a la cama? —Era una pregunta tonta. Había vivido cientos de años. Sin duda había tenido centenares de mujeres.

—No tantas, después de todo —respondió—. Ciertamente ninguna como tú. —Le rozó la mejilla con los nudillos—. Ninguna tan hermosa ni tan tentadora. Ninguna a la que amase.

Sus ojos se agrandaron. — ¿Me amas?

—Más de lo que puedas imaginar.

—No sé qué decir.

—Di que me amas.

—Oh, claro—murmuró fervientemente—. Sí te amo. —Una leve sonrisa jugueteó en sus labios—. Más de lo que tú puedas imaginar.

— ¿Entonces te quedarás conmigo?

— ¿Adónde habría de ir?

—A cualquier parte que desees —respondió seriamente—. Cuando no seas feliz aquí, no tienes más que decirlo. Te compraré una casa, si así lo deseas, en cualquier lugar dónde quieras vivir.

— ¿De verdad?

Él asintió.

—De verdad.

—Es muy generoso de tu parte.

—Es poco a cambio de lo que tú me has dado.

Ella abrió los ojos, sorprendida.

—No te he dado nada.

—Oh, te equivocas, mi dulce Brenna. Me diste esperanza y una razón para seguir viviendo. —Le rozó los labios con un beso—. Me has concedido los obsequios más preciados que le puede dar una mujer a un hombre. Tu inocencia, y tu amor.

Se colocó de lado y lo envolvió con sus brazos.

—Te amo. Tanto, tanto.

La besó suavemente.

— ¿Me puedes aceptar como soy, Brenna? ¿Por completo?

—Sí, deseo compartir tu vida, tanto como pueda.

La estrujó contra sí, con el corazón desbordado, mientras la colmaba de besos en las mejillas, los párpados, la curva de la garganta, la punta de la nariz.

—Prométeme que nunca me dejarás.

—Lo prometo.

Era una promesa difícil, una que él no esperaba que cumpliese, pero, por ahora, era suficiente.

Hicieron el amor de nuevo, más lentamente esta vez, y luego Roshan la llevó a la ducha y la lavó de pies a cabeza. Hubieran evitado el agua fría de no ser porque ella le quitó el jabón de la mano y le devolvió el favor. Las manos enjabonadas recorriéndole el cuerpo le producían una sensación erótica nunca experimentada antes, una sensación que dio los resultados esperados.

Fue el agua fría la que finalmente los empujó fuera de la ducha y se dirigieron a la planta baja. Roshan encendió el fuego de la chimenea, luego hizo que Brenna se sentara en la alfombra y le posó el brazo sobre los hombros.

Ella se recostó contra él, con los ojos somnolientos, y complacida mientras observaba las llamas.

Sin duda la abuela O'Connell se estaría revolcando en su tumba si pudiese ver a su nieta ahora, sentada desnuda en el suelo en brazos de un vampiro, y con su virginidad bien y verdaderamente perdida.

Alzó la vista y miró a Roshan a los ojos.

— ¿Te casarás conmigo? —No era su intención hacer la pregunta pero, una vez hecha, no podía echarse atrás.

— ¿Es eso lo que deseas, Brenna?

—Sólo si tú también lo deseas.

— ¿Y si dijese que no?

Le pareció como si se le detuviese el corazón. Si no deseaba casarse con ella. ¿Entonces qué? ¿Podría quedarse allí, en su casa, como su amante? ¿Sería tan diferente a lo que estaba haciendo ahora? Sabía que lo sería, aunque se rehusaba a admitirlo. Una cosa era sucumbir a una noche de pasión en los brazos de un hombre, y otra muy distinta era tomar conscientemente la decisión de vivir con él sin la bendición del matrimonio, aunque, en esta época y lugar, todos parecían pensar que no había nada de malo en ello.

—Dijiste que me amabas. —Le recordó con voz casi imperceptible.

—Así es.

— ¿Pero, deseas casarte conmigo?

—Nunca pensé en volver a casarme —contestó lentamente—. Nunca pensé que ninguna mujer me querría, o sería capaz de aceptarme por lo que soy ahora. —La miró profundamente a los ojos—. ¿Lo has considerado, Brenna? ¿Estás segura de que es lo que deseas?

—Sólo si tú también lo deseas —respondió ella nuevamente.

—Me honraría tenerte por esposa —dijo tranquilamente—. Te amaré mientras vivas.

Mientras viviese. Las palabras la azotaron como un baldazo de agua fría. Con el tiempo envejecería y se debilitaría. La piel se le arrugaría, encanecería, perdería la audición y la vista. Pero el paso del tiempo no afectaría a Roshan. En veinte años o en cien, sería como era ahora: fuerte, saludable y vigoroso, por siempre un hombre en su plenitud. Roshan observó la lucha de emociones en sus ojos. No tenía que usar sus sentidos preternaturales para saber lo que ella estaba pensando. Un momento después, sus palabras confirmaron su sospecha

— ¿Me seguirás amando cuando ya no sea joven? — Le preguntó buscándole la mirada—. ¿Cómo te sentirás cuando sea vieja y tú no? ¿Cuándo ese momento llegue, me dejarás por otra? ¿Por alguien más joven?

—Nunca te dejaré, Brenna, lo juro. Joven o vieja, te amaré tanto como esta noche.

Era fácil para él decir esas palabras, pensó ella. ¿Cómo se sentiría cuando ya hubiese dejado atrás su juventud? ¿Lamentaría haber renunciado a todo lo que había renunciado para pasar la vida junto a él? ¿Miraría hacia atrás y se arrepentiría de haber abandonado la posibilidad de ser madre? ¿Acaso sus brazos siempre penarían por los hijos y los nietos que nunca tendría?

¿Cuándo fuese una mujer mayor y los fuegos de la juventud y la pasión ya no la quemasen por dentro, se angustiaría por la vida a la que había renunciado, por la posteridad que nunca habría nacido? ¿Lo odiaría por no envejecer? ¿Acaso ese odio destruiría el amor que sentía por él ahora?

No tienes que envejecer, necesariamente. Las seductoras palabras reptaron por su mente. *Sólo tienes que convertirte en lo que él es.* Si se convirtiese en vampiro, permanecería así. Podrían estar juntos por siempre. ¿Pero acaso quería ser un vampiro? ¿Existir solamente de noche, sobrevivir gracias a la sangre ajena?

Anthony Loken le vino a la mente sorpresivamente. Quizás había otra manera…

— ¿Brenna?

—Sí, Roshan DeLongpre, me casaré contigo.

—Escoge la fecha, querida mía.

— ¿Podemos tener una gran boda?

—Tan grande como desees, aunque me temo que habrá pocos invitados.

Ella no lo había considerado. Era insólito, en realidad no había extrañado tener amigos en este lugar, pensó. Y luego sonrió. ¿Para qué necesitaba amigos cuando tenía a Roshan? El colmaba cada uno de sus pensamientos, ya fuese despierta o dormida.

—No necesito invitados siempre y cuando tú estés allí.

—Sólo dime el día y el lugar.

— ¡Oh!— La sonrisa desapareció de su rostro y se mordió el labio inferior.

— ¿Qué sucede? ¿Ya has cambiado de parecer?

—No, pero…lo que sucede es que…me gustaría casarme por iglesia y…Acaso, ¿puedes tú…tú no…?

— ¿Si me desvaneceré en una bocanada de humo? —preguntó con una mueca irónica.

Ella asintió con la cabeza, al tiempo que se sonrojaba.

—En una iglesia estará bien —le aseguró—Encuentra un bonito vestido y una iglesia de tu agrado y déjame todo lo demás a mí.

Recostada en la cama más tarde esa noche, aunque suponía que en realidad era de mañana ya que el cielo se estaba aclarando, Brenna meditó sobre todo lo que había pasado durante la noche. Después de hablar de la boda, habían hecho el amor nuevamente, y luego Roshan la había llevado arriba. Habían tomado una breve ducha y la había llevado a la cama, arropándola como si fuese una niña en lugar de una mujer adulta, susurrándole que la amaba, le dio un beso de buenas noches y abandonó la alcoba.

Brenna se deslizó la yema de los dedos por los labios, recordando la dulzura de su beso, el brillo de sus ojos cuando le dijo que la amaba. Todo parecía, de alguna manera, irreal.

Todo lo que había sucedido desde la noche en que le había visto por primera vez parecía imposible, como si fuese parte de un sueño. ¿Cómo podía estar ella allí en ese lugar, en esa época? Si no fuese por Roshan, habría perecido en la hoguera, habría estado muerta durante los últimos trescientos quince años. Por el contrario, vivía en una casa distinta a cualquiera que hubiese conocido, e iba a casarse con un vampiro. Resultaba extraño. Nada de lo que había creído acerca de los vampiros se aplicaba a Roshan. No era un monstruo sin conciencia que mataba indiscriminadamente. No era una horrible criatura de fétido aliento y cuerpo deforme. Todo lo contrario. Era alto y atractivo, más atractivo que cualquier hombre que hubiese conocido.

Y la amaba.

Esa certeza la llenó de una calidez interior que le hizo resplandecer el corazón y le dibujó una sonrisa en los labios.

La amaba.

Ese fue su último pensamiento antes de que el sueño la dominase, y el primero al despertar siete horas más tarde.

Arrojó a un lado la manta, salió de la cama y fue al baño.

Se cepilló los dientes, se lavó el rostro, y luego se vistió rápidamente con un par de vaqueros, un jersey colorido, y un par de botas.

Bajó y tomó un breve desayuno. Cogió las llaves del coche de Roshan y el dinero que le había dejado, y salió apresuradamente de la casa en dirección al centro comercial. Sería una novia, y una novia necesitaba un vestido.

No tenía idea de que hallar un vestido llevase tanto tiempo, o que fuese tan divertido. Se probó docenas de ellos, sorprendida y complacida por la moda actual. Había percheros y percheros, largos vestidos blancos de satín, seda y tafetán. Algunos eran bastante atrevidos. El escote dejaba al descubierto los brazos y los hombros y parte del nacimiento de los senos que, en su época, habría sido considerado escandaloso. Otros, con modestos escotes y mangas largas, eran tan recatados que incluso hubiesen merecido la aprobación de la abuela O'Connell. Brenna se los probó a todos, largos y cortos, modernos y anticuados, decidiéndose finalmente por uno con el torso labrado en perlas, manga larga, y una angosta falda con una breve cola.

Luego se probó velos. Algunos le llegaban a los hombros, otros le recorrían la espalda hasta el suelo. Venían con gran variedad de tocados, algunos elaborados y otros elegantes en su sencillez. Se decidió por uno que le llegaba a los hombros cuyo tocado consistía en una simple diadema de perlas.

Al mirarse en el espejo, se preguntó qué pensaría Roshan. ¿Hubiera preferido un vestido más revelador? ¿Uno con el escote más pronunciado y una falda más corta?

Brenna miró a la vendedora

— ¿Qué tal estoy?

—Oh, querida, pareces una princesa de cuento de hadas.

Brenna sonrió al mirarse.

—Me lo llevo—dijo, ya que su vida por aquellos días no era otra cosa que un cuento de hadas.

Capítulo 20

Anthony Loken caminó por el laboratorio con el ceño fruncido. Sus experimentos con Roger West habían resultado altamente desalentadores. Hacer que el muchacho ingiriese la sangre del vampiro no había arrojado resultados mucho más exitosos que el habérsela inyectado directamente en las venas. Finalmente, West había sufrido una muerte atroz. Su cuerpo había rechazado violentamente la sangre del vampiro y había temblado lentamente hasta que, al final, se veía como una manzana disecada.

Loken había arrojado lo que quedaba del cuerpo de West a la chimenea. El hedor había resultado de lo más desagradable.

Llenó varios frascos limpios con la sangre del vampiro y los colocó en un panel, el cual luego colocó en el frigorífico, junto con el resto de la sangre del vampiro.

La mesa de operaciones se encontraba limpia.

La sangre estaba lista.

Todo lo que ahora necesitaba era un nuevo conejillo de indias.

Capítulo 21

renna caminó de un lado a otro frente a la chimenea, se sentó y permaneció mirando las imágenes en la pantalla del televisor, y luego volvió a ponerse de pie y a caminar.

¿Dónde se encontraba Roshan? Estaba deseosa de verlo, deseosa de compartir su día con él. ¿Por qué esta noche, entre todas las noches, habría él de llegar tan tarde?

Percibiendo su aprensión, Morgana maulló fuertemente desde su lugar en el sofá.

—Pronto estará aquí —le dijo Brenna a la gata— ¡Probablemente salió para…ya sabes! Beber o comer, o como sea que lo llame.

—Así es.

Envuelta por el reconfortante sonido de su voz, corrió a los brazos de Roshan.

—Me echabas de menos, ¿no es así? —le preguntó mientras ella lo cubría de besos.

—Quizás un poco —le confesó.

Arqueó una ceja negra. — ¿Sólo un poco?

—De acuerdo, más que sólo un poco.

Asiéndole la mano, lo condujo hasta el sofá. Se sentó y lo atrajo hacia ella.

— ¿Dónde has estado?

—Justamente donde piensas. Es difícil encontrar víctimas temprano al anochecer. Es mucho más fácil cazar entrada la noche.

— ¿Entonces por qué no aguardaste hasta más tarde?

—Porque no confío en estar cerca de ti cuando no me he alimentado —contestó con franqueza.

—Oh.

—Bien, cuéntame sobre tu día.

— ¡Fue maravilloso!

Él sonrió, encantado por su exuberancia y la manera en que sus ojos brillaban por el entusiasmo

— ¿Sí? ¿Qué hiciste que hace que los ojos te brillen de esa manera?

—Fui de compras, por supuesto. ¡Oh, Roshan, compré el vestido más hermoso que puedas imaginar! ¡Espera a verlo! Y zapatos. Y un velo. Y ropa interior —agregó con un tinte rosado en las mejillas—. Esas prendas tan pequeñas, apenas unos retazos de encaje unidos por una costura.

—Si hace que te sonrojes, casi no puedo esperar a verlo.

—No hay mucho que ver —admitirlo hizo que se sonrojara aún más.

El rio suavemente

— ¿También hallaste una iglesia?

—Aún no.

—Podemos buscarla esta noche, si así lo deseas.

— ¿No estarán cerradas a esta hora de la noche?

Él arqueó una oscura ceja.

Brenna sonrió arrepentida. Por supuesto. Él era un vampiro. Las puertas cerradas significaban muy poco para él.

— ¿Has comido? —preguntó él.

—Sí.

— ¿Vamos entonces?

Ella había pensado que irían en coche, pero él le aseguró que conocía un medio de transporte más rápido. Rodeándole los hombros con el brazo, la trasportó a una de las iglesias de la ciudad. Al no agradarle a Brenna, la llevó a otra y luego a otra más.

A pesar de las aseveraciones de Roshan de que no se encendería en llamas, ella lo observaba cuidadosamente cada vez que cruzaban el umbral. Le habían dicho que los vampiros no podían entrar a las iglesias, que las cruces los repelían. Más falsedades, pensó.

— ¿Pero qué hay del agua bendita? —le preguntó ella mientras caminaban por la nave central de una hermosa iglesia católica.

—El agua bendita quema, si me permites la expresión, como el mismísimo demonio, y me deja indefenso durante un momento.

Ella rio, a pesar de no ser su intención. Le parecía mal reírse en ese lugar. Incluso la imagen de la Virgen María parecía estar frunciendo el ceño en señal de desaprobación cuando el sonido hizo un eco extraño en las paredes y en el techo abovedado.

— ¿Entonces?—preguntó él.

—Es hermosa pero fría.

Unos instantes más tarde, la había transportado a una pequeña capilla lejos de la ciudad.

Brenna quedó encantada de inmediato. El altar y los bancos eran de roble tallado.

La luz de la luna brillaba a través de las vidrieras que se encontraban sobre el altar. La alfombra era de color azul profundo. Pero fue la sensación de paz lo que más la atrajo.

—Tenía la impresión de que te agradaría ésta —comentó Roshan.

— ¿Entonces por qué fue la última?

—Porque sabía que no estarías contenta hasta que las hubiéramos visto todas.

— ¡Oh, te crees tan inteligente!

Cogiéndola entre sus brazos, la abrazó.

—No, pero creo que te conozco bastante bien.

Ella levantó la vista para mirarlo a los ojos. El deseo se encendió entre ellos y sólo el hecho de que se hallaban en la iglesia impidió que le hiciese el amor allí en ese instante.

Salieron de la capilla y caminaron de la mano a la luz de la luna. Era un lugar agradable. La iglesia estaba rodeada por altos y frondosos árboles que se veían casi fantasmagóricos a la luz de la luna llena. El aire estaba colmado con la fragancia de las hojas perennes y la tierra húmeda. Los pájaros nocturnos se llamaban los unos a los otros, y sus trinos se mezclaban con el chirrido de los grillos, y el croar de una rana, creando una sinfonía de media noche.

— ¿Dónde hallaremos un sacerdote que nos case? — preguntó Brenna mientras avanzaban entre los árboles por un angosto sendero.

—Conozco a alguien —respondió Roshan.

— ¿Un vampiro? —adivinó Brenna.

—Sí, era sacerdote antes de que lo convirtiesen. No estoy seguro si el matrimonio será legal a los ojos del estado.

—Es más importante que estemos casados a los ojos del Señor —respondió Brenna, y luego frunció el ceño—. Pensé que habías dicho que no tenías amigos entre los vampiros.

—No estoy seguro de que el Padre Lanzoni entre dentro de la categoría de amigo. No lo he visto en los últimos treinta o cuarenta años.

—Quizás no desee llevar a cabo la ceremonia.

—No hay de qué preocuparse —dijo Roshan apretándole la mano—. Sólo dime el día —le sonrió— ¿O debo decir la noche?

— ¿Mañana por la noche sería demasiado pronto?

—No lo creo. Llamaré al Padre Lanzoni cuando lleguemos a casa.

El corazón de Brenna se colmó de emoción. Mañana por la noche sería la esposa de Roshan. La señora DeLongpre

— ¡Oh! ¿No necesitaremos a alguien que atestigüe nuestro casamiento?

Roshan gruñó suavemente.

—Supongo que sí.

—No tengo amigos en la ciudad salvo por Myra de la librería. ¿Estaría bien que se lo pidiese a ella?

—Seguro, si eso es lo que quieres.

— ¿Quién será tu testigo? —preguntó Brenna.

—Es una buena pregunta. Quizás el Padre Lanzoni sepa de alguien.

—La señora Brenna DeLongpre —murmuró ella—. ¿Suena bien, no es así?

—Suena perfecto —contestó él, acercándola a sus brazos. Como siempre, ella se acurrucó contra él, levantando el rostro para besarlo, con los ojos brillantes de amor y felicidad. El la miró durante un momento, pensando en la suerte de haberla encontrado. ¿Había sido la mano del destino la que lo había hecho elegir el libro Historia Antigua y mitos, realidad o ficción de la biblioteca, la noche en que había estado pensando en destruirse? ¿Era posible que él y Brenna estuviesen predestinados a estar juntos? ¿Lo había maldecido Zerena con el Oscuro Truco para que pudiese volver en el tiempo y salvar a Brenna de las llamas?

Movió la cabeza, divertido por el flujo de pensamientos.

— ¿Por qué sonríes? —preguntó Brenna.

—Estaba pensando en nosotros —dijo.

—Eso también siempre me hace sonreír.

Él rio quedamente y le masajeó suavemente los hombros, luego, incapaz de contenerse más, inclinó la cabeza y la besó.

Dulce, pensó, más dulce que el vino de los dioses. Más dulce que el casi olvidado sabor de la jalea de ciruelas de su madre. Recorrió el labio inferior de Brenna con la lengua, saboreando el gusto, la suavidad, antes de hundirse en la dulzura interior. El deseo se encendió entre ellos y él le cogió las nalgas con las manos, estrujando su cuerpo contra el de él.

Ella gimió suavemente, presionándole la lengua con la suya. Le recorrió el pecho con las manos, los brazos, deleitándose con su fuerza, maravillándose por el hecho de que un hombre tan fuerte y poderoso como Roshan pudiese ser tan tierno, tan, tan, tierno. Su fuerza la excitaba, la hacía sentirse pequeña e indefensa, pero de una manera buena, porque ambos sabían que no era indefensa.

Con un suspiro de pena, Roshan la alejó.

Brenna emitió un suave sonido de protesta en lo profundo de su garganta.

— ¿Por qué te detuviste?

Él se encogió de hombros tímidamente.

—No lo sé. Es sólo que no me parece bien poseerte la noche anterior a nuestra boda.

Ella esbozó una mueca

— ¿Pero estaba bien anoche?

—De hecho, sí, pero no me preguntes la razón.

Ella le sonrió. —No tenía idea de que fueses tan caballero —le dijo mientras unía sus brazos a los de él—. Me pregunto qué más descubriré sobre ti en las noches venideras.

—No puedo imaginarlo—murmuró.

Al caminar de regreso a la iglesia, no pudo evitar pensar que el matrimonio con Brenna Flanagan iba a ser muy divertido, algo que había estado penosamente ausente en su vida los últimos doscientos ochenta y seis años.

✢ ✢ ✢

A la mañana siguiente, Brenna llegó a la librería poco después de que abriese.

Myra la recibió cálidamente.

—Llegas temprano hoy. —Inclinó la cabeza hacia un lado—. Parece como si te hubieras tragado un trozo de sol. Dime, ¿qué ha puesto ese brillo en tus ojos?

—Vine a pedirte un favor.

—Bien, siempre y cuando no sea ilegal, considéralo hecho.

Brenna se mordió el labio. Roshan había dicho que el matrimonio no sería reconocido por el estado.

— ¿No planeas un asalto a un banco ni nada por el estilo, no es así? —preguntó Myra.

—No, contraeré matrimonio.

—Bueno, no me sorprende entonces que sonrías como el gato de Cheshire. ¡Felicidades! ¿Quién es el afortunado?

—Se llama Roshan. No conozco a nadie en la ciudad y yo… bien, necesito a alguien que oficie de testigo, y me preguntaba, si no estás ocupada, si tú podrías…

Myra cogió las manos de Brenna entre las suyas.

—Querida, me encantaría.

—Oh, gracias.

—Entonces ¿cuándo es la feliz ocasión?

—Esta noche a las nueve. —Había encontrado una nota de Roshan sobre la mesilla de noche esa mañana. En ella, le contaba que había hablado con el Padre Lanzoni y el sacerdote había accedido a casarlos esa noche.

— ¡Esta noche! —exclamó Myra.

Brenna asintió con la cabeza

—Sé que parece bastante repentino pero… —Se sintió sonrojar—. No deseábamos esperar más. Sé que debería haberte avisado con mayor antelación, pero…—Se encogió de hombros—. Ni Roshan ni yo tenemos familia y…

—Entiendo—dijo Myra, apoyando su mano en el hombro de Brenna—, el amor joven y todo eso, pero querida, ¡casi no me da tiempo a encontrar un vestido, mucho menos zapatos! Serafina—llamó— reemplázame. ¿Sí? Voy de compras.

Después de indicarle a Myra cómo llegar a la iglesia y de despedirse, Brenna regresó a la casa. Demasiado entusiasmada para quedarse sentada, limpió el polvo de los muebles, aspiró las alfombras, lavó una importante cantidad de ropa, colocó la vajilla en el lavavajillas, y aún le quedaba esperar horas hasta que se pusiese el sol.

Finalmente, se sentó en el sofá y encendió la televisión, esperando hallar una película que la distrajera. Cambió de canal y escogió una película que ya había visto. Ahora sabía el nombre, *Lady halcón*. Había algo cautivador en la historia de un galante caballero y una mujer a quienes un malvado sacerdote les había echado una maldición.

Unos instantes más tarde, Morgana saltó sobre el sofá, reclamando atención.

Brenna le sonrió a la gata mientras ésta se rascaba las orejas.

— ¿Sabes que me casaré esta noche? —murmuró—. Imagínate. Seré la señora de Roshan DeLongpre.

La mera idea hizo que el corazón le diera un vuelco. Por supuesto, implicaría algunos cambios en su estilo de vida. Tendría que acostumbrar sus hábitos de sueño a los de él para que pudiesen estar juntos tanto como fuese posible; después de un tiempo, se cansaría de comer sola, pero quizás él podría sentarse con ella por la noche de vez en cuando. Pero esos eran asuntos triviales. Pronto, pensó alegremente, pronto sería su esposa.

Roshan despertó cuando el sol estaba poniéndose. Su primera respiración le trajo el aroma de Brenna. Lo primero que pensó fue que antes de irse a dormir nuevamente, ella sería suya, aunque en su mente, ella ya le pertenecía de todas las maneras que importaban. Las leyes de los mortales ya no tenían ningún efecto en él, pero el matrimonio era importante para Brenna, y eso hacía que también fuese importante para él.

Se levantó y dejó el refugio, ansioso por ver a su futura esposa. La encontró en la cocina, se hallaba de pie junto al fuego, revolviendo algo en un recipiente. Arrugó la nariz al oler el maíz y el pollo dorándose.

Se le acercó silenciosamente hasta quedar detrás de ella.

—Buenas noches, mi amor —murmuró acariciándole la nuca con la nariz.

Ella se apretó contra él, girando la cabeza para besarlo.

— ¿No has cambiado de parecer? —le preguntó él.

—Nunca.

La cogió entre sus brazos para así poder besarla plenamente, con los sentidos colmados por su cercanía. Esta noche sería suya, por siempre suya. Desde esta noche compartiría su vida con la mujer a la que amaba. Era un pensamiento embriagador, el cumplimiento de un deseo que nunca había reconocido, un sueño que nunca había esperado que se volviese realidad.

Renuente, la liberó.

—Regresaré pronto —le prometió.

Ella asintió con la cabeza. No necesitaba preguntar a dónde se dirigía. Lo conocía lo suficiente como para distinguir cuándo se había alimentado y cuándo no.

La besó nuevamente, con rapidez, y partió.

Anthony Loken se encontraba de pie sobre los restos de su última víctima. Al igual que las otras cuatro, ésta ya no parecía algo ni remotamente humano. Con los puños fuertemente cerrados a los lados, Loken observó lo que había sido un joven saludable sólo hacía breve tiempo.

¡Maldición! Lleno de un creciente sentimiento de derrota, Loken caminaba de un lado a otro del laboratorio. Había intentado introducir la sangre del vampiro en el cuerpo humano de todas las maneras posibles que se le ocurrieron. Ninguna había resultado exitosa. Siempre, los sujetos habían temblado y muerto, a veces en cuestión de minutos, a veces en cuestión de horas. ¿Cómo sobrevivían los vampiros cuando su sangre parecía ser tóxica? Había probado mezclar la sangre del vampiro con la sangre de sus sujetos de prueba, había probado diluyéndola en una variedad de líquidos, pero todo había sido en vano. Había experimentado con la temperatura, calentando y luego enfriando la sangre. Los resultados habían sido los mismos. Los sujetos habían temblado y luego fallecido, la mayoría de ellos gritando a merced de una agonía que sólo podía imaginar. Había incrementado la cantidad de glóbulos blancos. Había reducido la cantidad de glóbulos blancos. Había mezclado la sangre con agua bendita, pensando que quizás contrarrestaría los efectos mortíferos de la sangre del vampiro. Había experimentado agregándole una pequeña cantidad de sal. Sin importar lo que intentase, los resultados eran siempre los mismos.

Aplastó el puño contra la pared, un quejido de frustración e ira emergió de su garganta. No sería derrotado. Golpeó nuevamente la pared y luego se detuvo abruptamente, sin tener en cuenta la sangre que le manaba de los nudillos. Frunciendo el ceño, observó los frascos vacíos sobre el aparador. Quizás el problema residía en la sangre del vampiro. O quizás había estado utilizando los sujetos equivocados…

¡Por supuesto! Él no era un mero mortal. Era un hechicero de un poder casi sin igual. Su error yacía en haber experimentado con insignificantes humanos cuando lo que necesitaba era una bruja.

Lamió la sangre de los nudillos, apagó las luces y se retiró del laboratorio. Myra sabría dónde podría hallar una bruja. Ella, de hecho, habría sido su primera opción si no fuese porque sus poderes lo superaban.

Sí, pensó con renovada confianza. Todo lo que necesitaba era una bruja y el secreto de la vida eterna y la buena salud le pertenecerían.

Pero antes de salir a cazar una bruja, necesitaba un vampiro. Y un suministro de sangre fresca.

Capítulo 22

Roshan fue en busca de una presa al *Nocturno,* ya que allí le resultaba rápido y fácil. Había pocas personas en el club tan temprano. Eso convertía la cacería en algo más peligroso, aunque siempre era arriesgado cazar cuando la presa no se encontraba sola, mucho más a esa hora de la noche. Era mejor buscar presas más tarde cuando los mortales resultaban más susceptibles a las fuerzas preternaturales. Pero no tenía alternativa esa noche. Debería estar en plenitud de sus facultades cuando se hallase de pie frente al altar con Brenna a su lado. No quería que quedase rastro en sus ojos de su demoníaca sed, ningún indicio de que estuviese pensando en otra cosa que no fuese su futura esposa.

Inesperadamente le vino a la mente el recuerdo de cuando había desposado a Atiyana, cuan jóvenes eran entonces, inocentes, entusiasmados y un tanto temerosos. Nunca había intimado antes con una mujer. Ella era virgen, casta e inexperta. Juntos habían aprendido las delicias del amor, habían descubierto los placeres de la cama marital, habían aguardado con corazones regocijados el nacimiento de su primer hijo… Su dulce Atiyana, todos estos años en el paraíso. ¿Qué pensaría de él si lo pudiese ver ahora?

Un movimiento en la esquina opuesta le llamó la atención. Al mirar a los lados, Roshan vio a Anthony Loken. Se encontraba bailando con una bella joven que llevaba puestos un par de ceñidos pantalones de cuero negro y un corto bolero del mismo color. Tenía los ojos delineados en negro, llevaba lápiz de labios negro. El cabello rubio platino que le llegaba hasta la cintura, se destacaba como una brillante almenara en un mar de cabelleras negras.

Loken echó la cabeza hacia atrás, riendo de algo que ella decía.

Roshan se acercó a la barra y le preguntó a la primera joven soltera que encontró si deseaba bailar con él. La condujo a la pista de baile y la cogió entre sus brazos, cuidándose de darle la espalda a Loken, capturó la mirada de la joven con la suya. Una vez que la mujer estuvo sumisa en sus brazos, inclinó la cabeza, a punto de beber, cuando oyó la voz de la rubia que bailaba con Loken.

— ¿Por qué buscas un vampiro? —le preguntó con voz deliberadamente gutural.

—Me fascinan las criaturas de la noche —contestó Loken—. Su estilo de vida, su longevidad, su habilidad para curarse a sí mismos de todas las heridas excepto de la irremediablemente fatal. Espero hallar a un vampiro que me inicie.

— ¿Entonces vas en busca del Oscuro Truco?

El asintió.

— ¿Sabes de alguien que me lo pueda conceder?

—Quizás.

— ¿Acaso tu? —preguntó Loken.

—No, pero se rumorea que un vampiro real viene aquí de vez en cuando.

Roshan se congeló, olvidando por un momento a la joven que tenía entre los brazos.

— ¿Viene aquí a menudo? —No se podía negar la excitación en la voz de Loken— ¿Piensas que vendrá esta noche?

—No lo sé. ¿Cuánto vale para ti si puedo averiguar quién es?

—Querida, si logras hacerlo, puedes poner tú el precio.

Roshan maldijo por lo bajo. ¿Acaso lo habían visto alimentándose? ¿O la rubia simplemente le decía a Loken lo que deseaba oír? ¡Maldición!

Liberó a la joven de su poder y la condujo de vuelta a la barra, luego se fue del club mientras su furia se acrecentaba junto con el hambre. ¡Maldito Loken! El hombre apareció en el peor momento.

Sacudió la cabeza. Siempre había sido cuidadoso al cazar en el *Nocturno*. Sin embargo, tendría que hallar otro coto de caza.

Con velocidad preternatural, se dirigió al extremo más alejado de la ciudad. Casi no tenía tiempo que perder. Brenna lo estaba esperando.

Eran casi las ocho en punto cuando regresó a casa. Se dirigió rápidamente a su refugio para buscar una muda de ropa, y luego se encaminó a la ducha. Notó, al pasar, que la puerta de la habitación se encontraba cerrada. Pudo oír a Brenna canturreando adentro, sintió cómo se encendía de deseo al imaginarla deslizándose dentro de la ropa interior de encaje de la cual le había hablado.

Veinte minutos después golpeó suavemente a la puerta de la alcoba

— ¿Brenna, estas lista?

La puerta se abrió y ella se encontraba allí de pie, como una visión de satín blanco, su cabello rojo era como una sedosa nube de fuego bajo el velo.

Levantó la vista para mirarlo con una sonrisa mientras aguardaba su reacción.

—Ah, mi amor —murmuró él—, estás preciosa.

—Gracias.

Brenna paseó la mirada por el hombre que pronto sería su marido. Estaba resplandeciente en su esmoquin negro, tan apuesto que casi le quitaba la respiración. Aun si ella no hubiese sabido que era un vampiro, habría notado que no era mortal. Ningún hombre común podría desprender tal poder, tal fuerza interior. Era una poderosa combinación.

Con cuidado de no desordenar el cabello ni el velo, Roshan la cogió entre sus brazos y la besó suavemente en la mejilla.

—Ven —dijo sonriéndole—. No queremos llegar tarde.

La luz de la luna bañaba la pequeña capilla que se hallaba en el bosque, otorgándole un aura sobrenatural. Las luces brillaban a través de las vidrieras, proyectando haces de los colores del arco iris sobre el suelo. Roshan se detuvo en la entrada, analizando las sombras de los alrededores y el interior del edificio con sus poderes preternaturales, antes de abrir la puerta y seguir a Brenna.

El Padre Giovanni Lanzoni se hallaba de pie a un lado del altar. El sacerdote era de estatura mediana, tenía el cabello negro ondulado con algunas canas plateadas en las sienes y los ojos color café.

Un hombre esbelto de cabello oscuro se encontraba de pie junto al sacerdote. Roshan supo de inmediato que se trataba de un vampiro.

En el primer banco había una mujer que llevaba un vestido púrpura y largos guantes blancos. No era uno de los No Muertos, pero de ella emanaba poder sobrenatural. Una bruja, pensó, y se preguntó si Brenna lo sabría. La mujer se puso de pie cuando ella se acercó.

— ¡Querida, estás adorable!

Brenna sonrió.

—Gracias Myra. Él es Roshan DeLongpre. Roshan, ella es Myra Kavanaugh. Es la dueña de la librería de la que te hablé.

Myra le ofreció la mano a Roshan.

—Es un placer conocerlo.

—Lo mismo digo —respondió Roshan. Después de soltarle la mano se dirigió al sacerdote—.Buenas noches, Padre.

El sacerdote le sonrió.

—Ha pasado mucho tiempo.

—Demasiado. Gracias por venir con tan breve aviso.

—Como si fuese a perderme una ocasión como ésta — dijo el Padre Lanzoni con una abierta sonrisa—. Roshan, él es Vicenzio Fonti. Él será tu padrino de boda.

Roshan estrechó la mano de Fonti. El poder fluyó entre ellos. Roshan supo, sin saber cómo, que Fonti era uno de los Antiguos.

—Gracias por venir—dijo.

—Me alegra hacerlo —respondió Fonti.

El Padre Lanzoni miró a Roshan y luego a Brenna.

— ¿Esperamos a alguien más?

—No. —Roshan cogió la mano de Brenna y la estrechó apenas

— ¿Lista?

Brenna asintió con la cabeza. Repentinamente parecía irreal que estuviese allí, en una iglesia, a punto de casarse con un vampiro con la bendición de un sacerdote también vampiro. Le echó un vistazo a Myra, quien observaba a Roshan y luego a Vicenzio Fonti, quien a su vez observaba a Myra. Brenna apretó la mano que tenía libre, preguntándose si Myra sospechaba algo. ¿Pensaría que era extraño que la ceremonia se llevase a cabo tan tarde y que no estuviese presente la familia de Roshan ni la de ella? Brenna sabía poco acerca de las bodas de hoy en día. En su villa, un matrimonio era motivo de celebración, y estaban presentes desde el patriarca más antiguo hasta el recién nacido.

El Padre Lanzoni ocupó su lugar frente al altar y Roshan y Brenna se colocaron frente a él. Myra permaneció de pie a la izquierda de Brenna, Fonti a la derecha de Roshan.

—Hijos míos —comenzó el Padre Lanzoni—, estamos aquí reunidos esta noche para unir a Brenna Flanagan y a Roshan DeLongpre en santo matrimonio; una institución ordenada por Dios para la bendición de sus hijos. No hay secreto para un matrimonio feliz —dijo trasladando la vista de Brenna a Roshan—, sólo tenéis que colocar al ser amado en primer lugar, antes que a vosotros mismos, tratad a vuestro esposo como a vosotros mismos, y recordad cuánto os amáis este día y cada uno de los días venideros mientras Dios os otorgue vida.

—Diré las palabras que os unirán, pero el verdadero matrimonio entre vosotros debe llevarse a cabo en vuestros corazones.

— ¿Brenna, prometes amar y cuidar de Roshan, aquí presente, por el resto de tu vida?

Brenna observó a Roshan con los ojos iluminados de amor.

—Sí, lo prometo.

— ¿Roshan, prometes amar y cuidar de Brenna, aquí presente, por el resto de vuestras vidas?

La miró profundamente a los ojos.

—Sí, lo prometo.

—Entonces, por el poder que se me confiere, os declaro marido y mujer. Puedes besar a la novia.

Con gran ternura, Roshan cogió a Brenna en sus brazos. En ese momento se percató de cuan frágil era ella. Como mortal, fácilmente podía caer presa de una enfermedad; en pocos años, la vejez y luego la muerte vendrían para arrebatársela.

—Te amaré a ti y a ninguna otra mientras vivas —murmuró sólo para sus oídos, y luego se inclinó para darle el primer beso como su marido.

El calor creció dentro de ellos, no el calor de la pasión, sino el de un corazón dirigiéndose a otro al sellar sus votos con un ferviente beso.

—Bien hecho —dijo el Padre Lanzoni con una sonrisa—. Bien hecho.

Roshan besó a Brenna una vez más, luego, asiéndole la mano como si nunca la fuese a liberar, giró hacia el Padre.

—Gracias Padre.

—Fue un placer, hijo.

Fonti le estrechó la mano a Roshan.

—Felicidades —dijo solemnemente—, mis mejores deseos para ambos.

—Gracias.

Fonti le sonrió a Brenna.

—Le deseo todo lo mejor, señora DeLongpre.

—Gracias por venir.

—Una ceremonia adorable, adorable —dijo Myra, adelantándose para abrazar a Brenna.

—Gracias, y te agradezco mucho que hayas venido.

—Oh, no me lo habría perdido por nada —le aseguró Myra. Especulativamente, miró a Vicenzio Fonti y luego a Roshan—. No, de hecho, no me lo habría perdido por nada en el mundo. Hice planes para celebrar una pequeña recepción en mi tienda —dijo sonriéndole a Brenna—. Nada suntuoso, sólo un pequeño pastel y un poco de champaña. Y no hay ninguna obligación, por supuesto, si ya teníais otros planes.

—No estoy segura de lo que desee hacer Roshan —respondió Brenna, alzando la vista para mirarlo.

—Lo que tú decidas está bien para mí—miró al Padre Lanzoni y a Fonti.

—Me temo que no puedo quedarme —dijo el Padre Lanzoni.

—Ni yo —agregó Vicenzio.

—Me apena oír eso —dijo Myra, con verdadero pesar en el tono de voz—. ¿Pero vosotros vendréis, no es así? —dijo mirando a Brenna y a Roshan.

—Por supuesto —dijo Roshan—, si eso es lo que Brenna desea.

—Quizás sólo un momento —dijo Brenna.

—Queda arreglado entonces dijo Myra, resplandeciente—. Iré a abrir la tienda y os esperaré allí. —Apretó la mano de Brenna y salió rápidamente de la iglesia.

—Hay algo en ella —dijo Fonti—. No es una de nosotros, pero tiene poderes ¿Podría ser una bruja?

— ¡Una bruja! —Exclamó Brenna—. ¿Lo crees?

Fonti asintió.

—Su aura es similar a la tuya, aunque no tan poderosa.

Brenna frunció el ceño. ¿Myra era una bruja? De ser así, ¿por qué nunca se lo había mencionado?

Y luego, percatándose de lo que Fonti había dicho, lo miró de soslayo.

¿Piensa que mis poderes son superiores a los de ella?

Fonti asintió nuevamente, luego miró a Roshan, con un brillo travieso en los ojos.

—Ten cuidado con ella.

Roshan rio suavemente.

—Ya he sentido su poder en más de una oportunidad.

Tras despedirse, Roshan y Brenna se fueron de la iglesia. La excitación recorrió a Brenna al pensar en lo que le esperaba. Pasarían un breve momento con Myra y luego irían a casa. Casi no podía esperar a estar nuevamente en los brazos de Roshan. No sería como la última vez, pensó, aunque había sido maravilloso. Esta vez, sería su esposa, con todo el derecho de estar en su cama, en sus brazos.

—Esposa —murmuró— ¡Qué adorable palabra!

Myra los esperaba en la entrada cuando llegaron a la tienda.

—Entrad —dijo haciéndose a un lado—.Espero que no os moleste, pero algunas de las jóvenes que trabajan para mí estaban cerrando cuando llegué. Se quedaron para felicitaros.

Brenna miró a Roshan.

—No, no me molesta

Myra cerró con cerrojo y dio vuelta el letrero de la puerta para que leyera   «Cerrado», luego los condujo a través de la librería hasta la cafetería. Varias mujeres, de las cuales Brenna no reconoció a ninguna, hablaban en voz baja cuando entraron. . Había un pequeño pastel de bodas y dos botellas de champaña en una mesa cubierta con un mantel. Todas las mujeres dejaron de hablar cuando Brenna y Roshan entraron a la sala detrás de Myra.

—Bien, aquí estamos. Damas, permitidme presentaros a Roshan y Brenna DeLongpre.

Brenna se sintió incómoda con los saludos y buenos deseos. Algo andaba mal, miró a Roshan preguntándose si él también lo percibía.

Se escuchó un ruido fuerte cuando Myra destapó una botella de champaña. Llenó varias copas de cristal y las distribuyó. Las que entregó a Brenna y a Roshan tenían bellos lazos color rosa delicadamente anudados en el pie de la copa.

Un brindis por la novia y el novio —dijo Myra— que todos vuestros deseos se hagan realidad.

Brenna dudó pero luego, al ver que los demás bebían, también dio un sorbo a su champaña. Las burbujas le hicieron cosquillas en la nariz. Notó que Roshan no bebía de su copa, pero no le llamó la atención. Lo que era extraño fue que nadie le preguntara por qué no bebía.

Después del brindis, Myra cortó el pastel y lo repartió. Roshan se negó con una sonrisa, diciéndole a Myra que era alérgico a la harina blanca.

Brenna lo miró sintiéndose repentinamente mareada. Pestañeó intentando aclarar la visión de su rostro. De pronto, las luces le parecieron más brillantes y las voces a su alrededor, más estridentes.

Intentó aferrarse a Roshan, quien parecía empequeñecerse cada vez más y luego, sin más todo se volvió negro.

— ¡Oh, Dios! —Exclamó Myra apoyándose una mano en el pecho—. Creo que se ha desmayado. Pobrecilla —agregó condescendientemente—. Quizás demasiada emoción para una sola noche

Roshan observó a Brenna. Su rostro estaba pálido, su piel extremadamente caliente. El pulso le latía rápidamente. Detectó un débil y extraño aroma dulce en su aliento. ¿La habían drogado?

Antes de que pudiese sondear a Myra, percibió una vibración en el aire, una estela de poder sobrenatural. Se dio cuenta demasiado tarde de que alguien se había acercado por detrás. Una sensación abrasadora lo dominó cuando alguien le sujetó y le ciñó el cuello con una gruesa cadena de plata. El dolor lo dominó y se tambaleó hacia atrás.

Myra se abalanzó y cogió a Brenna de los brazos de Roshan.

Liberado del peso de Brenna, y antes de que pudiese darse vuelta para ver quién era, le inmovilizaron los brazos contra el torso con otra cadena. Con un débil gruñido de furia, giró y se encontró cara a cara con Anthony Loken.

El hechicero le exhibió los dientes en una fiera sonrisa mientras derramaba una pequeña cubeta con agua bendita sobre el rostro de Roshan. Al penetrarle la ropa, las gotas chisporrotearon al caer sobre su piel provocándole enorme llagas rojas.

— ¡Lo tengo! —alardeó Loken, y junto con una de las jóvenes, le enrolló varias vueltas más con la gruesa cadena de plata alrededor del cuerpo y de las piernas.

Ciego, sin poder mantenerse de pie, Roshan cayó pesadamente al piso con el nombre de Brenna en los labios.

Capítulo 23

Anthony Loken miró a Myra con una sonrisa victoriosa.

— ¡Lo tengo!

—Y a ella también —dijo Myra con un cierto dejo de remordimiento en la voz— Espero que no tengas que matarla, Tony. Le he tomado afecto

— ¿Cómo supiste que era una bruja? —Le preguntó— Estuve con ella varias veces y nunca lo advertí—. Nunca había sospechado que DeLongpre fuese un verdadero vampiro, pero no vio la necesidad de dejárselo saber a Myra. Le fastidiaba que la magia de la bruja fuese superior, aunque su habilidad en las Oscuras Artes se acrecentaba rápidamente.

Igualmente irritante le resultaba el hecho de que ella fuese la líder del aquelarre. Pero todo cambiaría cuando hubiese logrado su objetivo. Tendría poderes muy superiores a los de ella.

—Los dos ocultan muy bien lo que son —dijo Myra echándole una mirada al vampiro—. Soy más antigua y más fuerte en el oficio que tú. Por eso, ten cuidado con el vampiro —le advirtió tajantemente—. No le des la espalda. No estoy segura de lo que es capaz.

—No te preocupes.

— ¿En realidad crees que puedes hallar el elixir mágico que nos permita vivir eternamente?

—Estoy seguro. Lleva a la joven a mi coche ¿quieres? Serafina, ve a abrir el maletero.

Myra se detuvo en la entrada, miró hacia ambos lados de la calle antes de cargar el cuerpo de Brenna hasta el coche de Loken y depositarlo en el asiento delantero.

Serafina abrió el maletero y Anthony arrojó en su interior a Roshan, de manera poco amable. Se quedó observándolo durante un momento y notó las desagradables llagas rojas en el rostro y en las manos del vampiro, las laceraciones de color rojo brillante donde la cadena de plata lo ceñía. Mientras estuviese maniatado con cadenas de plata y adormilado con agua bendita, el vampiro sería tan débil e indefenso como un recién nacido. Como Superman expuesto a la kriptonita.

Anthony sonrió por la comparación y cerró el maletero

—Llámame si me necesitas —dijo Myra.

Loken asintió con la cabeza.

— ¿Los llevas al laboratorio?

—Sólo a él.

—Cerciórate de fortalecer las protecciones y cubrir los picaportes con plata, por si acaso.

—Sé lo que tengo que hacer—le contestó un tanto malhumorado.

Ella sonrió apaciguadoramente.

—Por supuesto que lo sabes. ¿Adónde llevas a la joven?

—A mi casa. No me parece conveniente que estén juntos.

—Quizás tienes razón. Ni bien descubras algo ¿me lo harás saber?

Anthony asintió con la cabeza, abrió la puerta del coche y se deslizó detrás del volante. Introdujo la llave en el encendido, colocó el cambio y pisó fuerte el acelerador. Mientras se alejaba, echó una mirada por el espejo retrovisor.

De no haber sido por Myra, no habría logrado capturar tan fácilmente a la bruja ni al vampiro, pensó resentido, y por eso, lo pagaría caro una vez que el elixir fuese suyo.

Lentamente Roshan volvió en sí, consciente de que todavía no había salido el sol. Sintió el cuerpo pesado. Cada nervio y cada célula se le estremecieron de dolor. Tenía los ojos hinchados y le costó abrirlos.

Reconoció el laboratorio de inmediato, hizo una mueca al darse cuenta de que estaba amarrado a la mesa de metal en la que había estado el cuerpo de Jimmy Dugan, y de que tenía el torso desnudo. Una gruesa cinta de cuero le cruzaba el pecho, aferrándolo a la mesa. Estaba atado de pies y manos con esposas de plata sujetas a gruesas cadenas del mismo material que le rodeaban las muñecas y los tobillos, y que, a su vez, estaban aferradas a la mesa. La plata le quemaba la piel. Tenía los brazos y las piernas mojados con agua bendita y le ardían como los mismísimos fuegos del infierno.

Giró la cabeza hacia la derecha, vio un cadáver que yacía sobre una mesa apoyada contra la pared opuesta, al mirar hacia la izquierda, vio a Loken que lo observaba con una sonrisa de satisfacción en el rostro.

—Bien —dijo el hechicero—. Despiertas finalmente.

Roshan se humedeció los labios. La garganta, todavía ceñida con una cadena de plata, parecía quemarle desde dentro.

— ¿Dónde está Brenna?

—Ella ya no es tu preocupación.

Loken cogió una jeringa del aparador y la clavó en la gruesa vena del brazo izquierdo de Roshan.

— ¿Qué harás con ella?

—Infructuosamente, intenté transfundir la sangre de un vampiro a varias personas, y cuando eso falló, les obligué a beberla—. Loken se encogió de hombros—.Tampoco funcionó. Y luego me di cuenta de que estaba utilizando a los sujetos equivocados. Lo que necesitaba era…

—Una bruja —dijo Roshan mientras se le estrujaba el estómago de ansiedad.

—Exactamente.

—No funcionará—dijo Roshan.

Con mórbida fascinación, observó cómo el hechicero llenaba un frasco con su sangre, y luego le introducía otra aguja en la misma vena.

—Creo que sí.

— ¿Para… para qué es el cuerpo?

La plata le pesaba en el cuello, dificultándole el habla.

—Ah, sí, el cuerpo. Bueno, pensé que diluir la sangre de vampiro con sangre de un cadáver la haría menos potente y así, menos tóxica para los mortales —respondió Loken con una sonrisa burlona—. Mezclar sangre muerta con sangre muerta, por así decirlo.

—No puedes robar los poderes de un vampiro de su sangre. Sólo existe una manera de obtenerlos. —Roshan gruñó, dejando los colmillos al descubierto —. Así.

A su pesar, Loken dio un salto hacia atrás. Enfadado por evidenciar su debilidad, introdujo otra aguja en la vena de Roshan.

—Si estoy en lo correcto, pronto lo sabremos. De lo contrario—. Se encogió de hombros—…tu esposa pagará el precio final.

Un débil gruñido creció en la garganta de Roshan mientras luchaba contra las cadenas que lo sujetaban a la mesa. Por atormentador que le resultase el dolor del cuerpo, no era comparable con el temor por la vida de Brenna. Pero el agua bendita, combinada con la plata, resultaba sumamente efectiva. Se dejó caer en la mesa, con la respiración agitada.

—Maldito seas… has lo que desees conmigo pero déjala ir.

—Qué amable de tu parte —dijo Loken con una sonrisa sardónica—. No tenía idea de que los vampiros fuesen tan nobles.

Roshan lo miró con ojos encendidos, con las manos apretadas de furia, impotente mientras el hechicero extraía otro frasco de sangre.

Loken se acercó al aparador, extrajo una bandeja repleta de pequeñas botellas de vidrio de la alacena superior, y procedió a llenarlas mezclando la sangre que había extraído de Roshan con la que había drenado antes del muerto.

—Pienso que esto bastará para comenzar —remarcó Loken y, después de tapar los frascos, dejó la habitación.

Roshan lo siguió con la mirada. El hambre le quemaba en su interior, agravada por la sangre que el hechicero le había extraído. Sentía como si todo su cuerpo estuviese en llamas. El hambre le quemaba las venas, el agua bendita y la plata le abrazaban la carne.

Tiró de las cadenas que lo apresaban, gruñó suavemente cuando la plata le laceró aún más la carne.

— ¡Maldito seas, Loken! —rugió—. ¡Vete al infierno!

Concentrarse. Debía concentrarse. Debía hallar a Brenna y sacarla de allí antes de que Loken llevase a cabo cualquier experimento que tuviese en mente.

Maldijo en voz baja. Nunca antes, en toda su existencia, había experimentado tal agonía. ¡Si lograba salir de ésta, Anthony Loken sería hombre muerto en cinco minutos!

Concéntrate. Saca provecho del dolor. Deja que te fortalezca. Cerró los ojos, decidido a relajarse mientras se esforzaba por hacer acopio de todo su poder. Pero estaba débil, tan débil. No podía concentrarse, no podía pensar en otra cosa que no fuese la agonía que le consumía la fuerza y le turbaba la mente.

¡Concéntrate! Debía hallar la manera de librarse de las cadenas que lo aprisionaban.

Debía encontrar a Brenna

Necesitaba alimentarse antes de que fuese demasiado tarde, antes de que el hambre lo poseyese por completo, cegándole frente a todo lo demás...

Brenna echó un vistazo a su alrededor. Se encontraba en una habitación grande, sobre una cama con dosel, y todavía llevaba puesto su vestido de bodas. Las paredes de la alcoba estaban pintadas de color verde pálido. A la izquierda de la cama, había una ventana con cortinas del mismo tono. Sobre una pequeña mesilla cuadrada había una lámpara Tiffany, que era la única iluminación con la que contaba la alcoba. No había cuadros en las paredes. Frente a la cama, una cómoda con tres divisiones. El velo de Brenna se hallaba colgado de una de las esquinas del espejo.

¿Dónde se encontraba? Su boca sabía horrible. Sintió náuseas. Le picaba la nariz. Cuando intentó rascársela, descubrió que tenía las manos atadas a los postes por encima de la cabeza.

El miedo la sacudió. ¿Dónde se encontraba? Lo último que recordaba era haber hecho un brindis en el negocio de Myra...

Se humedeció los labios. ¿Acaso la habían drogado? ¿Dónde estaba Roshan?

El terror le quitó la respiración al oír pasos que se acercaban. Miró fijamente el picaporte, temiendo repentinamente saber quién se hallaba al otro lado de la puerta.

La puerta se abrió de par en par y Anthony Loken entró a la alcoba.

—Bueno—dijo animadamente—. ¿Cómo te sientes?

Brenna observó la bandeja en la mano de Loken. Fijó la vista en los pequeños frascos llenos con el líquido rojo. Era la sangre de Roshan, no tenía duda de ello.

Luchó contra las sogas que la amarraban a los postes mientras Loken cerraba la puerta y caminaba en dirección a ella.

—Bueno —dijo jovialmente—, imagina mi sorpresa al descubrir que eras una bruja. ¿Por qué no me lo dijiste? —Hizo un suave sonido con la boca—. Después de haber compartido mí pequeño secreto contigo.

Ella no contestó, sólo lo miró mientras su horror se acrecentaba. Loken le había dicho que no practicaba magia negra. Ahora sabía que le había mentido.

—Me gustaría decir que esto no te dolerá ni un poco —dijo el hechicero mientras sonreía rapazmente—. Desgraciadamente, no puedo garantizarlo.

— ¿Qué vas a hacer?

Era una pregunta tonta. Ella sabía muy bien lo que pretendía.

—Investigación, querida, ¿recuerdas? Te lo conté todo acerca de ello.

Ella asintió con la cabeza sin poder apartar la vista de la bandeja.

—Esperaba haber descubierto el secreto a estas alturas pero, desgraciadamente, todavía debo encontrar la manera de inyectar la sangre de vampiro en un humano sin provocarle la muerte en el proceso. Pero —dijo mientras llenaba una jeringa con sangre de uno de los frascos—, todavía no he perdido las esperanzas.

— ¡No puedes hacerlo! —Clamó Brenna, horrorizada por lo que estaba a punto de hacer—. ¡Por favor, te lo ruego!

—Te estoy haciendo un favor, querida. No puedes tener ningún tipo de vida con uno de los No Muertos. Pero si mi teoría funciona, podrás vivir para siempre con él. Y no sólo eso, tampoco enfermarás y si te lastimas, te curarás de la noche a la mañana. Y la mejor parte es que no tendrás que beber sangre para sobrevivir. Tendrás todos los beneficios y ninguna de las desventajas. —Frunció el ceño, pensativo—. No creo que puedas tolerar el sol durante mucho tiempo, pero ese parece un pequeño precio a cambio de la inmortalidad ¿no lo crees así?

— ¿Acaso estás loco? —Brenna luchó contra las sogas, desesperada por liberarse antes de que fuese demasiado tarde—. Nunca funcionará. ¡Debes saberlo! ¡Por favor no lo hagas!

—Ah, los escépticos siempre han intentado detener el avance de la ciencia. ¿Dónde estaríamos ahora si Pasteur o Salk o Curie hubiesen escuchado a los que les decían que perdían el tiempo?

—No … no sé de qué hablas —dijo ella mirando la aguja en la mano de Loken.

—Bueno, no importa ¿o sí? —le respondió abstraído.

Colocó la jeringa sobre la mesilla y luego le cogió el tobillo para atarla al marco de la cama.

Brenna se retorció y pateó con toda su fuerza. Con el talón le golpeó el rostro y le hizo sangrar la nariz.

Loken susurró una maldición y le abofeteó en la boca. Por un instante, vio estrellas y cuando se le aclaró la cabeza, ya era demasiado tarde. Tenía el cuerpo completamente extendido sobre el colchón y los tobillos amarrados a los postes de los pies de la cama.

Observó horrorizada cómo el hechicero cogía una de las jeringas, gritó cuando se la clavó en el brazo. La amarga hiel le trepó por la garganta. Con el estómago revuelto, cerró los ojos ¿Qué sucedería si funcionaba? ¿Y si no? No sabía qué temía más.

Gimió, su cuerpo se convulsionó mientras la sangre de Roshan le quemaba las venas. Iba a morir. No volvería a ver a Roshan, no volvería a sentir sus brazos rodeándola, no volvería a escuchar su voz…

Gritó su nombre, sollozando de pena, temor y pesar.

«Tranquilízate, mi amor… no temas».

Al oír su voz, abrió los ojos, esperando verlo de pie a su lado.

En su lugar, vio a Anthony Loken parado junto a la cama, escudriñándola con los ojos entrecerrados.

— ¿Cómo te sientes? —le preguntó inclinándose hacia adelante—. ¿Duele?

Ella pestañeó. El miedo persistía, pero el dolor se había ido.

« ¿Brenna?»

— ¿Roshan? Miró en derredor, buscándolo, luego se dio cuenta de que la voz que escuchaba provenía de su mente.

—Olvídate de él —dijo Loken tajantemente—. Dime cómo te sientes.

«Brenna, contéstale. ¿Cómo te sientes?».

—Me siento maravillosamente.

Loken parecía no creerla, como si temiese creerla.

— ¿Sientes dolor? ¿Estás mareada? ¿Sientes nauseas?

—No. —De hecho, se sentía más fuerte que nunca. Tiró de las sogas que la ceñían, preguntándose si podría romperlas.

—Te matará por esto—dijo calmadamente.

El hechicero rio.

—No está en condiciones de hacerle nada a nadie.

«Roshan, ¿dónde te encuentras?».

«En el laboratorio de Loken fuera de la ciudad».

« ¿Te encuentras bien?».

«No».

Creció el miedo en su interior nuevamente. Miró a Loken con ojos encendidos, cerró los puños y los volvió a abrir.

— ¿Dónde está Roshan? ¿Qué le has hecho?

Loken se encogió de hombros.

—Él se encuentra bien por ahora. Eres tú la que me interesa. ¿Cómo te sientes ahora?

Brenna lo miró furibunda, sintió cómo el enojo se convertía en furia al imaginar a Roshan a merced de Loken. ¿Sufría? Al cruzársele ese pensamiento sintió como si la piel, la mismísima sangre, estuviese en llamas. Experimentó un dolor atormentador en lo profundo de su interior, un hambre voraz que nunca podría ser saciada. Con un jadeo de horror, supo que sentía lo que él estaba sintiendo. Gimió suavemente. ¿Cómo él podía soportar esa agonía?

Al observarla, Loken empalideció.

—Dios mío …

— ¿Qué sucede? —preguntó ella —. ¿Algo está mal?

—Tus ojos…—Se echó hacia atrás, con expresión de creciente horror. Y luego sonrió. — ¡Funcionó! —gritó jubilosamente—. ¡Demonios, sabía que funcionaría!

Cogió la bandeja con el resto de los frascos, se retiró de la alcoba y echó el cerrojo.

Brenna siguió al hechicero con la mirada, sintió un repentino vacío en el estómago ¿Qué había visto al mirarla?

¿Era un vampiro ahora?

«No, mi amor, no debes preocuparte ¿Te encuentras bien?».

«Sí, se ha ido».

« ¿Dónde te encuentras?».

«En su casa, creo».

Brenna miró por la ventana intentando determinar qué hora era. ¿Qué sucedería cuando saliese el sol? ¿Estaría a salvo Roshan siempre y cuando se hallase dentro, o debía estar en su refugio bajo tierra?

«Faltan horas para el amanecer. No te preocupes por mí».

« ¿Cómo puedo evitarlo?».

Tiró de las cuerdas, pero estaban tan tirantes que sólo logró que le provocaran cortes más profundos en las muñecas y los tobillos. Derrotada, se echó hacia atrás en la cama. Debía salir de allí, debía sacar a Roshan del laboratorio y ponerlo a salvo en su refugio antes de la salida del sol, pero ¿cómo?

La voz de Roshan resonó en su cabeza una vez más.

«Me estoy ocupando de ello», le dijo. *«Si sabes alguna plegaria, este sería un buen momento para rezar».*

Anthony Loken casi no podía contener la emoción mientras bebía una copa de champaña de pie en la barra del *Nocturno*. ¡Finalmente había hallado el secreto! Aun así, estaba decidido a hacer una última prueba antes de experimentarlo en sí mismo, y ya que no tenía otra bruja a su disposición, debía venir aquí. Si también funcionaba en una mujer que no fuese una bruja, entonces se cercioraría de que fuese seguro, pensó, y luego frunció el ceño. Quizás debía intentarlo con un hombre también. Sí, eso era lo que debía hacer. Mejor seguro que arrepentido…

¡Maldición! Sabía que había olvidado algo. ¿Por qué no lo había pensado antes? ¡Se había exaltado tanto cuando Brenna sobrevivió a pesar de haber sido inyectada con sangre de vampiro que olvidó constatar si sus poderes de sanación se habían incrementado! Si podía curarse a sí misma, se podía asumir que tendría vida eterna, y por consiguiente, él también. Había tenido la intención de deshacerse de la bruja pero, se le ocurrió de repente que debería mantenerla con vida un tiempo más para asegurarse de que los efectos de la inyección no se desvanecieses en una o dos horas, o en un día o dos. Y también debía cerciorarse de que no hubiese efectos colaterales.

Maldijo suavemente. Myra siempre le repetía que era demasiado impetuoso. Quizás tenía razón. Bueno, no importaba, más tarde se encargaría de los cabos sueltos que no eran tan importantes. Se encargaría de la bruja cuando ya no pudiese utilizarla para nada más. Bruja o vampiro, no sobreviviría a las llamas. Pero esa era una tarea para otro día. Por ahora, necesitaba otro conejillo de indias. Afortunadamente, no eran difíciles de encontrar.

Le hizo señas a una bella y menuda mujer de cabello negro para que se acercara. Ella le devolvió una sonrisa, y rápidamente se encaminó hacia él.

Roshan miró fijamente el techo. Ignorando el dolor que lo consumía, se concentró en centralizar su poder, atrayéndolo hacia él, enfocándolo en la cadena amarrada a la mesa que le aprisionaba la muñeca derecha. Con los dientes apretados, tiró con todas sus fuerzas de la cadena provocando que las esposas le lastimaran más la piel pero pudo abrir uno de los eslabones, y así romper la cadena y liberar la mano derecha.

Quedó tendido, jadeando agitadamente durante varios minutos, luego tiró de la otra cadena. Liberadas las manos de las cadenas que lo ataban a la mesa, se quitó la lonja de cuero del pecho y se incorporó. Poco después, también tenía los tobillos libres.

Deslizó las piernas para ponerse de pie apoyándose con una mano en el borde de la mesa. Ya no estaba aferrado a la mesa pero seguía teniendo las esposas de plata en las muñecas y los tobillos, de las cuales colgaban segmentos de cadena. Pero no había tiempo para preocuparse por ello ahora. Su prioridad era Brenna.

Capítulo 24

Debilitado por el contacto de la plata contra la piel, Roshan se dirigió a la casa de Anthony Loken. Si bien el agua bendita ya se había secado, la piel aún le quemaba, pero no importaba. Nada importaba ahora excepto rescatar a Brenna del hechicero antes de que fuese demasiado tarde.

Profirió una soez maldición cuando llegó al porche de entrada de la casa de Loken, el dolor le había nublado la claridad de pensamiento: estaba allí pero no tenía manera de entrar. Si contase con la plenitud de su fuerza, intentaría cruzar el umbral a pesar de las consecuencias, pero estaba demasiado débil para luchar contra las defensas del hechicero, y a cada minuto se debilitaba aún más.

Volvió sobre sus pasos hasta que llegó a otra casa de la calle. Golpeó la puerta, aguardó impacientemente a que alguien contestase. Era una adolescente de largo cabello rubio. Llevaba puesto un top anudado detrás del cuello que exponía una indecente cantidad de piel, y un par de pantaloncillos igualmente reveladores. Tenía una pequeña rosa negra tatuada en el hombro izquierdo.

—Dios, hombre, ¿qué te ha sucedido?—preguntó mirándolo de arriba a abajo.

—No tengo tiempo para explicaciones —dijo atrapándole la mirada con la suya—. Ven conmigo.

Sin preguntar, lo siguió colina arriba hasta el porche de entrada de la casa de Loken.

Roshan le entregó una piedra grande que había recogido en el camino.

—Rompe el vidrio.

Ella no dudó. Cogió la roca de su mano, la arrojó contra la ventana que se hallaba junto a la puerta.

—Ahora, introduce la mano y abre la puerta.

Nuevamente, ella hizo lo que le indicaba, con la expresión en blanco, incluso cuando se cortó con un fragmento de vidrio roto. El olor a sangre se esparció por el aire. Sin pensarlo, Roshan la cogió y bebió de la herida.

—Bien…—Buscó su nombre en su mente— Jean, necesito que subas y encuentres a Brenna. Cuando la encuentres, la traerás hasta mí.

—Encuentro a Brenna —dijo Jean. Abrió la puerta y desapareció en el interior de la casa.

Roshan cerró los ojos y apoyó la frente contra el marco de la puerta. Estaba cansado, tan cansado.

Escuchó una voz distante de mujer llamando a Jean.

Unos minutos después, Jean apareció por la puerta llevando a Brenna de la mano.

— ¡Roshan! —Librándose de la joven, Brenna corrió hacia él—. ¿Qué te ha hecho ese monstruo?

—Estaré bien. Ven, no hay tiempo que perder.

Brenna los miró.

— ¿Quién es la joven? ¿Qué hace aquí?

—No hay tiempo para explicarlo ahora. Debemos irnos. Jean, cierra la puerta, luego ven conmigo.

Roshan descendió las escaleras y se encaminó colina abajo, seguido por Jean y Brenna. Cuando se encontraron a dos casas de distancia de la casa de Jean, Roshan cogió a la joven en sus brazos.

—Brenna, date la vuelta.

—No.

—Haz lo que digo. —dijo en voz baja, saturada de dolor y de hambre que ya no podía ocultar—. Por favor, Brenna.

Cómo podía rehusarse cuando la miraba de esa manera, con ojos enrojecidos y le imploraba con voz angustiada.

Con un suspiro de resignación, hizo lo que le pedía, oyó cuando él le aseguró a la joven que no le haría daño.

Brenna cerró los ojos, intentando no imaginarlo inclinándose sobre el cuello de la joven, tocándole la piel con los labios…

Un destello de celos la abatió. ¡Era su noche de bodas! Si Roshan necesitaba alimentarse, ¿por qué no se lo había pedido a ella? Sacudió la cabeza, sobrecogida por el devenir de sus pensamientos. Estaba enfadada porque él tenía a otra mujer en sus brazos, despechada porque había elegido alimentarse de otra persona.

Oyó cuando él le habló nuevamente a la joven diciéndole que todo estaba bien, que se fuese a casa y que no recordara nada de lo que había sucedido.

Brenna se dio vuelta cuando sintió la mano de Roshan en el hombro.

—Vamos.

— ¿Por qué? —Le preguntó mirándole a los ojos—. ¿Por qué te alimentaste de ella y no de mí?

Roshan la miró incapaz de creer que estuviese celosa. Rio suavemente y la cogió de la mano.

—Este no es el momento ni el lugar para discutirlo —le recordó—. Loken puede regresar en cualquier momento.

Ella se estremeció ante la mención del nombre del hechicero.

—Apresurémonos.

Le llevó lo poco que le quedaba de fuerza el transportarlos a su casa. Después de cruzar la puerta de entrada, se dejó caer de rodillas apoyándose en las manos, y luego, rodó sobre un costado. Cerró los ojos, jadeando agitadamente. Pero no importaba. Brenna estaba a salvo ahora. No importaba nada más.

Brenna se arrodilló a su lado. Había una espantosa marca roja alrededor de su cuello. Tenía el pecho y el torso cubiertos de llagas. La piel de las muñecas y los tobillos, en carne viva.

Ahogando las lágrimas, le acarició la frente.

— ¿Qué puedo hacer? ¿Cómo puedo ayudar?

Él levantó una mano.

—Quítamelas.

Asintió y corrió escaleras arriba hacia su alcoba. Cogió la vara mágica que había terminado hacia sólo unos días, y volvió apresuradamente al lado de Roshan. Aferrando la vara se concentró en la esposa que se hallaba en la mano derecha.

— ¡Rimuova!

Con un suave sonido la esposa cayó al suelo. Repitió el hechizo con la mano izquierda y con cada tobillo, luego pateó las esposas.

Le tocó el pecho con la punta de los dedos, quitó rápidamente la mano cuando el hizo una mueca de dolor.

— ¿Hay algo que pueda hacer? —le preguntó, deseando tener algo de aloe para aplicar a las heridas.

Con un esfuerzo, él abrió los ojos

—Estaré bien en pocos días. Si Loken intenta venir aquí, las protecciones lo mantendrán fuera, no te preocupes…

Ella agrandó los ojos.

— ¿Qué quieres decir?

—El Oscuro Sueño me cura. Puede que no despierte con la puesta del sol. Rodó sobre las rodillas, se sentó sobre los talones y cogió el rostro de Brenna entre sus manos.

—No es exactamente una luna de miel, señora DeLongpre —murmuró—. Lo siento.

—Sólo tendremos que aguardar unos días —le corrigió, con evidente preocupación en los ojos.

—Quizás debas bajar a descansar.

Él asintió con la cabeza.

— ¿Estarás bien?

—No tengo miedo.

—Tampoco eres buena mentirosa —dijo con una débil sonrisa—. Te amo. Te amo.

La besó, le rozó suavemente los labios, luego abrió la puerta de su refugio y desapareció en la oscuridad del interior.

Anthony Loken miró la mesa vacía sin poderlo creer. El vampiro no podía haber escapado de las cadenas. Era imposible. Todos sabían que la plata volvía a los No Muertos débiles e indefensos. Aun así, la realidad era que la criatura no estaba a la vista por ninguna parte.

Un escalofrío recorrió la espalda de Loken. ¡El vampiro era mucho más poderoso de lo que había imaginado! Y luego, sonrió al acariciar el frasco que estaba en su bolsillo. No había nada que temer. Todo lo que importaba era que, una vez que se hubiese inyectado la sangre del vampiro en sus propias venas, sería incluso más fuerte de lo que había esperado. Pero antes debía llevar a cabo dos pruebas más.

Miró hacia ellos y les hizo un gesto al hombre y a la mujer para que ingresaran al laboratorio.

La joven observó horrorizada el cuerpo que yacía en la mesa al otro lado de la habitación. De haber podido, habría salido del lugar corriendo y gritando, pero su mente y su voluntad ya no le pertenecían.

Loken alzó el cuerpo, lo depositó sobre el suelo y lo cubrió con una sábana. Tendría que deshacerse de él pronto, pensó irritado. Comenzaba a apestar.

Cuando ambos sujetos se hallaron en sus respectivas mesas, extrajo dos frascos de la bandeja. Inyectó al hombre con el primer frasco, llevó el segundo a los labios de la mujer y le ordenó beberlo. Ella lo miró fijamente, incapaz de resistirse, con los ojos bien abiertos por el temor y la repulsión. Casi sentía pena por ella.

De pie entre las dos mesas, Loken los miraba atentamente.

Al cabo de un momento, ambos se retorcían y contorsionaban de dolor.

En cuestión de minutos, estaban muertos, tenían la piel gris y marchita, los ojos desmesuradamente abiertos llenos de temor, incluso después de muertos.

La ira se apoderó de Loken. Con un golpe, arrasó la bandeja del aparador. Los frascos se hicieron añicos contra el piso de cemento. La sangre se esparció por la habitación tiñendo las paredes con vetas carmesí.

Con un mudo quejido, golpeó la pared con el puño una, dos, tres veces. El dolor explotó en sus nudillos y le recorrió el brazo, haciéndolo volver en sí. Extrajo el pañuelo del bolsillo y se envolvió los sangrantes nudillos. Quizás estaba exagerando. Quizás su primera teoría era correcta después de todo. Quizás las muertes de estos dos sujetos probaban que la mezcla de sangre que había usado en Brenna sólo era efectiva en brujas y, en consecuencia, perfectamente segura para él

Miró el desorden en el piso y volvió a maldecir. Acababa de destruir todas las muestras de sangre que poseía.

Apretó los puños contra los costados del cuerpo, respiró profundamente para calmarse. Ya había capturado al vampiro una vez, podía hacerlo de nuevo. Cogería lo que quedaba de sangre del primer cuerpo y lo refrigeraría, luego se encargaría de los tres cuerpos. Cuando terminase, llevaría a cabo las pruebas restantes con la bruja.

Limpiando los cristales rotos, halló un frasco intacto con la sangre del vampiro. Sonriendo lo introdujo en su bolsillo. No estaba todo perdido.

Brenna estaba sentada en el sofá frente al fuego con Morgana acurrucada a su lado. Era temprano por la mañana, pero Brenna no podía dormir. Había tomado un largo baño caliente, esperando que la relajase, y luego había ido a la cama, pero no lograba conciliar el sueño. Cada vez que cerraba los ojos, veía a Anthony Loken de pie inclinado sobre ella, con una expresión trastornada mientras le inyectaba una aguja en la vena del brazo, una aguja con la sangre de Roshan y la de un hombre muerto. La idea le hizo sentir un escalofrío de repulsión.

¿Dónde se encontraría Loken ahora? ¿Habría vuelto a su casa y descubierto que ella ya no estaba? ¿La buscaría nuevamente?

Momentos antes, había recorrido la casa de Roshan cerciorándose de que todas las puertas y ventanas estuviesen cerradas con cerrojo. Había corrido todas las cortinas, dejando fuera la noche.

Y ahora se encontraba sentada allí, en camisón y bata mirando las llamas, escuchando el suave sonido de la lluvia sobre el techo. De no haber sido por Loken, habría estado afuera, disfrutando de la tormenta, quizás bailando bajo las nubes. Se sobresaltó cuando retumbó un trueno.

Morgana levantó la cabeza, y sus ojos amarillos resplandecieron a la luz del fuego.

Brenna suspiró, deseando que Roshan se hallase a su lado. No tendría miedo si él estuviera allí, aunque dudaba de que fuese capaz de protegerse a sí mismo de Loken, mucho menos a ambos. Roshan le había dicho que no había nada de qué preocuparse, que sanaría en un par de días.

¿Contaban con un par de días? ¿Se volvería a sentir segura en algún lugar?

¿Qué sucedería si ahora Anthony Loken los estaba buscando a ambos? Si era un hechicero tan poderoso como parecía ser, no tendría ningún problema en hallarlos. Todo lo que necesitaba era algo que hubiese pertenecido a alguno de ellos, una prenda, un mechón de cabello, una gota de sangre. Un simple hechizo lo conduciría directamente hacia allí. Su única esperanza era que las protecciones que Roshan había colocado alrededor de la casa y en cada piso fuesen lo suficientemente fuertes como para contrarrestar cualquier encantamiento que el hechicero conjurase.

Le echó un vistazo al diminuto pinchazo color rosa que le había dejado la aguja en el brazo. ¿Qué efecto, si lo tuviese, le provocaría la sangre que Loken le había inyectado en la vena? ¿Viviría para siempre? ¿Si se hiriese en el futuro, sanaría con la misma rapidez preternatural que Roshan?

Abordada por una morbosa curiosidad, se dirigió a la cocina y extrajo un afilado cuchillo del cajón. Observó la hoja durante un momento, luego, mordiéndose el labio inferior, se infringió una cortadura superficial en la palma de la mano izquierda.

De la herida brotó sangre y la limpió con un paño para vajilla, luego se quedó mirando sin poder creerlo, como las comisuras de la herida se volvían a unir sin dejar rastro, excepto una delgada línea roja que luego, también, desapareció.

Santo cielo, ¿qué significaba? Se hizo otro corte en la mano. Nuevamente, la herida sanó en unos momentos. ¿Era posible?

¿Habría encontrado Loken el elixir que buscaba? Repentinamente sintió náuseas y se rodeó el estómago con las manos. Santo cielo ¿Y si se estaba convirtiendo en vampiro?

Brenna miró hacia la ventana. El amanecer acechaba detrás de las cortinas. Al salir el sol, ¿se consumiría en llamas?

El temor le anudaba el estómago, sentía el sabor de la bilis en lo profundo de la garganta. Morgana siseó suavemente y saltó del sofá, con el lomo arqueado y la cola en señal de atención.

Con el corazón latiéndole fuertemente, Brenna se puso de pie y caminó hacia la puerta trasera. Le temblaba la mano cuando estiró el brazo para abrirla.

«Roshan, escúchame. Ayúdame».

Pero no hubo más respuesta a su plegaria que el silencio.

Incapaz de controlarse, abrió la puerta trasera y se encaminó hacia la pálida luz del nuevo día.

Capítulo 25

Anthony Loken concentró su poder a su alrededor como una tibia capa, y enfocó su atención en el espejo oval de plata que se hallaba en la mesa delante de él. Murmuró un encantamiento de adivinación, observó cómo el espejo se empañaba y luego se aclaraba revelando la imagen de una gran casa de dos pisos que se hallaba detrás de un muro.

Se inclinó y leyó la dirección: 1366, Black Meadow Lane.

—Puedes correr, Brenna Flanagan DeLongpre —murmuró mientras recorría la superficie del espejo con la mano para aclararlo—, pero no te puedes ocultar, mi pequeña bruja, no ahora, no de mí.

Al volver a su casa, no le había sorprendido encontrar que ella había escapado. Le había irritado, pero no sorprendido. No era necesario ser un científico espacial para figurarse que el vampiro la había encontrado y la había liberado, aunque la manera en que Roshan había logrado cruzar el umbral seguía siendo un misterio. Pero ya era de día y el vampiro estaría sumido en el Oscuro Sueño, imposibilitado de interferir.

A Loken le llevó menos de veinte minutos encontrar el refugio del vampiro en la calle Black Meadow. Aparcó el coche calle abajo para no ser visto y caminó hasta la entrada. Extendió una mano, percibió el suave resplandor de poder que rodeaba los portones. Así que, el vampiro había colocado protecciones alrededor de su casa, pero eso era de esperar.

Extrajo su vara mágica de la chaqueta, intentó varios hechizos, cada vez más agitado a medida que ninguno de ellos funcionaba.

Era un hechicero. Excepto por Myra, era el más poderoso del aquelarre. ¿Cómo podía un vampiro, una criatura que ni siquiera era humana, hacerlo fracasar?

Consumiéndose por dentro, conjuró otro hechizo, lo sintió crecer dentro de él, agitó la vara y lo lanzó contra las puertas. El poder chisporroteó en el aire, pero fue en vano. Los portones se mantenían cerrados, las protecciones le impedían ingresar.

Ya furibundo, caminó de un extremo a otro del muro, buscando una manera de franquear las protecciones del vampiro. Cuando no pudo hallar ninguna, introdujo la mano en el bolsillo y extrajo el teléfono móvil. Era momento de pedir refuerzos.

Brenna salió por la puerta trasera, sentía el cuerpo totalmente tenso cuando la luz del sol le rozó el rostro. No hubo dolor, aunque la luminosidad le hizo entrecerrar los ojos.

Permaneció de pie debilitada durante varios minutos. Estaba a punto de retornar a la casa cuando un susurro de poder danzó sobre su piel. Lo reconoció de inmediato. A veces había experimentado la misma sensación cuando la abuela O'Connell practicaba magia en su presencia. Significaba que había un brujo cerca.

¡Loken!

Su instinto le indicó que el hechicero estaba allí, intentando traspasar las protecciones de la puerta principal.

Se dio la vuelta rápidamente y corrió al interior de la casa. Cogió la vara mágica, fue a la alcoba, corrió las cortinas y espió por la ventana. Desde ese lugar podía ver la acera y el frente de la casa, incluso pudo ver a Anthony Loken acercarse a la puerta principal. Esta vez no estaba solo. Myra y Serafina se encontraban con él.

Miró a los tres brujos, el corazón le latía fuertemente al observar a Myra barrer la acera. Aunque Brenna no podía escuchar lo que decían, supo que la bruja estaba limpiando la zona, barriendo toda energía negativa remanente para que no interfiriese con el hechizo que planeaba conjurar. Cuando el área estuvo despejada, Myra caminó tres veces en círculo. La primera con una botella de agua; la segunda con un puñado de sal; la tercera balanceando un incensario. Luego, extrajo un trozo de tiza del bolsillo de la falda y dibujó un gran círculo en la acera dentro del cual quedaron los tres. Tocó el círculo con la vara para cerrarlo, y luego permanecieron de pie mirándose cogidos de la mano, formando otro círculo.

Brenna se alejó de la ventana, sintió un incómodo escalofrío recorrerle la espalda.

¿Qué haría si franqueaban la puerta? La idea de estar a merced de Loken por segunda vez la llenaba de terror. Ese hombre estaba desquiciado. Impulsado por su necesidad de vivir para siempre, algo que la humanidad había estado buscando desde que Adán y Eva habían traído la muerte al mundo. Se preguntó si Myra sabría lo que Loken estaba intentando hacer. Como así también, si Loken se habría inyectado la sangre de Roshan. De ser así, sabía que funcionaba, al menos en parte. ¿Entonces por qué estaba aquí? Y de no ser así, la pregunta seguía en pie. ¿Por qué estaba aquí? ¿Había venido a llevarla a su casa para hacerle más pruebas?

De cualquier manera, no quería tener nada más que ver con él.

Soltó la cortina, corrió escaleras abajo para cerciorarse de que todas las ventanas y puertas estuviesen cerradas.

Al juntar las manos, Anthony Loken pudo sentir como su poder se fundía con el de las otras dos brujas. Solo, carecía de la fuerza necesaria para traspasar las protecciones colocadas por el vampiro, pero con Myra y Serafina sumando su magia a la de él, no cabía mucha posibilidad de fracaso. Myra alzó la voz cuando su poder se unió. La magia surció el aire, erizándole los cabellos de la nuca a Loken, provocando que el aire dentro del círculo se mezclara con energía sobrenatural mientras Myra concentraba el poder de conjunto y lo dirigía hacia la puerta de entrada.

Se escuchó un ruido como el de un corcho expelido al destapar una botella, y las puertas se abrieron de par en par.

¡Lo habían logrado!

Loken introdujo la mano en el bolsillo y extrajo algunos cabellos de Brenna Flanagan y un frasco con la sangre que le había extraído para la investigación. Se inclinó y colocó ambas cosas sobre la acera dentro del círculo que había dibujado Myra, y luego, unió los brazos con los de las otras dos brujas.

—Brenna Flanagan DeLongpre —entonó mientras movía la mano—, ven a mí. Que se cumpla según lo ordeno.

⚜ ⚜ ⚜

Brenna acababa de revisar el cerrojo de la puerta lateral y estaba a punto de subir cuando algo la desvió hacia la puerta de entrada. Estaba a punto de coger el picaporte cuando Morgana saltó en el aire y le arañó la mejilla.

Brenna sacudió la cabeza y se echó hacia atrás.

Morgana emitió un largo siseo de advertencia, los ojos amarillos le brillaban, retorcía la cola furiosamente.

Brenna observó primero a la gata y luego a la puerta, desconcertada de hallarse en el recibidor. Aun cuando intentó darse vuelta y regresar a las escaleras, se encontró abriendo la puerta, saliendo al porche y descendiendo por las escaleras.

Morgana la seguía entre los talones, maullando sonoramente.

Con movimientos rígidos y sin poder resistirse, bajó las escaleras de la entrada. En lo profundo de su mente sabía que estaba bajo un hechizo, pero aunque lo intentaba, no podía librarse de él.

Intentó llamar a Morgana, esperando que su presencia familiar pudiese ayudarla a contrarrestar el hechizo, pero no pudo hablar.

Sin poderlo evitar, se encontró atravesando los portones en dirección a los tres hechiceros que la esperaban en la acera. Miró a Anthony Loken, ansiando poder borrarle la sonrisa burlona de una bofetada.

Momentos después, se hallaba en el asiento trasero del automóvil. Al mirar por la ventana, vio a Morgana que se paseaba de un lado a otro frente a los portones.

Brenna miró por la ventanilla, sin poder moverse. Cuando se dio cuenta, Loken ya estaba estacionando el coche frente a su casa. Cuando se lo ordenó, siguió al hechicero hasta el interior de la casa. Sintió un escalofrío deslizársele por la espalda cuando él cerró la puerta detrás de ella.

—Bueno —dijo Myra—, muéstrame los resultados.

Aún con la sonrisa burlona, el hechicero extrajo un pequeño cuchillo del bolsillo.

Brenna paseó la mirada de uno a otro. Loken había enviado a Serafina a casa, Brenna estaba nuevamente a merced de la bruja Myra y del hechicero, quienes permanecían a los lados de la cama donde la habían amarrado nuevamente. Miró por la ventana. Todavía faltaban horas para la puesta del sol, horas hasta que Roshan se diese cuenta de su ausencia. Sobresaltada, recordó que le había dicho que quizás no despertaría esa noche, que quizás continuaría en el Sueño Oscuro para sanar sus heridas. Existía una posibilidad muy concreta de que no se levantara la noche siguiente.

Y para entonces, quizás sería demasiado tarde.

Se contorsionó cuando Loken le hizo un corte superficial a lo largo del brazo izquierdo. Observó la sangre brotar de la herida, sintió un arrebato de risa histérica fluirle por la garganta mientras miraba las gotas carmesí que caían en la toalla que Loken había colocado debajo de su brazo para no manchar las sábanas. Qué pena que Roshan no estuviese aquí, pensó irónicamente. Era una lástima que se desperdiciara toda esa sangre.

Loken miró a Myra.

—Observa ahora —le dijo, cogió un paño húmedo y secó la sangre del brazo de Brenna.

Ambos se inclinaron hacia adelante, con los ojos fijos en el corte superficial que, en ese momento, comenzaba a cerrarse.

— ¡Increíble! —exclamó Myra mientras la herida cicatrizaba—. Simplemente increíble —miró a Loken—. ¿Estás convencido de que el elixir es completamente seguro?

—Sí, pero sólo para hechiceros —dijo Loken—. Lo he probado en una docena de mortales. Todos murieron rápidamente.

—Nunca pensé que lo lograrías —dijo Myra—. Perdóname por haber dudado de ti.

—Piénsalo —dijo Loken con la voz llena de excitación—. La inmortalidad será nuestra. ¡Nunca envejeceremos! ¡Nunca enfermaremos! Imagina los poderes que eso puede conllevar.

—Quizás —dijo Myra—. ¿Pero cómo sabes que los efectos son perdurables? ¿Y si se desvanecen después de un tiempo?

Loken se encogió de hombros.

—Conozco exactamente la proporción necesaria de sangre de vampiro y de sangre muerta. —Se tocó el bolsillo—. Me queda suficiente para una inyección.

— ¿Sólo una? —Myra entornó los ojos—. ¿Y quién será el que la use?

—Paciencia, mujer —dijo Loken—. Sólo escúchame. Es de día. El vampiro está dormido. Iré a su refugio y le extraeré la sangre hasta secarlo, y luego lo destruiré. Tendremos suficiente sangre para hacer cientos de frascos, quizás miles.

— ¿Planeas compartir esto con el aquelarre? —preguntó Myra.

Loken retiró la mirada de la de Myra.

—Eso, por supuesto, depende de ti.

Brenna miraba a uno y a otro. Tenía que advertir a Roshan, pero ¿cómo? ¿Acaso las protecciones de su refugio eran más fuertes que las de la casa? De no ser así, sería presa fácil para Myra y Loken.

—Córtale de nuevo —dijo Myra—, más profundamente.

Brenna la miró y sacudió la cabeza vigorosamente de lado a lado, sin poder creer lo que escuchaba. Había considerado a Myra una amiga. ¿Cómo podía haberse equivocado tanto?

Myra le devolvió la mirada a Brenna.

— ¿Tienes algo que decirme? —Hizo un ademán—. Habla entonces.

— ¿Cómo puedes hacer esto?—preguntó Brenna.

—De veras lo siento, querida.

Brenna se mordió el labio inferior para no llorar cuando Loken le efectuó una profunda incisión en el brazo derecho, desde el codo hasta la muñeca. Deseaba ser fuerte. Deseaba ser valiente. Pero el dolor era demasiado intenso. Sollozó de dolor y miedo, el estómago se le revolvió cuando un río de brillante sangre roja brotó de la herida ¿Qué sucedería si no se recuperaba esta vez? ¿Qué sucedería si se curaba? ¿Cuánta sangre podía perder sin correr riesgo? La toalla debajo de su brazo estaba completamente empapada.

Nuevamente, Loken limpió la sangre.

— ¡Ahí lo tienes! ¡Lo ves! —exclamó exultante—. ¡La herida ya ha comenzado a cerrarse! Aún sin la promesa de inmortalidad, el elixir vale su peso en oro. Si cura heridas, sin duda proveerá inmunidad a ciertas enfermedades, incrementará la expectativa de vida.

—Pero no la tuya.

Loken se congeló, empalideció bruscamente al ver el arma que había aparecido en la mano de Myra.

— ¿Qué haces? —le preguntó con voz ronca.

—Eres demasiado ambicioso, Tony. Ya no hay suficiente espacio para ambos en el aquelarre.

Loken extendió una mano, y esbozó una mueca.

— ¿Myra, de qué demonios hablas? Estamos juntos en esto, recuerda. Tú y yo.

—Ya hace meses que siento tu aliento en el cuello. Sé cuánto ansías ser el líder del aquelarre. Sé cuánto te molesta recibir órdenes de una mujer. Estoy segura de que mi futuro se mediría en días en lugar de años si este elixir funciona verdaderamente.

Loken negó con la cabeza.

—No, Myra. Estás equivocada.

Ella sonrió. Le profesó una mirada lapidaria.

—Nunca me equivoco, Tony. Ya deberías saberlo. Dame el frasco que tienes en el bolsillo.

Él dio un paso hacia atrás

—Myra, no tiene que ser así.

—Sí, me temo que sí. —Ella extendió la mano, luego quitó el seguro a la pistola—. El frasco, por favor.

Brenna paseaba la mirada de Myra a Loken, con el estómago hecho un nudo.

Loken negó con la cabeza y dio otro paso hacia atrás.

—Si lo quieres, ven a buscarlo.

Myra rio.

— ¿Qué esperas ganar negándote? ¿Unos cuántos minutos más de vida? ¡Necio! Te lo puedo quitar del cuerpo si tengo que hacerlo.

—De acuerdo, de acuerdo. —Tras aceptar la derrota, Loken introdujo la mano en el bolsillo del abrigo.

— ¡Lentamente! —ordenó Myra.

Con los ojos encendidos de odio, Loken introdujo la mano suavemente en el bolsillo.

Y luego, en un santiamén, demasiado rápido para ser notado, alzó ambas manos. En una tenía el frasco, en la otra el cuchillo que había utilizado en Brenna. Una gota de sangre brillaba en la punta de la hoja.

Gritó y arrojó el cuchillo contra Myra.

Myra dejó escapar un gemido. Se echó hacía atrás cuando la hoja se le enterró en el pecho. El brazo cayó, aunque siguió presionando convulsivamente el gatillo

Brenna gritó cuando sintió un dolor terrible en el costado.

Myra cayó contra la pared. Observó con ojos incrédulos el cuchillo que le salía del corazón y luego, al perder las fuerzas se dejó caer lentamente al piso, con la pistola aún en la mano.

—El elixir… —dijo, intentando respirar—.Dáme… lo.

Su cuerpo se aflojó y la cabeza le cayó hacia adelante.

—Tenías razón, Myra —dijo Loken—. No hay suficiente espacio para ambos en el aquelarre. —Rio mientras sostenía el frasco a trasluz—. ¡Soy invencible ahora! —gritó—. ¡Seré el hechicero más poderoso que el mundo haya conocido!

Exhaló profundamente y colocó el frasco sobre la mesa al lado de la cama.

Ahora, todo lo que tenía que hacer era lograr que la joven le revelase dónde se hallaba el refugio del vampiro, y luego se desharía de su cuerpo y del de Myra. Tendría que inventar una buena historia para contarles a las brujas del aquelarre, pensó, mientras observaba el frasco, algo que explicase la abrupta ausencia de Myra de la ciudad, pero se preocuparía más tarde de ello.

Le echó un vistazo a Brenna. Parecía estar dormida. Era una pequeña belleza.

Qué pena que tuviese que morir. Con una mueca, miro a Myra. La muerte no tenía nada de bello. Cuanto antes la sacase de su alcoba, mejor. No podía arrastrarla por la casa, no sin manchar las alfombras con sangre. Pensó durante un momento, dejó la habitación, se dirigió al garaje. Tenía algunos lienzos de plástico allí. La deslizaría y enrollaría en el plástico, y la dejaría en el sótano mientras buscaba en su libro de hechizos una invocación para hacer desaparecer un cuerpo sin dejar rastro. En cuanto a Myra, no deseaba ninguna evidencia de su muerte, ni siquiera cenizas.

Brenna abrió los ojos cuando oyó que él había cerrado la puerta. Loken se había ido, pero ¿por cuánto tiempo? Le echó un vistazo a la bruja muerta, Myra yacía desparramada contra la pared como una pila de ropa sucia. Brenna sintió un escalofrío. ¿Durante cuánto tiempo Loken dejaría el cuerpo de Myra allí? La maldad de la bruja permanecía en la habitación, un oscuro olor fétido que era casi tangible. Brenna imaginó al espíritu de Myra pendiendo sobre ella en un vano esfuerzo por robarle el último aliento, sus dedos fantasmales aferrándole los brazos y las piernas mientras Myra intentaba volver su espíritu a carne una vez más.

Brenna miró por la ventana, deseando que el sol se pusiese, que la noche llegase rápidamente.

Sentía cómo se debilitaba con cada exhalación. Y luego se miró el brazo. Todavía brotaba sangre. No se curaba. Podía sentir como salía sangre del costado también. Roshan había tenido razón. Los efectos eran sólo temporarios.

Por favor. Elevó una plegaria al cielo. Por favor deja que lo vea una vez más…

¿Cómo podía morir sin haber escuchado su voz, sin haber visto su rostro? Por favor, un último beso que me acoja cálidamente durante toda la eternidad.

—Roshan, ven a mí.

Capítulo 26

Como lo había hecho todas y cada una de las noches en los últimos doscientos ochenta y seis años, Roshan se despertó con la puesta del sol. Pero esa noche, no se levantó de inmediato. Permaneció inmóvil, revisando sus heridas. Se sentía sólo un poco mejor que la noche anterior. Esperaba que Brenna le perdonase por levantarse sólo a alimentarse. Aunque ansiaba verla, estar con ella, sabía que esta noche necesitaba sangre. Y descanso. En ese orden. La compensaría la noche siguiente. Cerró los ojos y dejó que sus poderes preternaturales registraran la casa. Ella no se encontraba en la cocina preparando la cena, no estaba leyendo arrellanada en el sillón de la sala, tampoco se hallaba en ninguna parte de la planta alta. Expandió sus sentidos para revisar el jardín. No estaba caminando por el jardín, ni sentada en el banco de piedra. ¿Dónde estaba?

Un escalofrío de alarma le recorrió la espalda. ¿No podía ser que hubiera sido tan tonta como para abandonar la casa?

«¡Brenna! ¿Dónde te encuentras? ¡Maldición, mujer, contéstame!».

Algo estaba mal. Extendió su búsqueda mental. Había un hálito de vida en los portones. Morgana. Pero ningún indicio de la presencia de Brenna. Se sentó abruptamente. ¡El portón estaba abierto!

Maldijo suavemente, deslizó las piernas sobre el borde de la cama, tambaleándose se puso de pie, sin saber si tendría la fuerza necesaria para subir las escaleras.

Estaba jadeando al alcanzar la parte superior. Respiró profundamente y luego, con una mano apoyada sobre la pared para sostenerse, caminó por el pasillo hasta el *hall* de entrada, preguntándose si así se sentiría ser anciano.

La puerta de entrada estaba abierta.

Descendió los escalones del porche y caminó por la entrada hasta los portones. Morgana estaba allí, caminando de un lado a otro. Lo miró, maulló sonoramente y luego saltó a sus brazos.

Atónito, Roshan acarició a la gata.

—No te preocupes —dijo—. La encontraré.

Llevó a la gata dentro de la casa y la encerró allí, luego se dirigió al garaje. Hubiera preferido viajar a través de la noche con su propia velocidad preternatural, pero estaba demasiado débil. Necesitaba guardar fuerzas para lo que fuera que tuviese que enfrentar.

Salió del garaje a la acera y a la calle. Nuevamente, buscó a Brenna con sus sentidos. Lo atemorizaba no poder detectar su fuerza de vida.

Con la certeza de que Loken estaba detrás de su desaparición, condujo hacia la casa del hechicero. Aparcó el coche a una distancia prudente y descendió. Había varios árboles y arbustos en la acera que lo ocultaban de la vista de los transeúntes. Convocó cuanto poder pudo reunir e invocó a Jean a su lado.

Al cabo de un momento, ella caminaba hacia él, enfundada en una camiseta roja y un par de vaqueros cortados. La cogió de la mano y la empujó detrás de un cerco.

Trastornado de preocupación por Brenna, con el hambre bullendo profundamente en sus entrañas, inclinó la cabeza hacia la garganta de la joven, rasgándole la carne con los colmillos. Bebió y bebió, cerró los ojos casi extasiado mientras la sangre fluía dentro de él, llenándolo de calor y tibieza, aliviando el dolor.

No fue sino hasta que los latidos de la joven disminuyeron y comenzó a respirar con dificultad que levantó la cabeza. La joven yacía pálida e inerte en sus brazos.

Roshan murmuró un insulto, se mordió la muñeca y la acercó a los labios de la joven.

—Bebe —le ordenó.

Ella hizo lo que le indicaba. Unas pocas gotas de sangre le devolvieron el color a las mejillas. Lo miró, con los ojos bien abiertos.

— ¿Quién eres? —luchó contra él—. Déjame ir.

—Jean, no hay nada que temer —le habló calmadamente, apaciguándola con el sonido de su voz—. Somos viejos amigos, Jean, ¿recuerdas? Me hiciste un favor ayer. Necesito nuevamente tu ayuda.

—Ayudarte, sí.

—Bien. Vamos.

Obedientemente lo siguió colina arriba, lista para hacer lo que él le pidiese.

Brenna cerró los ojos al oír como la puerta se abría nuevamente. Loken continuaba silbando por lo bajo. Lo escuchó moverse por la alcoba. Sintió curiosidad, abrió los ojos apenas y lo vio hacer rodar el cuerpo de Myra sobre un plástico. La asaltó el miedo. ¿Habría de ser ese su fin también? ¿Enrollada en plástico y sepultada donde nadie pudiese encontrarla?

Cerró los ojos mientras Loken se ponía de pie y la observaba.

—Y bien —dijo el hechicero—, ¿cómo te encuentras? Me puedes contestar —agregó impaciente—. Sé que estás despierta.

Se quejó cuando la cogió del brazo herido.

Maldijo con fuerza, le desató la muñeca y le levantó el brazo para poder examinarlo más de cerca.

— ¡Aún sangra! —gritó—. ¿Qué pasa? ¿Qué salió mal? ¿Por qué no cicatriza?—Caminó hacia el otro lado de la cama, y miró incrédulo la sangre que goteaba.

—Te lo dije —tomó aire—…te dije…que…no… funcionaría.

Un ruido en la planta baja llamó la atención de Loken. Se acercó a la ventana y observó la calle.

❧ ❧ ❧

Roshan permaneció a un lado de la puerta mientras Jean arrojaba una piedra a la ventana que Loken había reparado. *La magia es ciertamente útil para las reparaciones del hogar,* meditó Roshan mientras Jean introducía la mano en el orificio dentado, quitaba el cerrojo, y luego abría la puerta.

Roshan frunció el ceño cuando la puerta se abrió. Dio un paso hacia adelante y echó una mirada al pasillo. Percibió poder sobrenatural dentro de la casa, pero no había protección en el umbral, nada que lo repeliese.

Con curiosidad, se acercó al umbral. Respiró profundamente, y dio un paso dentro de la casa del hechicero. No sucedió nada. El umbral del hechicero ya no tenía poder sobre él.

Se dio vuelta hacia el porche y se dirigió a la joven.

303

—Jean, ya no te necesito. Quiero que regreses a tu casa. Cuando llegues allí, todo lo que recordarás de esta noche, es que tomaste un paseo, nada más. Sólo que diste un paseo. Quiero que bebas algo, y luego regreses a dormir.

—Sí, a dormir.

—Ve ahora. La observó hasta que se perdió de vista, se dio la vuelta y caminó por el pasillo y al hacerlo, su nariz se llenó con el olor de la muerte. Eso explicaba por qué había podido entrar a la casa del hechicero, meditó Roshan mientras subía las escaleras. La casa ya no era un hogar. Se había cometido un asesinato allí, destruyendo así cualquier protección que el umbral pudiese proveer contra los poderes sobrenaturales. Entristecido, sacudió la cabeza. De no haberse encontrado tan débil la última vez que había estado allí, se habría dado cuenta de que las protecciones del hechicero se habían desvanecido. Pero no tenía sentido analizar eso ahora.

Brenna estaba allí. Siguió el olor de su sangre escaleras arriba, por un angosto pasillo hasta una habitación en penumbras. Ella se encontraba tendida sobre la cama.

Anthony Loken se hallaba a su lado, apuntando a la cabeza de Brenna con el arma.

—Y bien —exclamó Loken—, hemos llegado al último acto.

Roshan ignoró al hechicero y observó a su esposa. Le manaba sangre de una herida en el brazo, también le fluía por el costado. Su rostro estaba tan pálido como la almohada debajo de su cabeza, tenía los ojos opacos y los latidos de su corazón eran lentos y erráticos.

La furia se desbocó dentro de Roshan, como una serpiente a punto de atacar.

—Tienes una oportunidad —dijo, mirando fijamente al hechicero—, sólo una. Baja el arma y quizás te permita vivir.

—Tú no tienes ninguna oportunidad —replicó Loken— vete de mi casa o ella muere ahora mismo.

—El hecho de que ella todavía esté con vida es la única razón por la cual tú aún respiras —dijo Roshan—. Baja el arma.

Loken negó con la cabeza. Abrió la boca para hablar pero las palabras nunca salieron. En un abrir y cerrar de ojos, Roshan se hallaba de pie interponiéndose entre Brenna y el hechicero. Al instante siguiente, Roshan estaba cogiendo al hechicero por el cuello.

Con los ojos encendidos, el hechicero intentó coger el frasco de la mesa de luz.

Roshan lo golpeó. Cogió el frasco y lo sostuvo a la luz.

— ¿Es mi sangre?

Sin poder hablar, Loken lo miró encolerizado.

Roshan destapó el frasco y lo olió.

— ¿Es este el elixir mágico que te concedería inmortalidad? —Le preguntó con voz letalmente queda—. Bien, veamos si funciona.

Con ojos salvajes, Loken echó una mirada a Brenna y luego sacudió la cabeza.

Una sonrisa lenta se dibujó en el rostro de Roshan al capturar la mirada del hechicero.

—Bebe —le ordenó, y vertió el contenido del frasco en la garganta de Loken. Lo hizo a un lado, y se giró hacia Brenna.

Le quitó las sogas de las manos y los pies, se sentó en el borde de la cama y la cogió en sus brazos.

— ¿Brenna? ¿Puedes oírme?

Ella batió los párpados, abrió los ojos y lo miró.

—Has venido. —Alzó una mano para acariciarle la mejilla—. Un beso —susurró—, un beso antes de que me duerma para siempre.

—No morirás, Brenna Flanagan —dijo ferozmente—. No lo permitiré.

—No puedes evitarlo.

La ciñó con más fuerza, aturdido, había olvidado a Loken hasta que éste gritó. El sonido retumbó en la habitación, un desquiciado quejido de terror extremo.

El hechicero logró ponerse de pie, se tambaleó con el rostro desdibujado por la agonía. Se rodeó el estómago con los brazos, cayó de rodillas y se balanceó hacia adelante y hacia atrás. Alzó la vista hacia Roshan.

— ¡Ayúdame!

Roshan lo observó, inmóvil, recordando lo que el hechicero le había hecho a Jimmy Dugan y a los otros. Habían sufrido muertes horrendas debido a la búsqueda de la inmortalidad del hechicero.

— ¡No! ¡No! —La voz de Loken se alzó llena de terror— esto no puede estar sucediendo, ¡No a mí!

Roshan observó impasible. La piel del hechicero parecía encogérsele, haciendo que se viera como un esqueleto viviente. Su cuerpo se estremeció y convulsionó en el suelo como una araña sobre una roca caliente. Los ojos fuera de las órbitas, la piel arrugada tornándose de un desagradable color gris, mientras su cuerpo continuaba marchitándose, un quejido agudo le salía de la garganta hasta que, con un último grito de horror, se desplomó de lado y quedó inmóvil.

Con Brenna arrebujada contra su pecho, Roshan se puso de pie y abandonó la casa.

Brenna estaba próxima a morir cuando llegaron a la casa. Los labios se le estaban tornando azules, tenía la piel fría al tacto. Encendió la chimenea, se sentó en el sofá y la acunó en sus brazos, acariciándole suavemente la mejilla. Estaba fría, tan fría.

—Brenna, dime qué hacer —le imploró, pero ella ya no podía oírlo.

La observó. A menudo habían hablado sobre cómo era ser un vampiro. Ella le había preguntado cómo se sentía ser uno, pero nunca le había dicho que opinaba sobre convertirse en lo que él era. Era una de las cosas que siempre había dejado para hablar más adelante, cuando ya hubiesen compartido más tiempo juntos. Una vez que ella hubiese podido comprender cabalmente lo que implicaba ser vampiro. Había presumido tontamente que tendrían años para discutirlo. Era tan joven. No había prisa para que aceptara el Oscuro Truco, Era mejor que continuase llevando una vida normal durante otros diez o quince años antes de renunciar al sol.

Pero ya no tenía veinte años. Dudaba de que tuviese veinte minutos. Podía sentir cómo se desvanecía su último hálito de vida y supo, en ese momento, que no podía dejarla ir. El destino los había reunido. No podía perderla ahora.

—Brenna, perdóname —susurró e inclinó la cabeza sobre su cuello.

Brenna despertó lentamente. Con los ojos aún cerrados, pensó en el sueño que había tenido. Un sueño extraño, repleto de violencia y muerte. Se había asustado, más que nunca en su vida al ver cómo le drenaban la sangre que le daba vida. Y luego había oído la voz de Roshan llamándola, rescatándola de esa oscuridad.

Suspiró y se colocó de lado. Se dio cuenta, abruptamente, de que no se hallaba sola en la cama, y que llevaba puesto el camisón. En ese mismo instante se percató de que la cama se sentía extraña.

Abrió los párpados y se encontró cara a cara con Roshan.

—¡Oh! me asustaste —exclamó y frunció el ceño al notar simultáneamente, varias cosas extrañas. No se encontraba en su habitación. Ninguna luz estaba encendida y, aun así, en la oscuridad total, podía ver su rostro claramente, las delicadas líneas de sus ojos, la aprensión en su semblante. Miró a su alrededor—. ¿Qué hago aquí?

—Brenna…

Se recorrió el brazo herido con la mano. No tenía ni vendaje, ni costra, ni cicatriz.

Se palpó el costado del cuerpo. No sintió dolor.

—Funciona —murmuró. Alzó la vista para mirar a Roshan—. El elixir de Loken funciona —dijo, y luego frunció el ceño. Había visto al hechicero morir horriblemente, pero eso no había sido más que un mal sueño. ¿O no?

—No, Brenna —dijo Roshan sosegadamente— no funciona.

—Pero mi brazo, mi costado…las heridas no están.

—No.

Estaba confundida por el tono de pena en su voz. Se sentó, respiró profundamente y sus sentidos se llenaron de una infinidad de sonidos y olores: un coche arrancando en la calle, el zumbido del frigorífico escaleras arriba, el aroma de la piel de Roshan, el vago olor mohoso de los ladrillos.

Entrecerró los ojos cuando repentinamente, la luz inundó la habitación, jadeó cuando un sorpresivo dolor agudo le punzó el estómago. Gimió cuando el dolor empeoró.

— ¿Qué me sucede? ¿Acaso tiene que ver con la sangre que él me obligó a beber? —preguntó abrumada por la idea de morir de la misma manera que Anthony Loken—. ¿Moriré de la misma manera que él?

Roshan se sentó y la cogió en sus brazos.

—No, mi amor.

— ¿Por qué no? Él bebió tu sangre y lo mató, y él hizo que… que yo la bebiese. —Lo miró desconcertada—. ¿Por qué no me afectó?

—Porque ya habías probado mi sangre —dijo Roshan acariciándole el cabello— Sólo que la habías recibido directamente de mí. Esa es la única manera en que funciona. Es por eso que tu cuerpo no rechazó la sangre que él te forzó a beber.

— ¿Entonces, qué me sucede? —Lo miró, con el corazón latiéndole fuertemente a causa del miedo—. ¿Estoy muriendo?

—No estás muriendo, mi amor —respiró profundo mientras la rodeaba fuertemente con el brazo—. Sólo estás hambrienta.

— ¡Hambrienta! —gimió nuevamente—. ¿Qué tipo de hambre duele de esta manera? —reclamó.

Lo observó, esperando una respuesta.

Su silencio le dijo todo lo que necesitaba saber.

Capítulo 27

Brenna se lo quedó mirando fijamente, sin querer creer lo que estaba segura era verdad. Lo apartó, alzó las manos y las giró hacia ambos lados, como si las observase por primera vez. Se deslizó fuera de la cama, dio unos pasos alejándose de Roshan y le dio la espalda. Allí de pie, se recorrió el rostro y el cuerpo con las manos. Se sentía igual y, sin embargo, diferente.

Y en todo momento un hambre voraz le quemaba profundamente por dentro. Rodeándose el vientre con una mano, se dio la vuelta para confrontarlo.

— ¿Qué me has hecho? —inquirió—. Dime que no me has convertido en lo que eres tú.

—No podía dejarte morir. No podía dejarte ir, no cuando tenía el poder para salvarte…

— ¡Salvarme! ¡Me has condenado a un infierno solitario en la tierra!

— ¿De qué demonios hablas?

—Tú mismo lo dijiste. Los vampiros son depredadores territoriales, no criaturas sociables. ¡Me has condenado a una vida en soledad!

—No tiene que ser de esa manera, no para nosotros. No eres mi enemigo. Estoy dispuesto a compartir mi hogar, mi territorio y mi vida contigo. —Se deslizó la mano por el cabello, y luego dejó caer el brazo cerrando el puño—. Di que soy un bastardo egoísta si quieres, pero he estado solo demasiado tiempo, te amo demasiado para perderte ahora.

— ¡No! ¡No puedo ser lo que tú eres! ¡No seré lo que tú eres! —Atravesó tempestuosamente la habitación, con la ira agitándose en su interior—. ¡Déjame salir de aquí!

Él se incorporó, quitó el cerrojo de la puerta y la siguió escaleras arriba. Quitó el cerrojo de la segunda puerta, la siguió por el pasillo hasta la sala y permaneció de pie bajo la arcada mientras ella caminaba enérgicamente por la habitación, con el hambre acrecentándose a cada segundo.

Cogió una lámpara y la lanzó violentamente contra la pared. Luego otra. Hizo añicos todo lo que era rompible, incluyendo una silla y una pequeña mesa. Dio vuelta el sofá y luego, con el pecho agitado por el esfuerzo, se dirigió a la cocina.

Abrió las alacenas, y comenzó a sacar lo que allí había: tazones, tazas y ollas, platos y vajilla de vidrio. Abrió uno de los cajones y lo arrojó contra la ventana junto con los cubiertos que contenía, arrojó recipientes y ollas contra la pared.

Y, aun así, su ira se acrecentaba.

Abrió el frigorífico, sintió el aroma de la manteca, los huevos y la leche, manzanas y naranjas, mostaza y kétchup. Y pastel de chocolate. Colocó el recipiente sobre el aparador, cogió un plato que yacía milagrosamente intacto en la pila de loza, cogió un cuchillo y se sirvió una enorme rebanada de pastel.

—Brenna, no…

Giró bruscamente, retándolo a que osara detenerla mientras comía un trozo, y luego otro.

Lo miró desafiante y luego, con un quejido, dejó caer el plato y corrió hacia el fregadero con el estómago revuelto.

Permaneció de pie con la cabeza inclinada sobre el fregadero y los ojos cerrados, cogiéndose del borde del aparador.

— ¿Cómo pudiste hacerme esto?

La cogió entre sus brazos, la sostuvo tiernamente mientras humedecía un paño y le secaba el rostro, luego le dio un vaso con agua para que se enjuagara la boca.

—No es una mala manera de vivir, Brenna.

—No es vivir en lo absoluto —le respondió, pero ahora ya no había calor en sus palabras, sólo resignación y derrota—. Deseo que me liberes —dijo—, de la misma manera en que liberaste a Lilly Anna.

— ¡No, maldición, no me pidas que haga eso!

—Sí. Por favor, Roshan, si de verdad te importo, entonces debes hacerlo por mí. No tengo el coraje de caminar bajo el sol. No puedo enfrentar a las llamas nuevamente.

La estrujó contra sí tan fuertemente que casi no podía moverse.

—Escúchame, amor. Sé que tienes miedo. Sé que duele. Pero deja que pase un tiempo antes de pedirme que te libere. Unas pocas semanas al menos. Confía en mí, mi amor.

Ella hundió la cabeza en el pecho de Roshan y gimió

—No puedo. Duele demasiado.

—Entonces es tiempo de cazar.

Era la peor pesadilla hecha realidad. Le cogió de la mano y la condujo fuera, a la noche. Un momento después, vio a Roshan indicarle a un joven que se acercase, lo observó mientras lo esclavizaba. Bebió brevemente, luego giró hacia ella.

—Bebe, Brenna.

Ella negó con la cabeza

—No puedo.

—Ya no eres humana. No pienses como tal. Escucha los latidos de su corazón. Deja que te llamen, y toma lo que necesites.

Pensó que sentiría repulsión, horror, pero el hambre era demasiado intensa para poder resistirla. El joven no ofreció resistencia y ella lo cogió en sus brazos. Su carne era extremadamente frágil, la sangre que brotaba de la mordida de Roshan era extremadamente dulce, y le infundía calor y tibieza.

Alzó la vista, miró a Roshan, y en los ojos de su esposo vio amor, aprobación y comprensión.

Y luego inclinó la cabeza y bebió nuevamente, hasta que por su mente pasó la imagen de lo que estaba haciendo.

Con un gemido, empujó al joven a los brazos de Roshan y corrió calle abajo.

Roshan la observó irse. Su primer instinto fue seguirla, cogerla, llevarla a casa.

Pero no se movió, permaneció allí de pie, y la dejó ir. Al iniciarla, había tomado la única decisión que estaba en sus manos. Incluso a sabiendas de que podría odiarle, incluso a sabiendas de que quizás nunca podría perdonarle, había sido su única opción. Sabía demasiado bien lo que ella estaba pensando, conocía la confusión que sentía mientras sus poderes de vampiro se extendían y todo lo que veía y oía era filtrado por sus sentidos preternaturales.

Sabía cuan atemorizante podía ser el sentimiento de desorientación cuando el cuerpo ya no se sentía como antes, cuando cada percepción se magnificaba un millar de veces. Si necesitaba tiempo en soledad, se lo daría. Pero si no regresaba mucho antes del amanecer, iría a buscarla. Ahora los unía un intercambio de sangre. No tenía manera de ocultarse de él. Durante el tiempo que ella viviese, él podría encontrarla. Estuviese ella de acuerdo o no, estaría de regreso en su refugio antes del amanecer. Él solamente esperaba que, por salvarle la vida, no hubiese perdido su amor para siempre.

Brenna corrió sin rumbo por la noche, asustada y fascinada por lo que veía y oía. Aunque el cielo estaba oscuro, podía ver todo con claridad, como si el sol estuviese en lo alto. No había tinte de gris ni sombra que no pudiese penetrar. Aun en la noche, los colores eran brillantes y claros. Los ruidos la asaltaban de todas partes: el llanto de un bebé a cuatro calles de distancia, automóviles, el rechinar de una casa asentándose, el gotear del agua en una tubería seca y sobre todo, el latir de un millar de corazones. Olores que no reconocía le colmaban los orificios de la nariz.

Corrió incansablemente, asombrada por su resistencia. ¡No cabía duda de por qué Anthony Loken había querido el poder de un vampiro para sí! Sintió como si pudiera correr por siempre sin detenerse, sin cansarse. Sentía el cuerpo fuerte, y aún más liviano que el aire. ¿Era porque se había despojado de su mortalidad o de su alma?

La idea la detuvo y aminoró el paso. ¿Había perdido el alma? Lo consideró mientras caminaba por un puente que conducía al parque. ¿Por qué habría de haber perdido el alma? No había hecho nada malo. No había pedido que la convirtiesen en vampiro, habían tomado esa decisión por ella. No había matado a nadie. Es verdad, había hurtado un poco de sangre, pero seguro que podría ser perdonada por ello, de ser necesario el perdón...

Se detuvo bajo un sauce, frotó suavemente una hoja entre el dedo pulgar y el índice, sorprendida por las sutilezas de la textura. ¡Cuán hermoso era el árbol! Podía oír el susurro de cada hoja, la savia corriendo por las ramas, el crujir de la madera cuando el árbol se mecía al compás de la brisa.

Todo era diferente al ser percibido a través de sus sentidos potenciados. No cabía duda de por qué Roshan no deseaba abandonarlos. Excepto por la cuestión de la sangre, ser vampiro parecía algo maravilloso.

Apuró el paso hasta correr nuevamente. Nunca antes se había sentido tan maravillosamente, ¡tan libre! La risa se agolpó dentro de ella. ¿Por qué había hecho tal escándalo antes? ¿Preferiría verdaderamente estar muerta? Cuan terrible sería si no pudiese volver a percibir el aroma de la lluvia en el aire, o bailar bajo la plateada luz de la luna llena. ¿Y Roshan? ¿Sería ella feliz, incluso en el paraíso, si él no estuviese a su lado para compartirlo con ella?

Aminoró el paso al llegar al fin del parque, su entusiasmo disminuyó.

Ahora nunca tendría un hijo. Era lo único que verdaderamente lamentaba. Por supuesto, pensó razonando, si la hubiese dejado morir, tampoco habría podido tener hijos.

Roshan. No había pensado en muchas otras cosas desde la primera vez que lo había visto fuera de su cabaña, y él era en todo lo que podía pensar ahora. Su aroma estaba en su ropa, en su cabello. Su voz era un eco acogedor en su mente. Sus besos, un recuerdo que nunca olvidaría. Roshan. Le había demostrado, con palabras y hechos, que la amaba. Y sabía, sin duda alguna, que ella lo amaba también. Quizás lo había amado desde el momento en que por primera vez posó sus ojos en los de ella.

Repentinamente, no quiso nada más que estar en sus brazos, sentir sus labios en Los de ella, escuchar su voz susurrando que la amaba.

Rio sonoramente, se dio la vuelta y corrió hacia Roshan. A su hogar.

❧ ❧ ❧

Él percibió el momento en que ella cruzó el portón, lo sintió en lo más profundo de su ser. No estaba seguro de por qué había regresado, pero al menos estaba allí, donde pertenecía, por voluntad propia.

Atravesó la sala y se dirigió a la cocina, movió la cabeza en señal de desaprobación al mirar los daños causados por su furia. Sorteó los escombros esparcidos de pared a pared sobre el piso de la cocina, abrió la puerta trasera y salió a esperarla. Morgana se encontraba sentada a su lado, ronroneando suavemente.

Apretó las manos al verla caminar atravesando el jardín en dirección a él. Ella se detuvo al llegar a la puerta y él se hizo a un lado para dejarla pasar.

Respiró profundamente y la siguió al interior, dispuesto a afrontar su ira o su odio. Dispuesto a ponerse de rodillas y rogar su perdón si era necesario.

— ¿Te encuentras bien? —le preguntó calmadamente.

Ella negó con la cabeza, su cabello se agitó como una nube de fuego alrededor de sus hombros.

—No, no me encuentro bien.

—Brenna, lo siento. Por favor, escúchame. No tiene que ser tan malo como piensas. Te ayudaré cuanto sea necesario, te enseñaré todo lo que necesites saber.

Ella arqueó una ceja.

— ¿Lo harás?

—Haré cualquier cosa que me pidas, pasaré los próximos mil años compensándote.

— ¿Lo harás?—preguntó nuevamente.

El asintió con la cabeza, preguntándose qué castigo exigiría ella.

—Sólo dime lo que deseas.

— ¡Lo que deseo! —Frunció el ceño, se llevó las manos a las caderas y levantó el mentón en actitud desafiante—. Te diré lo que quiero, Roshan DeLongpre, quiero la noche de bodas que nunca tuvimos.

Él se la quedó mirando, luego agitó la cabeza, preguntándose si había escuchado correctamente.

Ella le tocó el pecho con la punta del dedo.

—Ya me oíste —dijo curvando los labios en una leve sonrisa—. Nunca tuvimos una noche de bodas. ¿No consideras que es hora de cambiar eso?

—De hecho, esposa mía, así lo creo.

—Bien, esposo mío. ¿Qué piensas hacer al respecto?

—Pretendo hacerte el amor hasta que salga el sol —dijo, alzándola en sus brazos—, y cuando salga la luna, procuraré comenzar de nuevo. Y luego —dijo cubriéndole el rostro y la curva del cuello de besos—, espero que asees el desorden que dejaste.

Brenna rio suavemente y le rodeó el cuello con los brazos, refugiándose en él mientras subía la escalera hacia la habitación.

Morgana se desplazaba detrás de ellos, quejándose durante todo el trayecto.

Capítulo 28

Roshan miró a su esposa por el rabillo del ojo, admirado, como siempre, por su belleza, una belleza que había sido potenciada por el Oscuro Truco. Para su alivio y deleite, ella se había adaptado a la vida de vampiro como si hubiese nacido para ello. Con él para guiarla y reconfortarla, para explicarle lo que sentía y por qué, había sido capaz de controlar su hambre. Al principio, se había alimentado varias veces por noche, pero eso ya no era necesario.

Brenna alzó la cabeza y miró en dirección al cielo.

—Es una hermosa noche.

—Lo es —coincidió Roshan, apretándole la mano.

Paseaban por las afueras de la ciudad, en el camino de regreso a casa después de la cacería nocturna. Era un hombre afortunado, pensó. Los últimos cinco meses habían sido perfectos. Y, para mejorarlo, tras la primera noche, Brenna había aceptado su nueva vida incondicionalmente y no había vuelto a mirar hacia atrás, ni había expresado remordimiento ni lo había castigado por su decisión.

Ella había iluminado su vida, y su hogar. Había vuelto a pintar todas las habitaciones en desuso con colores claros y livianos y, cuando finalizó, había comprado alfombras nuevas, y escogido un estilo único de muebles para cada habitación. Él había tolerado el desorden y la confusión y asumido tontamente que había terminado cuando ella dirigió la atención a su refugio, declarando que era frío y aburrido. Como era cierto, no tenía sentido discutir con ella. Había pintado tres de las paredes y el techo de un tenue color azul cielo, en la cuarta pared, había dibujado un mural que representaba una gran ventana que daba a un parque soleado. Había colgado ligeras cortinas blancas y cubierto el suelo con una alfombra color verde oscuro porque «se veía como si fuera césped».

Se acercaban a un callejón sin salida cuando Brenna le colocó la mano en el brazo de Roshan.

— ¿Qué es eso? —Preguntó, ladeando la cabeza—. ¿Lo oyes? Suena como un animal en pena.

Rostían gruñó suavemente.

—No es un animal.

— ¿Entonces qué es?

No respondió. En lugar de eso, se dirigió hacia un oscuro pasaje detrás de un almacén de tres pisos. El sonido se intensificó cuando se aproximaron a un contenedor de basura.

Él había estado en lo cierto. No era un gato. Era una joven adolescente en labor de parto.

Sumida en una contracción, no se percató de su presencia.

—Debemos ayudarla —susurró Brenna.

Roshan miró a su esposa con una ceja levantada.

— ¿Qué sugieres que hagamos?

—Lo que podamos.

La joven soltó la respiración, abrió desmesuradamente los ojos cuando se dio cuenta de que ya no estaba sola. Se echó hacia atrás cuando Brenna dio un paso hacia ella.

—No temas —dijo Brenna apaciblemente—. No te haré daño.

La joven retrocedió nuevamente.

—Vete —dijo antes de que otra contracción la cogiera por sorpresa.

—Sólo queremos ayudarte —dijo Brenna—. ¿Cómo te llamas?

—No es de tu incumbencia —respondió tajantemente la joven—. Aléjense de mí.

Gritó, aferrándose el vientre con las manos cuando sintió una segunda contracción inmediatamente después de la anterior.

Brenna miró a Roshan.

—Creo que el bebé está en camino.

Roshan maldijo, se quitó la capa y cubrió a la joven. Ella estaba demasiado dolorida como para rechazarlo.

Las contracciones se hicieron más fuertes y frecuentes. Brenna se puso de rodillas junto a la joven, y le acarició suavemente la frente, instándola a pujar, mientras Roshan observaba.

Brenna miró a Roshan.

— ¡Veo la cabeza!

Momentos después, un fuerte grito emergió de la garganta de la joven.

—— ¡Oh Dios! — Brenna murmuró cuando el bebé se deslizó sobre sus expectantes manos en un flujo de agua y sangre.

Roshan se dio vuelta, entrecerró los ojos al ver la celosa mirada en los ojos de Brenna.

—Necesitamos algo con qué cortar el cordón —dijo Brenna.

—Aquí tienes. La joven introdujo la mano en el bolsillo y extrajo un cuchillo de dudosa apariencia.

Roshan utilizó los lazos de los zapatos de la joven para atarlos ajustadamente en dos lugares alrededor del cordón;

luego, cogió el cuchillo de su mano y cortó el cordón entre los lazos.

Brenna se quitó la capa y envolvió al bebé.

—Has dado a luz a una hermosa niña.

—Llévatela —dijo la madre—. No la quiero. No quiero verla.

Brenna miró a Roshan mientras rodeaba al bebé con los brazos.

Él negó con la cabeza.

—Ni siquiera lo pienses.

—Pero ella no la quiere.

—Brenna, ¿qué haríamos con un bebé?

—Amarla.

—No, no funcionará. No hay manera…

La madre miró a Brenna.

—Si no te la llevas la arrojaré en un bote de basura en algún lugar. No puedo llevarla a casa conmigo.

—Seguramente el padre de la bebé…

—No sé quién es. —La joven se calzaba los vaqueros mientras hablaba. Respiró profundamente, se puso de pie y se apoyó con una mano en la pared detrás de ella.

— ¿Qué haces? —preguntó Brenna.

—Me largo de aquí —un sollozo creció en la garganta de la joven—. Hagan lo que deseen con el bebé.

—Pero…

—No intentes detenerme —dijo la joven—. Pareces una buena mujer. Quédatela.

Brenna se puso de pie y acunó a la niña contra su pecho

—La cuidaré bien, lo prometo. ¿Tienes adónde ir?

La joven asintió con la cabeza, se dio la vuelta y se tambaleó hacia la acera.

Brenna observó hasta que la joven se perdió de vista, luego le sonrió al bebé en sus brazos.

—Hola, preciosa.

—Brenna, sabes que no podemos quedárnosla.

—Sí, podemos.

Él maldijo suavemente

— ¿Quieres explicarme cómo? ¿Qué harás cuando despierte mojada y hambrienta en la mañana?

—Encontraremos una niñera —dijo Brenna calmadamente.

— ¿Y qué harás hasta entonces? ¿Qué harás cuando despierte mojada y hambrienta mañana?

Brenna frunció el ceño.

—No lo sé.

— ¿Estás decidida a quedártela?

—Sí.

Él maldijo nuevamente, pero ¿cómo podía negarle la única cosa que ella siempre había deseado, la única cosa que no podía darle?

—Bien, ven.

— ¿Adónde vamos?

—A hallar a alguien que la cuide mañana.

—Pero, ¿Cómo? ¿Quién?

—Déjamelo a mí. Llévala a casa y límpiala. Regresaré pronto. —Entonces, desapareció de su vista.

Brenna agitó la cabeza y se dirigió a la casa.

Llevó al bebé arriba, llenó la bañera con agua tibia y la aseó de pies a cabeza. Luego, la envolvió en una toalla afelpada. El bebé la observó a través de sus ojos color azul oscuro, y luego, bostezó, dejó caer los párpados y se durmió.

Brenna fue a la planta baja, se sentó en el sofá acunando al bebé en sus brazos y se preguntó dónde habría ido Roshan.

¡Un bebé! Roshan se pasó la mano por el cabello. ¡Ella quería quedarse con el bebé! ¿En qué diablos estaba pensando? ¿Dónde se había oído que un vampiro criase a un bebé humano? Era inaudito, impensable e imposible.

Roshan negó con la cabeza, se dirigió a la entrada de emergencia de un hospital y se abrió camino hacia la planta de maternidad. ¿Qué demonios harían con un bebé?

Detuvo a la primera enfermera que encontró. Ella frunció el ceño al verlo.

—Señor, lo siento, pero las horas de visita finalizaron hace tiempo.

—Sí, lo sé. —Le capturó la mirada—.Pero necesito tu ayuda, Sandra.

— ¿Mi ayuda? Sí, por supuesto.

Rápidamente le explicó lo que necesitaba.

Veinte minutos después lo siguió fuera del hospital. Al llegar a la casa, Roshan halló a Brenna sentada en el sofá, con el bebé dormido en los brazos. Morgana estaba sentada en la repisa de la chimenea con las orejas hacia atrás, obviamente molesta con la llegada de la niña. Roshan nunca se había dado cuenta de que los gatos pudiesen fruncir el ceño pero Morgana se sentía definitivamente fastidiada con la idea de compartir el tiempo y el afecto de Brenna con otro ser. Roshan tuvo que admitir que a él tampoco le agradaba demasiado la idea.

— ¿Quién es ella? —preguntó Brenna, clavando la mirada primero en la enfermera luego en Roshan.

—Ella es Sandra. Es enfermera de la planta de maternidad del hospital. Cuidará del bebé hasta que podamos encontrar una niñera.

—Pero… no puedes traer aquí a cualquiera. Seguramente en el hospital se percatarán de su ausencia.

— Me preocuparé por eso luego. — Cogió una gran bolsa de plástico de la mano de la mujer y se la entregó a Brenna—. Contiene todo lo que el bebé necesitará en los próximos días.

— Pero…

— Deja de preocuparte. En cuanto encontremos una niñera, enviaré a la enfermera a su casa. No recordará nada.

— No me parece bien —dijo Brenna—, mantenerla aquí en contra su voluntad.

—Si tienes una idea mejor, me gustaría escucharla.

Brenna negó con la cabeza.

Bien entonces —Se volvió hacia Sandra—. Tu alcoba se encuentra arriba al final del pasillo. Ahora quiero que vayas a la cama. Durante el día, dormirás cuando el bebé duerma y despertarás cuando ella despierte.

—Sí —dijo Sandra.

Y te retirarás cuando caiga el sol. ¿Has entendido?

—Entendí.

—Eso es todo. La alcoba al final de las escaleras es la tuya. Buenas noches.

—Buenas noches —respondió y se retiró.

Susurrando suavemente, Brenna depositó al bebé dormido sobre el sofá. Y se sentó a su lado. Abrió la bolsa, extrajo un pañal, una pequeña camiseta de algodón, una gorra, un par de diminutos escarpines, una manta. Al pasar, notó que en la bolsa había varias botellas de fórmula, juntamente con paños para bebé y más pañales, frascos de talco, loción y champú.

Roshan permaneció de pie cerca del sofá, con los brazos cruzados, mientras Brenna le cambiaba el pañal y vestía al bebé, y luego la cubría con la manta.

Brenna se puso de pie, y rodeó a su esposo por la cintura.

—No estás molesto conmigo ¿o sí?

—No.

Es adorable ¿no es así? —preguntó Brenna, sonriéndole a su nueva hija.

—Lo es —respondió él, pero estaba mirando a su esposa, no a la niña—. ¿Qué nombre le pondrás?

—Me gustaría llamarla Cara Aideen, como la abuela O'Connell —dijo Brenna—. Si a ti te parece bien.

—Lo que tú quieras está bien para mí.

Hallar una niñera resultó más fácil de lo que Roshan había esperado. Publicó un aviso en el periódico local, pidiendo que aquellos interesados en el empleo se presentasen después de las seis de la tarde. Contrataron a la primera mujer que acudió. Su nombre era Charlotte Ray, y tenía el tipo de la maravillosa abuela gruñona. Llevaba el cabello en un tirante rodete gris a la altura de la nuca. Y veía el mundo a través de ojos azul brillante que eran tan sabios como compasivos. Roshan la acomodó en el apartamento sobre el garaje.

Había aceptado sin cuestionar el extraño estilo de vida de los DeLongpre. Pero, Roshan le había ofrecido una gran cantidad de dinero, suficiente como para silenciar su curiosidad y asegurar su lealtad.

La vida, de hecho, era buena, gracias a la encantadora mujer que lo había hechizado una noche de luna llena. Brenna. Ella le había otorgado amor. Le había brindado alegría. Le había dado un hijo.

En efecto, su pequeña bruja le había dado todo lo que él había considerado perdido por siempre.

Y allí estaba ella, sonriéndole, y sabía que no pediría nada más a su existencia que despertar a su lado durante el tiempo que respirase.

Murmuró su nombre y la cogió entre sus brazos.

— ¿Utilizarás tus maravillosos encantos conmigo? — le preguntó ella sonriendo mientras la llevaba escaleras abajo hacia el refugio.

—Sí, madame —le respondió—. De todas y cada una de las maneras en que pueda.

Y así lo hizo.

EPÍLOGO

Brenna se sentó en el sofá frente a la chimenea, acunando a su hija entre los brazos mientras Roshan le leía en voz alta un libro de antiguos poemas irlandeses. Ella adoraba el sonido de su voz, tan profunda y cadenciosa. No dejaba de asombrarle que las palabras escritas por un poeta muerto hace tiempo, todavía tuviesen el poder de llegarle al corazón y al alma.

Miró la pintura que colgaba sobre la chimenea. Había sido pintada un mes después de su boda. Roshan se había mostrado reticente, pero ella había insistido «entonces siempre podremos recordar la manera en que nos veíamos cuando nos enamoramos» había dicho, sabiendo que él no sería capaz de negarse. Pronto tendrían que mandar a que pintasen otra, pensó ella, una que incluyese a su hija.

El bebé se aferraba a uno de los rizos de Brenna, de la misma manera en que se aferraba a su corazón.

Después de alimentar a la niña y cambiarle el pañal, Brenna llevó a Cara Aideen escaleras arriba, a la habitación de niños. Lo que alguna vez había sido una estancia que sólo contenía libros, ahora albergaba todo lo que un recién nacido necesitaba, y más. Las paredes estaban pintadas de un color rosa pálido y una alfombra de un tono más oscuro cubría el suelo. Sobre la ventana colgaban cortinas de encaje blanco. Había una cuna blanca contra una pared, y una cómoda haciendo juego en la otra. Angelicales querubines danzaban en el techo. Había una mullida mecedora en una de las esquinas, y un enorme oso de peluche en la otra.

—Dulces sueños, mi ángel —murmuró Brenna mientras depositaba a la niña sobre la cama.

Alzó la vista y vio que Roshan la había seguido hasta la alcoba. Él se le acercó y le rodeó los hombros con el brazo.

—Es más adorable cada día ¿no es así? —preguntó Brenna.

—Es verdad —le respondió besándola en la mejilla—, al igual que su madre.

—Todavía no puedo creer que sea verdaderamente nuestra.

Roshan asintió con la cabeza. Adoptar a la niña había sido relativamente fácil. Había tenido que utilizar sus poderes sobrenaturales en más de una oportunidad pero no sentía remordimientos en absoluto. Y a pesar de que los medios no habían sido totalmente honestos, Cara Aideen les pertenecía legalmente. Había esperado que la niña produjese cambios drásticos en sus vidas, y así había sucedido, pero no como él lo había supuesto. A la semana de edad, ya era su esclavo y su protector, dispuesto a hacer cualquier cosa para mantenerla a salvo.

Sabía que le esperaban días difíciles cuando Cara Aideen comenzara a preguntarse por qué nunca veía a sus padres durante el día, por qué nunca comían juntos como una familia, por qué los festejos de su cumpleaños se realizaban de noche, por qué no acudían a los días de campo organizados por la escuela y por qué nadaban solamente durante la noche. Con el tiempo, le contarían la verdad. Con el tiempo, quizás, se les uniría. De no ser así, bien, era algo de lo que preocuparse más adelante.

Cogió a Brenna en sus brazos y la besó tiernamente.

—Ya has llevado a tu niña a la cama —le dijo y le besó la punta de la nariz—. ¿Es mi turno ahora?

— ¿Te gustaría que te arropase y te diese el beso de las buenas noches? —le preguntó con una sonrisa provocadora.

—De hecho, sí.

Ella rio suavemente, lo cogió de la mano y lo llevó fuera de la habitación de niños, por el pasillo hacia su alcoba. Con una mirada atenuó las luces, y luego comenzó a desvestirle lentamente, recorriéndole con la punta de los dedos los anchos hombros, el vello ensortijado del pecho, los músculos del vientre. Y cuando se encontró gloriosamente desnudo, ella se quitó la bata de los hombros y dejó que el camisón cayera a sus pies.

—Te amaré durante el resto de mi vida —susurró él.

—Y yo a ti.

La recorrió con la mirada, llena de extrema ternura y la promesa de la eternidad mientras la llevaba a la cama. Cuando le cubrió el cuerpo con el de él, un canto susurrado mucho tiempo atrás se despertó en la mente de Brenna.

«Luz de la noche, escucha mi canción, tráeme mi amor, cuanto antes por favor».

Aferrando a su esposo, agradeció al destino por concederle el anhelo más ferviente de su corazón y por hacer cada uno de sus sueños y deseos realidad.

Él ha encontrado el anhelo más profundo de su alma.

El Oscuro Don le había otorgado a Roshan DeLongpre una solitaria vida eterna hasta que el hallazgo fortuito del retrato, extrañamente familiar, de Brenna Flanagan, lo sojuzga con su hechizo. El dominio que ejerce sobre él es tal que viaja al pasado para salvar a la hermosa bruja de la hoguera, y para rescatarla del peligro trayéndola al presente.

La seductora inocencia de Brenna y su cándida capacidad de asombro ante el mundo moderno hechizan al vampiro, hastiado ya de su oscura existencia. Pero tendrá que enfrentarse a ciegas con un peligro creciente. Hay alguien cuya magia negra es poderosa… alguien que sabe de su existencia y que no se detendrá hasta despojarlos de sus poderes… hasta que ellos no sean más que sombras… en el tiempo.

Sobre el autor

Amanda Ashley comenzó a escribir por simple diversión. Su primer libro, de género romance histórico escrito como Madeline Baker, fue publicado en 1985. Desde entonces, ha publicado numerosas novelas históricas y de género romance-paranormal, muchas de las cuales han figurados en las listas de bestsellers, incluyendo la del New York Times y la de USA Today.

Amanda reside en el Sur de California con su esposo, quienes comparten su hogar con una Pomerania llamada Lady, una gata llamado Kitty y una tortuga llamada Buddy.

Para más información, visite por favor: www.amandaashley.net y www.madelinebaker.net

Email: darkwritr@aol.com

SOBRE EL EDITOR

Este libro es publicado en nombre del autor por *Ethan Ellenberg Literary Agency.*
https://ethanellenberg.com
Email: agent@ethanellenberg.com